译文纪实

THE KILLER'S SHADOW

John Douglas   Mark Olshaker

[美] 约翰·道格拉斯　马克·奥尔谢克　著

李昊　译

杀手的影子

上海译文出版社

"（本集）描绘了一个名叫彼得·沃尔默的二流元首（Führer），一个毛发稀疏的小个子男人。他靠自我欺骗活着，发现自己总是渴求用宏大来填满空虚。和那些装模作样的前辈一样，他寻求着用来解释自己这种饥渴的东西，并想为整个世界都不对他致敬行礼找到借口。他搜寻不息，并最终在一处阴沟里找到了那东西。在自己扭曲变形的话语体系里，他将其称为信念、力量和真相。但仅在瞬间之后，彼得·沃尔默就会在另一种角落里操持他的勾当，那个角落位于阴影之地中的一处诡谲路口上……此地被称为'迷离时空'。"

　　——罗德·塞林，电视剧《迷离时空》中名为"他还活着"的开幕独白，1963 年 1 月 24 日播出。

前　言

那个狙击手进行了周密详尽的计划。他在全城范围内筛选了可供枪击的潜在目标，选定之后又提前一天去最终目标周围踩点，选出了最佳的埋伏地点。

犹太教会"以色列和平联盟"（The Brith Sholom Kneseth Israel Congregation）坐落在圣路易斯市里士满海茨郊区的林登大街上。教堂临近 64 号和 170 号州际高速，这两条路可以让人快速方便地离开此地。教堂对面是一座长满灌木荒草的小丘，丘顶上还立着一根电线杆。这座小丘既能提供掩护，从上面还可以清楚地俯视教堂的停车场。停车场距丘顶约一百码左右，这对他那把加装了瞄准器的 .3 口径的六发雷明顿 700 型半自动栓动步枪来说不是问题。他已经把步枪提前放到了选定的地点，就藏在灌木丛下的一个黑色吉他盒子里。同时他还采取了预防措施，锉掉了步枪的序列号，让其无法被追踪溯源。每把枪他都尽量不用第二次，这已经成了他计划犯罪时的常规操作。他骑自行车前往现场，因此不会有汽车被记录下、识别出，也没有轮胎轨迹指向某款特定的汽车。他把自己的车停在一家购物中心的停车场，离作案现场尚有一定距离。

时间是 1977 年 10 月 8 日，一个温暖晴朗的周六，秋天刚刚初露端倪。

周五勘定埋伏地点的时候，他就提前在丘顶的那根电线杆上钉了两颗十英寸长的钉子，到时候再往钉子上绷一只袜子就是枪托了。

然后就是等待。

他搞清了礼拜的时间，知道仪式会在一点左右结束，好让人们去吃午饭。

几分钟前，教堂大门洞开，教徒开始鱼贯而出。教堂北边的停车场里，两个男人停下来聊天。其中一人身边站着一个小姑娘，附近还有一个女人和另外两个小姑娘，应该是这人的妻子和小孩。随后，和他聊天的另一个男人开始往车里钻去。

狙击手握紧步枪，把注意力放在自己的心跳上，有意识地把呼吸调得连贯而稳定。他透过瞄准镜望出去，朝那两个男人的方向干脆利落地连扣了两次扳机。对于正在离开教堂的众人来说，枪声听起来像是鞭炮爆炸的吵闹声响；但与其说听到枪声，不如说枪手是感觉到了枪声，他感觉到开火的后坐力抬起了枪管，把自己的肩膀往后推去。一秒钟后，他就看到那个男人，那个身边带着个小姑娘的男人，捂住胸口倒了下去。另一个男人似乎退开了，但狙击手不清楚自己是不是击中了他。附近的人本能地蹲下了身子，或者扑倒在地上。那个退开的男人迅速抱起了中弹男人身边的小姑娘，冲向停放的车辆之间寻求掩护。小姑娘发出了惊恐的尖叫。一旁带着两个小姑娘的女人扑向地面，俯在倒地男人的身上。她随后起身，大声嚎哭了起来，衣服的前襟上满是鲜血。

事后有多个目击者表示，在枪击发生后，有几个小孩冲回了犹太教堂，大部分教徒此时还滞留其中。小孩们大喊大叫："他们开枪打人了！杀人了！"

趁着混乱，狙击手调整了肩上步枪的位置，重新瞄准目标，朝着犹太教堂的方向再开了三枪。枪声让恐慌再度升级了。他也许还能再击中一个人，可他不确定。但现在是他妈离开这里的时候了。

他迅速但仔细地擦拭了步枪和吉他盒子，不留下任何指纹，再把步枪放进盒子，扔进灌木丛。然后他蹬上自行车，加速骑到了附近购物中心的停车场，打开车门上车，转动钥匙点火，猛踩油门，绝尘而去。

被击中的男人名叫杰拉德·戈登，通常被称为"杰瑞"，四十二岁，当时正带着妻子希拉和三个女儿，连同二百多个人一起，刚参加完好友马克辛和默文夫妇儿子里基·卡利纳的受诫礼①。事发前，杰瑞刚在教堂门口祝贺了里基，道过了别，带着希拉还有女儿们往自家汽车走去。杰瑞给人的印象是个挺喜欢开玩笑的人，所以当他在巨响后捂着胸口躺倒时，周围的人还以为他在演戏。甚至连史蒂芬·戈德曼，就是那个和他说话的朋友，一开始也认为杰瑞在开玩笑，直到他向下望去，看见杰瑞的胸口有鲜血在喷涌。也正是在那一刻，他一把抱起了杰瑞的小女儿，护住了她。

里基冲回教堂找父母，同时打电话求助。几分钟后救护车抵达了现场，随即把杰瑞送往圣路易斯县医院，立马进行手术。一发子弹击穿了他的左臂，突入了胸腔。三点左右，他死在了手术台上，死因是失血过多以及肺部、胃部和其他脏器受损。杰瑞是纸制品经销公司洛帕克公司的销售，他的三个女儿分别叫霍普、米歇尔和特雷西。

警方也迅速抵达了现场，立即在该区域设置了警戒，并开始询问目击者、搜寻物理证据。

戈登刚倒地的时候，史蒂芬·戈德曼感觉自己左肩好像被虫子咬了一口，但在朋友中枪倒地后的混乱中，他完全忘了这事。几分钟以后，当他战战兢兢地向一名警官复述情况的时候，后者注意到戈德曼的西服上有个弹孔。史蒂芬突然意识到，自己距遭遇同杰瑞·戈登一样的惨剧只有毫厘之差。

另一名男子，三十岁的威廉·李·阿什，被随后三发子弹中的一

---

① bar mitzvah，为年满十三岁的犹太男孩举行的成人仪式。——译者

发击中了，他当时就意识到自己是中弹了。他也被送往县医院接受治疗。子弹一开始击中了他的左手，然后嵌进了臀部，威廉因此失去了左手小指。他的妻子苏珊，是马克辛·卡利纳的表妹。

警方认同一共发生了五次枪击的说法，调查人员宣称这是"一次精心筹划的袭击"。他们在那根钉着两颗钉子的电线杆附近找到了一把放在黑色吉他盒里的雷明顿步枪。那只袜子也还绷在原处，被头天晚上的雨淋得湿哒哒的，说明枪手之前就来过。步枪里有一个能填装五发子弹的空弹夹，警方也从附近找回了五个弹壳，但未能从现场采集到指纹。

圣路易斯警方的一名直升机驾驶员看到一名男性跑过了犹太教堂附近高速路的过街天桥，认为这个男人可能就是狙击手。警方在教堂停车场里一辆车的散热器上还找到了一个弹头，另一个弹头则嵌在林登大街对面一户住家的墙上。警方推测，一个街区外寻获的那辆自行车可能是枪手的。

目击者们声称看到一个拎着黑色吉他盒子的男人在枪击前一小时左右出现在附近。他们描述这个人身高约五英尺十英寸，中等身材，留着长卷发，肤色白皙，有痘印。据推测他年纪在十九到二十五岁之间。其他目击者则看见一个男人在枪击后跑步穿过了教堂附近购物中心的停车场，一边跑一边回头看，仿佛担心有人在追自己。

这次袭击成了整个地区的大事件。尽管周一出版的《圣路易斯邮报》引用当地犹太社区领袖的话，不认为枪击的动机是反犹太主义，但大部分犹太教堂都增加了安保和治安巡逻。"在枪击事件后，全城似乎进入了恐慌状态。"报纸同一篇文章里还引用了一名警方调度员的原话。

圣路易斯警察局重案组的探长托马斯·H. 布尔什被指派负责调查，他带领了一支由二十多名警探组成的小队，和里士满海茨警察局的警官们展开了合作。报纸引用了布尔什的话，表明目前他们对于作案动机保持着开放的态度。"我们不想排除任何线索。我们会追踪所有鬼鬼祟祟的人，追踪极端组织、反犹太组织，追踪任何有嫌疑的东西。"重案组也在调查狙击手是否有针对某个特定个体的可能。

教会的拉比①本森·斯凯夫想不出来有任何原因会导致自己的教堂被袭击。圣路易斯犹太社区关系委员会的执行主任诺曼·A. 施塔克也持有同样看法，他告诉《邮报》："最近没什么事表明圣路易斯的犹太社区会有任何麻烦。这事可能发生在任何地方，发生在任何人身上。"

同一周，圣路易斯警察局鉴定科通过化学方式成功地找回了凶器枪支的序列号。在华盛顿特区酒精、烟草、火器和爆炸物管理局（Bureau of Alcohol，Tobacco and Firearms）的协助下，这支步枪的来源被追溯到了得克萨斯州欧文市的前任持有者那里。他交代自己是在四周前作价二百美元卖掉了枪，并向警方素描专家描述了买家的长相。目击者们说警方素描正像是自己看见的那个跑过附近购物中心停车场的人，但调查人员们不打算排除有两人涉嫌了这场狙击枪杀案的可能。

不论是谁，一个人还是两个人，他（们）都成功地消失了。

---

① Rabbi，犹太教的宗教领袖。——译者

第一部分
追捕杀手

第一章

1980 年 10 月 10 日

接到那通电话的时候，我人在匡蒂科的办公室里。当年，联邦调查局行为科学小组被安置在图书馆下方一处宽大昏暗的地下室里，所谓的私人办公室不过是用六英尺高的隔板隔出来的。无论何时，只要有人接打电话，办公室里的所有人都能听到，无论大家愿不愿意。办公室里通常有八名成员，分别负责犯罪心理学、社会学、警察压力管理和其他有关问题。当时我是唯一全职的画像专家，但也会花点时间教"犯罪心理"（Criminal Psych，这门课的正式名称是"犯罪心理学"，Criminal Psychology），我们当时正试着为执法部门把这门课改得更直接有效一点。

我那时已经有了采访在押连环杀手和暴力罪犯的主意，我的搭档，昵称"鲍勃"的特工①罗伯特·雷斯勒之前几年也和我一起，一直在出外勤给地方警察局和执法部门开设流动学校。这些流动学校有点像我们在匡蒂科开给新特工、高级官员以及那些入选联邦调查局学院的警探们的课程精华版。

一开始，采访在押犯是想搞清楚这些人在犯罪前、犯罪过程中以及犯罪后的想法，好连同他们犯罪时的行为一起研究，以便我们把这些信息和他们留在犯罪现场以及抛尸地点的证据关联起来。尽管对加州圣克鲁兹的"女学生杀手"埃德蒙·肯珀、纽约的"山姆之子"

大卫·伯科威茨、俄勒冈州"恋鞋癖杀手"杰罗姆·布吕多以及"洛杉矶杀人王"查尔斯·曼森等人的采访成了联邦调查局犯罪画像项目的基础，但究其最初的动机，我们不过是想成为好一点的教官，不至于在资深警探和学院全国主管面前露怯而已，因为比起我们，后者通常经验丰富得多，还有更多第一手的犯罪知识。

通过把采访中学到的东西用到实处，我们试着将"犯罪心理"变成真正的刑侦工具。这门课后来变得大受欢迎，地方上的警察和治安官开始带着案子从辖区来请我们过目。1979 年，我们经手了近六十起案子，我因此开始从全职教学里慢慢抽身。第二年，案子的数量翻了两倍还多，所以 1980 年 1 月，我放弃了全职教学，成为了犯罪画像项目的主管，兼任学院的客座讲师。

那天早上的电话来自我的老熟人戴夫·科尔，他是首都华盛顿联邦调查局总部民权司主管小约瑟夫·舒尔特手下一个小队的队长。我还在密尔沃基基层工作的时候就认识戴夫了，那时我在特警队的外地办事处工作，他是行动小组的组长，负责绑架、勒索这类案子。前海军陆战队队员及前大学摔跤冠军戴夫成了我在局里的"拉比"，我们用这个说法来形容那位罩着你的、更年长或者更资深的警官：他既是导师，也会在各处照应你。但很快我意识到这不是一个私人电话。

"约翰，你听说过约瑟夫·保罗·富兰克林吗？"

"嗯，知道。"我答道，试着尽快把这个名字和对应案子联系起来。"是不是那个被认为在盐湖城射杀了两名黑人慢跑者的家伙？"

"就是他。他还可能在俄亥俄、印第安纳、宾夕法尼亚杀过黑人，也许还有其他地方。"

"他不是被捕了吗？他是从关他的警察局跑了还是怎么的？"

---

① Special Agent，美国警方特工，指同时具备犯罪调查和抓捕权力的职位。——译者

"没错，从肯塔基的佛罗伦萨跑了，那儿离辛辛那提不远。他在审问的间歇翻窗逃了，所以我才给你打电话。你可能马上就要接到总部的正式命令了，但我现在先来找你。你能不能搞个心理分析啥的，帮我们找到他。"

"那个，我是从调查和经验入手去思考罪犯心理的，但这次不太一般。通常我们面对的是未知对象，要从犯罪现场证据、警方报告和受害者分析中试着描述出未知对象的特征。现在知道了这家伙是谁，只是不知道在哪儿能逮到他，或者他接下来会干什么。但用来分析的元素还是那些。不敢打包票，但我尽力而为。你是打算把资料寄给我吗？"

"太多了，最好是你来一趟，挑想要的用。你觉得要多久？"

"要不给我几天？"我提议。

"我们能在二十四小时内拿到吗？"戴夫和我讨价还价。

沉默了一阵，然后我说："行吧，我今天下午过来。"

"那到时候见。对了，约翰，还有些事儿你得知道。他可能也是刺杀弗农·乔丹①的人。我们还知道他给当时还是总统候选人的卡特总统写了封威胁信，原因就是卡特支持民权运动。现在总统正为了连任在全国造势，特勤局非常重视这事儿。"

去年 5 月，民权领袖乔丹在印第安纳州的韦恩堡遭枪击，几乎丧命。这让五六十年代民权运动就已遭遇过的创伤再次回到了全国视野里。

按照局里的作风，要是接到了总部的电话，你要放下一切立刻处理。从理论上来说，学院也是总部的一部分，但对于当时的行为科学小组来说，上峰来指令本就极不寻常。通常来说，他们几乎对我们视而不见。因为忙着推进自己的项目，我也并不在意。在此之前，我们

---

① Vernon Jordan，著名民权运动领袖、律师。——译者

的工作一般是为地方执法机构提供咨询，后者会把案件相关的所有资料都寄过来：犯罪现场照片、调查人员和目击者报告、验尸报告、物理证据的实验室分析报告，等等。我们会据此做出画像，告诉他们应该冲着什么样类型的罪犯去查，让调查更聚焦。根据实际情况和案件的种类，我们也许还会提供主动策略来帮着激出他（几乎总是"他"），或者逼他行动起来。

但这次不一样。不仅一开始我们就知道罪犯的名字，而且还是联邦调查局高层下令我们参加。和所有来自地方机构的请求不同，这是第一个从总部下来的案子。由于案子实在太重大，他们愿意试试我们还在试验的方法。如果成功了，这个案子绝对能让我们"登堂入室"。这对我来说也是个挑战，能验证我们可不可以逆着分析过程找到罪犯。要是我们成了，那有没有合理的证据提起诉讼直到定罪。

我给学院的车队打了个电话，问他们下午有没有车可以借用，不然的话我就得开自己的车去，然后申请里程补助。所有的差旅都必须如实填报差旅开支，所以我实在是不想再多填一项了。车队刚好有车，所以我去车库签字领出了一辆局里标配的福特轿车。弯弯绕绕的车道带着我穿过了联邦调查局的"房东"——海军陆战队基地，然后开上了95号北向高速。那时候，八十年代，这条路还不像如今大部分时候那样是一个加长的停车场，当年你还可以在一小时以内从匡蒂科开到华盛顿市中心。

开车途中，我思考着即将面临的任务。在富兰克林的案子里，要是所有或者大部分怀疑他涉嫌的罪行真是他干的，那相比迄今为止我们经办的所有案子，这个案子会被归到级别全然不同的重案里，无论是我们担上的风险还是对公众的危险程度来说都严重得不同寻常。富兰克林习惯远距离射杀，针对的是和他没有任何关系甚至从没见过的人。他和受害者没有感情上的羁绊，也不存在任何私人关系，而这些对于常人来说通常是很重要的动机；并且他移动特别迅速，可能出现在任何地方。

尽管戴夫只告诉了我富兰克林案件的基本轮廓，但我知道等着我们小组的是啥。因为画像项目刚刚起步，相比其他手段尚未获得证明，所以可能有好几种走向，大部分案子都这样。我从1月开始全职从事画像，行为科学小组在联邦调查局内部还没什么名气。亚特兰大幼童谋杀案、旧金山房车营地杀手以及残忍谋杀纽约布朗克斯特殊教育老师弗朗辛·艾弗森这样的重案大案要到第二年才会到我们手里；而在1980年秋天，画像项目基本上还只是一个想要在调查局内部，通过对这一概念进行更广泛验证进而获得认可的、结果未知的试验而已。

我们已经从地方警方或者州巡警送来的案件里得到了积极的反馈。另外，也有几个戏剧化的成功吸引到了执法部门的注意，这些案例我们称为62 - D类案件：国内警方合作案件（Domestic Police Cooperation）。意思是尽管联邦调查局在这些案件里没有主管权限，但调查局有一些调查工具或者测试手段能对当地警方有所帮助。这些协助请求经由距案发地最近的外地办事处处理，按理也应该经由总部分派。但更多时候，似乎总是负责办事处的特工（我们称他们为SACs，每个字母都发音，区别于主管助理特工，assistant special agents in charge，后者我们称为ASACs，发音为A-sack）来一句"去他妈的总部，我就想直接找你"这类的话就行了。办事处特工在调查局的食物链上身居高位，所以他们通常能按自己意愿行事。渐渐地，每个办事处都配了一个画像调查员，但当时这一切尚未发生。

1979年12月，我接到了佐治亚州罗马市驻地机构特工罗伯特·利里的电话。驻地机构是联邦调查局在那些够不上设立办事处的地区设立的更小机构，它们通常和最近的办事处协同工作。几天前，在州西北部的阿代尔斯维尔附近，一个好看又活泼的十二岁小姑娘玛丽·弗朗西斯·斯托纳，学校军乐队的鼓队队长，在自家房子的车道头上下了校车后就失踪了，失踪时距离家门口只有一百码。之后，在约十英里外，刚刚越过县边界的一处树林里，一对年轻夫妇看到地上有一件黄色外套，他们走近查看的时候发现了玛丽的尸体。当这对年轻夫妇看到外套下的尸体时，他们报了警，后者立刻赶到并勘察了现场。验尸官在尸体上发现了性侵的迹象、从背后用手勒的痕迹，以及对头部的重击。尸体附近找到了一块警方认为是物证的、沾有血迹的石头。

在查看了案件卷宗、犯罪现场照片和验尸报告，并进行了受害者分析后，我认为自己基本清楚了案发经过，也明白了为什么这个低受害风险的受害者会在低风险的情况下遭遇如此惨不忍睹的侵犯。

我在电话上向当地警方通报了我对这个未知嫌疑人（UNSUB）的画像：年龄二十多不到三十岁；蓝领工人，也许是电工或者水管工；有因医学原因退役或者非荣誉退役的服役记录；智商普通或者略高，但最多受过高中教育；有性犯罪前科，但应该没犯过任何谋杀罪；也许已经结婚了，但因为他自我感觉是个浪子，所以婚姻要么名存实亡要么已经分居甚至离婚了；开一辆黑色或者蓝色的汽车（我发现按部就班、有强迫症的人通常会开深色的车子）；态度傲慢自大。因为他必须在绑架地点附近待足够长的时间才会注意到玛丽·弗朗西斯，我认为警方很可能已经把他当成潜在目击者进行过盘问。

我通报完分析画像后，他们告诉我，说我刚描述的是一个已经接受了盘问并刚刚被放走的人，名叫达雷尔·金·德维尔，二十四岁的白人男性，曾经是一起十三岁女孩强奸案的重要嫌疑人，但从未被定罪。尽管智商有一百至一百一十，他在八年级后就辍了学。他已经结了两次婚又都离了，现在和第一任妻子同居。第一次离婚后他参了军，但因为无故离队，仅在七个月后就非荣誉退役了。他驾驶一辆三年车龄、保养良好的黑色福特平托（Pinto）汽车。他的工作是树木修剪工，并在玛丽被绑架前两周受雇于当地电力公司，在犯罪现场附近修剪树木。他作为潜在目击者已经接受了警方的盘问。当天警方因为有了足够的怀疑，为他安排了一次测谎仪测试。

我告诉他们测谎不是个好主意。根据我对在押罪犯的采访经验，我已经知道那些没有良知的人因为能够通过将受害者非人化，而把自己的罪行合理化，从而不会有普通人面对测谎仪时的那些情绪和生理反应。第二天警方打电话告诉我说对德维尔的测谎没能获得确定的结论，而我认为测谎只会强化他感觉自己已经掌握的、应对审讯压力的能力。

现在他知道自己可以骗过机器了，那就只剩一种方式可以逮住他了。我告诉当地警方如何布置审讯环境：要把沾有血迹的石头放在他的视线范围里，但需让他不得不转头才能看到。我告诉他们，如果他是凶手，那他就没法忽视那块石头。而且因为玛丽·弗朗西斯头上被击打了好几次，我知道他极有可能沾上了血迹，这一点可以被用来诱使他怀疑自己。同时通过暗示小姑娘实际上是主动搔首弄姿勾引了他，哪怕佐治亚州允许死刑，当地警方和联邦调查局联合团队还是成功让他招了供。这一幕被拍进了奈飞（Netflix）的《心理神探》第一季里，其中的教训是：人人都有一个"石头"。你只需要搞清楚这个石头是什么。

几个月后，1980年春天，我接到了宾夕法尼亚州洛根的警长约翰·里德打来的电话，他是联邦调查局全国学院的毕业生。他和布莱尔县的区检察官小奥利弗·E.马塔经由调查局在约翰斯敦的驻地机构特工戴尔·弗莱介绍到了我这里来。大约一年前，约晚上十点十五，一位名叫贝蒂·让·谢德的二十二岁女性结束保姆工作后，在步行回家的途中失踪了。四天后，在阿尔图纳附近的瓦普桑内纳克山区，一个在野地里徒步的男子于一处非法垃圾倾倒处撞见了贝蒂遭到肢解的尸体。她不仅遭遇了性侵，用县验尸官的话来说，这还是他见过的最恐怖的死法。

根据尸体遭到的严重面部损伤，我很清楚未知嫌疑人熟悉受害者。但和其他我见过的案子不同，这不是一次施虐式的残杀：大部分伤口都是死后造成的。其他的行为线索暗示凶手是一个内向不合群的人，年龄在十七到二十五岁之间，因为不完整的家庭和过于强势的母亲而成长失衡。我很确定他住在贝蒂·让家和抛尸地点之间。

在研究中，我们见过精心策划、显示高度自控和谨慎思考的犯罪行为，它们通常不会留下太多物理证据，这样的案子一般暗示了罪犯的类型：井井有条型。相反，那些看起来不由自主犯下的罪行，受害者与其说是一个特定的目标，更像是当时情景下的选择：犯罪现场一片狼藉，会留下大量物理证据，这样的罪行是没有条理的人犯下的。罪犯的有序或者紊乱的程度是了解罪犯个性的关键线索之一。谢德的抛尸现场是被我们称为"有序-紊乱混合型"的情况，可能意味着很多东西，但这起案子暗示的是，我们要逮捕的罪犯不止一人。

警方已经想到了两名嫌疑人。一个是受害者的同居男友，人称"布奇"的小查尔斯·F.索尔茨。另一个是撞见尸体的人，他住在贝蒂·让家四个街区以外，已经数次和贝蒂搭讪，但都没能成功。他有反社会行为的前科，而且给出的不在场证明也无法核实。但他已婚，有两个小孩，而且肢解尸体的做法无法和他对上号。布奇·索尔茨更符合画像中的描述，包括他有一个强势的母亲和无法同女性自在相处的名声。他对贝蒂·让的激情表白在我看来骇人听闻。我怀疑他们曾经发生过争执，她威胁要离开他，而情况就是从那一刻急转直下的。当我发现索尔茨成长背景相同的哥哥麦克是个垃圾转运工人后，我对他更有兴趣了。我认为我们可以通过麦克获知真相，结果最后搞清楚了麦克是在布奇无法进行性行为后性侵了贝蒂，然后帮着处理了尸体。最终布奇被判一级谋杀，麦克因为认罪协议，被送进了精神机构。我很确信这两人要是没有被抓住的话，一定会再杀人。

这就是这份工作最让人满足的部分：为受害者和他们的家庭伸张

正义。正是因为有些变态会将自己的猎物非人化，比如达雷尔·金·德维尔；或者像布奇·索尔茨一样为了实现自己堕落的欲望而残暴地伤害别人，同事们和我才选择了截然相反的道路。我们把受害者还原成活生生的人。我们训练自己去看见、去真实感知那些他们在自己过于短暂的一生的最坏时刻所遭遇的一切。我认为这是由我们创立的、能流传下去的遗产之一。这些年来已经有太多关于联邦调查局画像专家的虚构作品了，其中描述了能把自己置身在罪犯头脑里的重要性，这当然是我们能做到的，但把自己置身在受害者的头脑和处境之中也同样重要。这不仅帮助我们联系起了罪案的整个生理和心理环境——受害者的反应如何影响到了施害者的态度——还给了我们更大的动力去为那些再也无法为自己发声的受害者伸张正义。

用我们的方法训练出来的里德警长公开宣布说，我们在侦破贝蒂·让·谢德谋杀案里提供了重要且直接的帮助，并为审讯制定了策略，想出了要如何获得罪犯的供词。

这就是我们的画像项目开始陆续收到的正面曝光之一。和约翰·里德一样，全国各地不少警长和州巡警长官都致电或者致函给调查局，说我们帮忙缩小了嫌疑人名单，集中了调查焦点，并帮助实施了抓捕以及制定了审讯策略。我们甚至接到了负责办事处的特工的电话，说自己就某个特定案件需要面对媒体，问要说些什么才会既有信息量和显得积极主动，但又不会泄露后面需要用来选定或者排除嫌疑人的细节。但如同斯托纳和谢德的案子，这些都是只会在执法机构内部引发关注的地方案子。我们还没有参与过受全国媒体关注的大案；在当时，连环杀手还不是一个公众熟知的概念。

我不敢说自己对画像项目和基于犯罪行为的调查分析方法的发展方向有了清晰认知，但我知道我们已经有了继续的基础。在最狂野的想象里，我看见的是一个有着自己专属的、载满实验设备的"飞行小队"能够随时出发，带着犯罪现场技术人员、法医、病理学家以及一两个画像调查员前往大型犯罪现场，但我也知道这大概率只是一个狂想。联邦调查局总部和匡蒂科之间已经很紧张了，很多大人物把匡蒂科称为"乡村俱乐部"，因为我们地处乡间，并且他们觉得我们无所事事、只会抱怨。另一方面，我们经常把胡佛大厦里的那帮人视为一群管理者和官僚，他们基本不知道干事儿的人在现场都做了些什么。

所以，如果富兰克林一案就是那个可以让我们进入联邦调查局视线的案件，那它也给我们带来了巨大的风险。那些在已故创始人埃德加·胡佛钢铁般的严苛管理下，以及在"只要事实"的破案方式下成长起来的老派硬汉们，那些严格通过逮捕罪犯数量来计分的老人们，会认为罪犯画像和主动策略太过情绪化了，他们会很开心看到整个想法被废弃，并把我们都赶回街头。我预测终将会有别的探员继续我们现在正在做的工作，但要是在这样一个更大更关键的案件里失了手，我们的全部努力就付诸东流了。

当然，比起对自己职业生涯甚至这个小队未来的担心，我最大的担忧在于这个案子是个万众瞩目的"倒计时器"。有一个可能是连环杀手兼总统刺客的凶手在逃。对任何一个潜在的受害者来说，我们都无法承担失败的结果。

联邦调查局全国总部所在的埃德加·胡佛大厦是一栋巨大的灰色混凝土建筑，在建筑批评家嘴里，它被称为"野兽派风格"。大厦占据了华盛顿特区市中心的核心街区，被宾夕法尼亚大街、E街以及第九、第十街环绕，从大厦往南一个街区就是林肯总统被刺杀的地方。1975年9月，大厦投入使用堪堪五年。在当时，哪怕它不是华盛顿最丑的一栋楼，但也已经获得了首都最丑建筑之一的名声。它显然是最拒人于外的一栋楼之一，几乎就是在命令你转身走开，往相反方向走。从这个角度来说，很多人都表示它精准地反映了自己得名的那个标志性人物的性格。

我把车停进了大厦地下的安全车库，出示了自己的证件，然后乘坐电梯抵达主管层。当时，你还可以看见、闻到雪茄的烟雾从某些办公室里飘出来。要是相当数量的办公桌底层抽屉里放着一瓶瓶各式各样的"强化点心"（指烈酒），我可一点都不会感到意外。

　　1960年代中期，联邦政府已经卷入了民权运动，而当时在南方几乎不可能给被控杀害了非裔或平权人士的白人被告人定罪。三K党成员以及来自尼肖巴县治安官办公室、费城和密西西比州警察局的官员对詹姆斯·切尼、安德鲁·古德曼和迈克尔·施韦尔纳——1964年"自由之夏（Freedom Summer）"活动中努力让非裔美国人能在密西西比州登记投票的三名年轻民权运动家——的谋杀，激怒了几乎整个美国。但密西西比政府拒绝提起诉讼。同一年，密西西比州全由白人组成的陪审团两次都没给拜伦·德拉贝克威思定罪，他在民权运动家、美国有色人种促进协会（NAACP）地方联络员梅德加·埃弗斯开车驶入自家车道的时候谋杀了后者。两次审判中陪审团都没有做出判决。一年前，亚拉巴马州拒绝对联邦调查局查出的四名三K党嫌疑人提起诉讼，这四人涉嫌炸弹袭击了伯明翰第十六街上的浸信会教堂，炸死了四名十一岁到十四岁的小女孩。

　　这些案件，以及五六十年代遍布水深火热的南方那些让人出离愤怒的正义缺失案件，最后只能靠司法部从联邦层面以侵犯民权的名义来诉讼州内的谋杀犯。联邦调查局局长埃德加·胡佛不太情愿地参与其中，考量着争取种族平权和遏制共产主义分子对美式生活的影响两者之间的平衡（他把很多东西都算作了共产主义分子对美式生活的影响）。但检察长罗伯特·F.肯尼迪、总统约翰·F.肯尼迪和总统林登·B.约翰逊，以及1964年终于颁布的《民权法案》（*Civil Right Act*），都推动联邦调查局在侵犯民权的有关诉讼中担任了更积极的角色，特别是当州一级政府不作为的时候。

　　到了乔·舒尔特和戴夫·科尔开始和民权司（Civil Rights

Division）打交道的时候，情况已经进步了不少，甚至南方的州已经采取了更积极的立场（但拜伦·德拉贝克威思要直到 1994 年才在州法庭被定罪，而三名"自由之夏"运动烈士的案件要等到 2005 年才在州一级重新开庭审理）。到了 1980 年，种族相关案件是要先在州里提起诉讼，还是从联邦层面入手合法地将其判定为侵犯民权，主要依靠一种策略：案子是不是有强有力的证据，以及嫌疑人被判罪的最大机会在哪一级。

我来到楼上，沿着走廊走到了戴夫·科尔的办公室。我在半掩的门上轻敲了几下后，他抬起头来，给了我一个轻蔑的笑容。"希望你准备好了，约翰，因为，你懂的，如果你搞砸了，韦伯斯特局长可是已经签署了把你调到蒙大拿州比尤特的调令。只需要提交就行了。"他说道。当时，比尤特在联邦调查局员工眼中就等同是地狱，是胡佛把有罪的员工发配去受折磨的地方。

"我很开心你没给我任何压力。"我回应说。和平时一样，戴夫的语气和蔼可亲，但我们都知道，谈话的主题很严肃。

戴夫已经拿到了所有的案件资料，并为我分列进了四到五个可继续增加资料的文件夹里：这还是计算机分类存档之前的时代。我们坐下来就面对的挑战开始交流想法。

"我们之前从没遇到过这么能跑的。特别是民权运动的案子。大部分人都只干一票就完了。富兰克林从不在一个地方待到能让我们抓住他。"他说道。

尽管当时还没有成为习语，但我们已经在用"连环杀手"这个短语来指代那种在不同时间不同地点杀害了三个及三个以上受害者的凶犯了，这些人在每次行凶后通常会有一段冷静期。然而到目前为止，那些我们在美国亲历的、从欧洲听来的案子都更可能是为了满足变态的性冲动而诱发的，是罪犯对自己终极幻想的实施。而这家伙有另一种幻想，而这种幻想是要从这个国家抹除被他认为不受欢迎的人，仅仅因为后者和自己是不同的种族。他显然手段丰富，前期准备充分，大部分情况下似乎都经过提前谋划。无论戴夫还是我都不意外在每次狙击之前，他会花上几天甚至几周跟踪受害者。我们用来抓住德维尔和索尔茨的任何方法对他来说都是无效的。

民权司尤其更感兴趣的是到底能不能预测出富兰克林接下来会出没的地点，甚至是吸引他的地点，还要是在他知道自己已经是一个被重点追捕的逃犯后。

"所以你是怎么想的？这在你的专业范围里吗?"戴夫问我。

"呃，"我开口了，想要听起来既自信又尽可能直白地回答他，"有时候，地方警方要犯罪画像的时候，他们似乎认为我可以给出未知嫌疑人的名字和住址。这一次，我们已经有了名字，这占了先手。我们可以凭着准确的人物信息开展工作，而不是靠着推测来。"

"而且我们还有探员在搜寻任何能找到的嫌疑人的家庭成员。"戴夫补充说。

"那会有用处的。现在的挑战是他选择受害者的范围太广了。但我们知道身为逃犯的他压力很大，所以我们要继续加大压力，让他真的他妈的坐不住。我们要试着针对他的优势和缺点找出他可能的舒适区。等我看完这些资料我应该会有更多的想法。"

富兰克林当然会大感压力，但我们的压力也不小。密苏里州、犹他州、印第安纳州、宾夕法尼亚州和肯塔基州的当地报纸和电视台已经在蜂拥报道这个案子了，全国性的媒体也开始关注了。执法部门和媒体的关系复杂。当我们想要放出公众可能会有所回应的信息时，比如找到某些可能目睹、偶然听到或者被告知信息的人时，比如我们想要让某个未知嫌疑人就特定的主动策略做出反应时，记者就是我们的朋友，我们也合作无间。当他们发布了我们不想他们发布的细节，或者当他们就我们因种种原因希望低调行事的案件带来持续的公众压力时，他们就是同时刺进我们一大帮人屁股的肉中刺。我们和他们都明白这其中的关系：我们都有各自的工作要做。我们需要彼此，但有时候工作需求并不契合。

这个案子正是媒体报道微妙之处的完美例子。在为找到未知嫌疑人提供线索这方面，发布对他的描述很关键。同时，如同联邦调查局高层所想的，除非我们迅速抓到了嫌疑人，否则对一个已经逃脱警方掌控、手法多端的嫌疑人进行不断报道，只会阻碍抓捕，并可能带来耻辱。联邦调查局唯一的基本原则，源自胡佛时期的最早铁律就是：永远不要让联邦调查局丢脸！

如果我想不出有效办法，或者更糟糕的是，如果我的判断把人力和资源引到了错误的方向上，如果我的方法在任何层面上搞砸了，就连戴夫也没法保护我，就像他不怎么含蓄的、关于我会被调往蒙大拿州比尤特的例子所暗示的一样。这甚至肯定会反噬到他，因为正是他建议总部要信任行为科学（或者他们口中常说的"狗屎"）。

"祝你好运，约翰。"戴夫在我离开的时候说道。

祝我们大家都好运吧，我脑中想道。

第二章

　　我捧着案件卷宗走回了车里，往匡蒂科驶去。相比坐在没窗户的办公室，周围环绕着聊工作的谈话，当我在分析案件且想要集中精神的时候，最喜欢去的地方是几层楼上的图书馆顶层。这里有从大窗户洒进来的自然光，我还可以望向窗外绿波翻滚的弗吉尼亚乡村景色，这些景色在某种程度上对冲了我一直埋头研究的案件资料中的阴森之意。另外这里也没有电话和其他会导致分心的东西，因此只要愿意，我可以想专注多久就专注多久。

　　我独自坐在一张能坐下八到十个人的图书馆桌子前，把案件材料在面前铺了开来，以便自己可以连起不同的点，在脑海里构建起联系。

　　我选择从基本事实入手：在浸入具体的案件资料前，我想尽可能深入地理解这个人。出生日期：1950 年 4 月 13 日，但有些身份证明上列出的生日是 1950 年 2 月 9 日；可能这是他防止别人彻底了解自己的方式，就好像他会使用非常多的化名一样。不管是哪个日期，他都三十岁了。出生地：亚拉巴马州莫比尔；毫不意外他是南方人，长大的过程中恰逢周围充斥着紧张的种族关系。发色：棕色。眼睛：蓝色。左小臂上有鹰的纹身，右小臂上则纹着死神。

　　最近一个可信的住址是在莫比尔，时间是 1977 年，按照记录他当时的职业是保安。父亲叫詹姆斯·克莱顿·沃恩，母亲的名字是海伦·劳。他之前属于美国纳粹党的得克萨斯州分部，也曾是加州普世神教会的信徒。

我继续读卷宗里保存的首份电传打印机打印资料，上面的时间是1980年10月2日。当时，详细通报（all-points bullentins，APBs）是由电传打印机发送的，美联社和合众国际社以前也用同样的一套系统把新闻发送给客户。那是个蹲伏在桌上、巨大方正的暗色金属盒子。印了消息的纸张从顶端的一大卷纸里流出来，一则消息结束后，你需要把它扯下来。当某个特别重要的信息送达时，机器里有个铃铛就会响起来，提醒负责它的人"赶紧撕赶紧看！"铃声的次数暗示了消息的重要程度。你逐渐会习惯对铃声产生反应。和今天的激光打印机不同的是，电传打印机在打印的时候整个走廊都可以听见"咔哒咔哒咔哒"的声响。不太紧急的信息和报告是通过电信服务发送的，其实就是当天打好当天寄出的特快邮件。从电传打印机打印资料上列出的其他信息中我读到："据称沃恩在马里兰州的上马尔伯勒把名字改成了约瑟夫·保罗·富兰克林，并宣称他改名的目的是为了能去罗得西亚①杀黑人。"但没有证据表明他曾去过非洲。

浏览资料时，第一条震惊到我的信息位于"生理特征"这一栏下。除了他会戴假发伪装自己外（这个信息我们已经基本从目击者报告中拼凑出来了），他的右眼几乎全盲，原因是儿时的一场意外。因为存在不同的描述，搞不清楚是因为自行车事故造成的，还是因为和弟弟戈登玩 BB 弹玩具枪导致的。那他专业级的射击水平是不是对这种感知缺陷的补偿？我总是被频繁问到，每个暴力罪犯的背景中是不是都有那么一个决定了他未来选择的事件。是不是正是这起不幸事故成为了富兰克林踏上犯罪生涯的契机？不太可能，尽管这也许影响到

---

① Rhodesia，位于非洲南部的前英国殖民地，名称源自英国殖民者塞西·约翰·罗兹（Cecil John Rhodes）。1965年独立后成立了罗得西亚共和国，1980年更名为津巴布韦共和国，沿用至今。——译者

了他犯罪的方式。

　　档案里列出了富兰克林早期的罪行，有些是他尚未成年时犯下的：行为不当，还有几起是非法持有武器，但司法系统似乎不想费劲起诉他。第一桩看上去和正调查的案子特别相关的罪行发生在他改名后几个月。1976 年 9 月 8 日，他因前一天袭击和殴打了一对跨种族情侣被捕，案发时这对情侣刚在华盛顿肯塔基中心参加了一场音乐会。富兰克林在中心附近开始驾车跟踪他们，一直跟到了约十英里外的马里兰州蒙哥马利县。随后他把这对情侣堵在了一条死路上，摇下车窗向他们喷洒梅斯牌胡椒喷雾。情侣中的男性，亚伦·基斯·迈尔斯，记下了富兰克林的车牌号并报了警。蒙哥马利县的警长据此逮住了富兰克林。11 月的庭审日他没有出现，因此被罚没了保释金，还收到了一张逮捕令。据我所知，这似乎是富兰克林针对非裔美国人或者跨种族情侣的第一次暴力犯罪，哪怕对他一无所知，我依然会预测他涉及种族的暴力行为会继续升级。从这里开始，卷宗里列出了最近的一起事件，地点在肯塔基州北部，时间是在我接到戴夫·科尔电话的两周多以前。

　　1980 年 9 月 25 日，一个周四的凌晨两点十分，和辛辛那提仅隔着一条俄亥俄河的肯塔基州佛罗伦萨（也被认为是辛辛那提都市圈的一部分）警方接到报警，事关一宗抢劫案，案发地点在 18 号州内公路（State Route）和 75 号州际公路（Interstate）交汇处的博伦服务区。据服务区员工描述，罪犯逃离时乘坐的汽车是一辆挂着印第安纳州车牌、1975 年款银红色克莱斯勒。

　　警方在佛罗伦萨苏格兰旅店（Sottish Inn）的街对面寻获了这辆车，几辆警方巡逻车随即包围了旅店。车主是住在 137 号房间的一名男性，十九岁的印第安纳州迪尔斯伯勒人加里·R. 科克。丹尼斯·柯林斯警官敲开了房门，以涉嫌抢劫逮捕了科克。

　　隔壁的 138 号房间里，名叫约瑟夫·保罗·富兰克林的人对半夜里的这一阵噪音和骚动很不高兴。他打电话到旅店前台投诉，甚至还威胁说要是噪音不停的话就要退房走人。然后他的行为还变本加厉了。富兰克林直接把电话打到了佛罗伦萨警察局，投诉他们的这次出警，还补充说停车场上的克莱斯勒挡了他自己的车。不久之后，看到那辆克莱斯勒还没挪走，他再次打电话到警察局投诉。他前后大概打了五次电话，导致后来警察局长亲自接电话解释说他们是在调查一起抢劫案，此事和他无关。

就在柯林斯警官准备离开的时候，旅店员工告诉他住在科克隔壁房间的男性一直在抱怨自己的车被挡住了，还想知道警方什么时候会走。

"我前去（和富兰克林）聊了聊，他说自己之所以抱怨是因为科克把他的车停在了自己的科迈罗后面。"柯林斯事后告诉一名合众国际社记者。

之后柯林斯走回去看了看那辆科迈罗，然后看见前座上有一把左轮手枪。他上报车牌号进行电脑检查，得知了一个重大消息：这辆车和盐湖城一起有两人遇害的凶杀案中的涉事车辆相符，而且警方正在搜寻的嫌疑人——一名南方口音的苗条白人——也对上了柯林斯刚交谈过的、住在 138 号房的那个人。一队警察回到富兰克林的房间逮捕了他。他没有反抗。他们还收缴了两把步枪和另外一把手枪。

和我在将来的其他案子里看到的一样，杀手无意间导致自己被捕并非没有先例，有时候他们不过是向官方（就其他事）投诉，但也让自己进入了官方的视线。富兰克林因为对噪音的投诉而导致自己被捕就和丹尼斯·尼尔森的情况类似。后者是一名苏格兰的恋尸癖连环杀手，被称为"马斯韦尔山杀手"（Muswell Hill Murder）。富兰克林被捕几年后，1983 年 1 月末，英国退伍老兵、厨师和守夜人，同时当过很短时间初级巡警的尼尔森勒死了多个受害者中的最后一名，那是位被骗进他伦敦公寓的年轻男性。在此之前，在他位于伦敦北部梅尔罗斯大街上的公寓里，他把受害者们的尸体埋到地板下，后来再把尸体挖出来烧掉。最后三名受害者，是在他搬到了伦敦时尚街区肯辛顿的克兰利花园后，被杀害及肢解的。他先在厨房灶上的一口锅里炖煮了受害者的头、手和脚部，移除了能够辨认身份的生理特征，然后把残骸塞进了厕所马桶。

2月4日，尼尔森代表自己和其他租户给房东写了张条子，投诉下水道堵塞和回水问题。四天后，在房东的要求下，戴诺罗德紧急管道疏通公司派人前去处理问题。在打开了建筑旁边的一处下水道后，水管工迈克尔·卡特兰发现是一堆肉团和小块的骨头堵住了水管。卡特兰的主管当时也过来看了一下，第二天早上在回公司的路上，这两名有所怀疑的水管工联系了伦敦警察厅。当探长比特·杰和两名同事前去尼尔森的公寓询问情况时，他们立刻就闻到了腐烂肉体的味道。不久之后尼尔森承认了除克兰利花园三起人命之外的"十二三起"谋杀。审判后，他被判犯下多起谋杀罪，刑期是终身监禁，至少要服刑二十五年。他死于2018年5月12日，死亡原因是腹部手术的并发症。

如今，两起案件之间的共同点在于罪犯都因为投诉而遭到了逮捕；要是他们都够聪明的话，应该会尽可能地低调。这两人的区别在于，尼尔森被侦探问到为什么会犯下这些谋杀案的时候，他回答道："我希望你告诉我答案。"宣称（谋杀）只是自己"崇尚死亡的艺术性和死亡本身"。而富兰克林这边渐渐清楚的是，他对于自己为什么这么做没有丝毫疑虑。

富兰克林被从苏格兰旅店的房间带到了佛罗伦萨警察局，在这里他受到了重案组警探杰西·贝克的审问。尽管驾照上的名字是约瑟夫·保罗·富兰克林，但警方记录显示他拥有大量写着其他名字的身份证明。

当阅读这次审问的笔录时，我看见的是一个非常善谈的嫌疑人，但也不得不承认，他相当不愿意提供真实信息。甚至在贝克不断警告他，哪怕什么都不说，也比撒谎好得多之后，他还在不停地说。这就带来了连他自己都无法回答的问题，或者直接就自相矛盾了。最后，他不得不承认那辆车根本没有登记在自己名下，因为贝克告诉他这车被登记为被盗车辆，富兰克林所说的一切都对不上。

三十岁的富兰克林每隔几周就从一个地方开车到另一个地方去，甚至间隔几天就换地方。除了"开车闲逛"，他说不出自己在各个地方干了什么；除了几个他连工作内容都记不住的零工外，也没法解释自己靠什么谋生，更解释不了他怎么搞到钱买下了这辆车，或者为什么这辆车会和盐湖城的谋杀案扯上关系。他否认自己在过去的五六年里去过盐湖城，这迫使贝克对他说："好吧，要是你以前在犹他州待过，而且我也能证明你确实待过，哪怕你没有偷走任何人的一分一毫，但你也肯定是对我撒谎了，对吧？一旦我发现你撒了谎，那我就再不会相信你了，你知道吧，你说的一切我都不信了。"

不久之后，富兰克林承认自己最近可能开车经过了（盐湖城），然后又回想起自己似乎在那里待了几天。他无法解释为什么他车里找到的武器"碰巧"是谋杀案里用到的同款枪支，以及为什么他的车被指认和盐湖城谋杀案有关。但他似乎尤其担心，警方的真实目的是调查他是不是和未成年少女发生过性关系，他声称那些姑娘比她们真实年纪看起来要成熟。

富兰克林不清楚自己什么时候在什么地方，也不知道每天晚上睡在哪儿，他给出的答案基本都是"就这儿和那儿呗"。

"大部分人不知道自己要去哪儿，但他们知道自己去过哪儿，"贝克恼怒地指出，"你似乎两个都知道。"而富兰克林给出的位于肯塔基州埃尔斯米尔的家庭住址也被证明是伪造的。

警探对他进行了彻底而专业的审问，提醒嫌疑人自己会用各种方式去证明他是不是说了实话。贝克强调自己和其他好几个地方的警方都有联系，能很快验证或者驳斥富兰克林交代的内容。他还说佛罗伦萨警方正在申请针对富兰克林那辆汽车的搜查令。

在某个时候，贝克离开了审讯室，把富兰克林留给了吉姆·莱利警官。之后不久，有人敲门，莱利开了门，另一名警官来通知说已经拿到搜查令了。刚好那时候，贝克也回来了，也在和莱利说话，此时他们听到一阵噪音，转头就看见富兰克林爬出了窗户。他们追了过去，但他已经跑掉了。受过训练的警犬跟着他的味道追了几个街区，之后也跟丢了。

警探们回溯了他在这个区域待过的所有地方，对每个地方都进行了搜查，但约瑟夫·保罗·富兰克林消失了。

第三章

　　佛罗伦萨的警探们没耽搁太久，立刻就联系了盐湖城警察局，询问那起最早标记了富兰克林开的车以及最后导致他被捕的案子。盐湖城警方已经指派了三名警探负责搜捕富兰克林。同时，俄亥俄河对面的辛辛那提也在找富兰克林，调查去年 6 月 8 日两名非裔美国青年被谋杀的案子。

　　根据盐湖城警察局的报告，在 8 月 20 日一个周四的晚上九点左右，昵称"泰德"的西奥多·特雷西·菲尔兹打电话给朋友，也是自己的前女友卡尔玛·英格索尔，问她想不想和自己去自由公园慢跑。卡尔玛和朋友特丽·埃尔罗德在一块儿，于是也叫上了后者一起。泰德开车接上了两个姑娘。他的朋友戴维·莱默·马丁三世也在车上。二十岁的泰德和十八岁的戴维是非裔美国人。卡尔玛和特丽都是十五岁，都是白人。他们把车停在了戴维家，然后开始往自由公园跑去。

　　差不多同一时间，一位名叫瑟夫·马努的邻居留意到一辆棕色的雪佛兰科迈罗汽车行驶在公园西环线上，高速向北开去。马努自己也有一辆科迈罗，因此他注意到了那辆车的细节，包括车身的红色装饰线条、扰流尾翼、双排气管道、改装过的轮毂，以及印着白色浮雕字母的轮胎。他说司机留着齐肩长的头发，在闯了个红灯后，掉头停在了一块空地上。

　　公园里，四个朋友正沿着公园西环线往南跑。当跑到网球场的时候，女孩子们停下来休息。两个男孩多跑了一圈后回来接上了她们，四个人又开始一起跑。大概十点十五，在他们跨过一个十字路口时，听到了一声巨响，卡尔玛形容说巨响听起来像是鞭炮声。特丽则突然感到手臂处火烧火燎的痛，往下一看，就看到了血。然后是第二声巨响，然后又是两声，戴维跌进了泰德怀里。他奄奄一息地说道："上帝啊，泰德，有人杀我!"

其他三人慌乱地把戴维拖向路边，泰德喊两个姑娘快跑。当泰德试着自己把戴维拖到路边的时候，又是两声枪响，泰德倒在了人行道上。

后来调查发现，这起案子从多个角度都有着数个目击证人。加里·斯诺和玛丽·彼得蔻布看见四个慢跑者经过的时候正在自家公寓楼外。听到第一声枪响的时候，斯诺正在往车道上倒车。他后来告诉警方自己一共听到了六声枪响。他钻出车子，跑回公寓报了警。

十二岁的米歇尔·斯派塞和朋友凯丽·博钱恩当时正从厨房窗户往外望，凯丽看见了空地上有一名男子正屈膝举着一支步枪。

看见戴维·马丁倒下的时候，小克拉伦斯·埃尔伯特·莱文斯顿正在自己的车里。他一听到下一声枪响，就判明了子弹飞来的方向，然后把车子横到了十字路口，挡在慢跑者们前面保护他们。

听到枪响后，加里·斯派塞从家里出来，看见一名男子正手持步枪射击，然后这名男子弯腰跑向了一辆停在他家旁边的棕色科迈罗。开车离开之前，男子打开后备厢，把步枪扔了进去。加里能够对警方描述出枪手戴着一顶宽檐帽子，穿着一件齐腰长的夹克。

听到枪响时，玛丽莲·戴安·威尔逊在附近一家 7 - 11 便利店里，然后她冲到了十字路口上，当时莱文斯顿已经下了车，试着帮助两个中枪的人。她让受害者仰面躺好，摸了摸两人的脉搏。但就在救护车赶来现场的几分钟里，泰德停止了呼吸。戴维当时还活着，但几小时后他在医院里去世了。

枪击案发生的第二天早上，一个犯罪现场小队回到了被封锁的地区，进行了彻底的搜查。他们拍下并测量了轮胎印迹，还找到了六发.30-30的弹壳。他们复原了受害者的血迹喷溅轨迹，和弹壳一起送到了旧金山的酒精、烟草、火器和爆炸物管理局实验室，那里的弹道专家埃德·彼得逊判定子弹都是出自同一支步枪，可能是麦林牌或者格伦菲尔德牌的。警探们四散前往本地的枪支商店调查，并在最近的促销分类广告中搜寻售卖枪支的信息。他们测试了所有能够找到的武器，但没有一把步枪的弹道同凶器匹配。

不仅杀人凶器不知所踪，枪击也没有明显的动机。唐纳德·贝尔警探同在医院养伤的特丽谈了话，并调查了四名受害者的背景。他什么都没有找到。没人遇到过什么麻烦或者和可疑人士有牵扯。他们都是正直的年轻人。泰德的父亲是一位牧师。特丽几个月前曾遭到了强奸，因此她被怀疑是枪击的首要目标，目的是阻止她指认强奸者或者出庭作证。但这个方向也没有得出任何结果。

动机会不会和种族有关？或者两名死者的黑人身份其实无关紧要？警方很快得知卡尔玛的父亲、和自家兄弟梅尔接到卡尔玛电话后立刻开车去了现场的李·英格索尔（Lee Ingersol）一直反对女儿和非裔约会，但他说自己不是反对整个非裔种族，他只是觉得社会偏见会让卡尔玛过得很艰难。他主动要求接受测谎仪测试，结果证明他既不可能实施枪击也不可能犯罪。特丽的父亲拉尔夫·埃尔罗德也被怀疑过：身为某自行车队一员的他据传对三K党怀有同情，但经证实他其实挺喜欢泰德的，还说自己对女儿和非裔美国人约会没啥意见。他同样也通过了测谎仪测试。

该区域的非裔美国人不相信这起袭击不是种族事件。在犹他州的社会和文化里，摩门教是一股决定性的势力，并且教会高层长期存在着对黑人的厌恶和排斥。此时距离非裔美国男性有资格当牧师仅过了两年。除此之外，盐湖城最近还成立了一个三K党的支部。警察局长"巴德"埃尔伯特·威洛比试着说服公众罪案和种族没有关系。他和市长泰德·L.威尔逊同有色人种促进会的犹他分会主席詹姆斯·杜利会了面，表明调查人员认为案子和种族问题无关。事后看来，把焦点从种族问题上移开，完全就是对时间和资源的浪费。

案子是否和毒品有关，以及是否地下皮条客实施的报复，对这种种可能性都进行了调查，调查的结果并不是因为受害者们卷入了犯罪团伙。泰德的一名好友说自己和他曾约过两名十九岁的妓女，还试图劝说后者从良。也许这是戴维被枪击的原因，因为从远处看他很像泰德的那个朋友。警方询问了提到的两个妓女和她们的皮条客，但没有任何结果。

当所有线索都断掉后，警方回到了种族问题上。美国司法部指派了助理检察官史蒂夫·斯纳尔监督此案，留意是否有可能违反了联邦的《民权法案》。但斯纳尔也不太清楚有没有此类问题。联邦调查局经由盐湖城办事处也加入了案件的侦查，由特工柯蒂斯·詹森负责。此时，联邦调查局和警方都判定枪手已经逃离了该地区，因此盐湖城办事处在 10 月 2 日向全国发送了包含案件详情的电传通知。同一天，主管办公室也发出了电传，列出了富兰克林涉嫌的所有案件的地点和时间，就是我在卷宗里读到的这份。

一条可能的线索吸引了贝尔警探的注意。一位名为米琪·迈克亨利的大学生因生活所迫，每周有几个晚上会站街卖淫。在枪击案发生前的周日晚上，她坐在自己通常招揽生意的地方，南部州大街上的一堵墙边，一名开着科迈罗轿车的男子停了下来，要她和自己走。她说了自己的要价，然后钻进了车里。男子告诉米琪自己名叫乔伊·哈格曼。他们开车走了一段，停下来买了个三明治，接着开回了他住的旅店。在聊天中，他透露自己讨厌黑人，还问她有没有和黑人睡过。他声称自己甚至不赞同白人女性和黑人说话。他还说自己是三 K 党的成员，根据联邦调查局后来在司法部民权司要求下提交的一份报告

（美联社也引用了这份报告内容），男子暗示自己过去杀过黑人，还让米琪列出本地黑人皮条客的名单，好方便他动手。

让贝尔尤其感兴趣的是，当他们开车经过自由公园的时候，哈格曼问她都有谁会来这里，她说公园的东边基本都是白人来，西边则是说西班牙语的（尤指拉丁美洲裔），中间则是黑人和皮条客混迹的地方。

哈格曼向她展示了车里的两把手枪。当时她对他已经感到非常紧张了，说自己不希望他杀掉任何人。他把米琪带回到帝王旅店（Regal Inn）的房间后，她注意到还有两支步枪靠在角落的墙上。当他们脱衣上床时，她看到了他身上有鹰和死神的纹身。

事后，哈格曼把迈克亨利送回了她租住的公寓，她还把他介绍给了自己的室友辛迪·泰勒。三人聊了一小会儿后，他离开了。

贝尔问迈克亨利是否能够从一系列不同武器的照片上认出她见过的步枪，但她做不到。她协助警方画了一幅哈格曼的素描。盐湖城还有其他几位女性也和一个开着棕色或者深红色科迈罗轿车的男性交谈过，后者称自己是乔伊或者赫布，这些女性也认出了素描里的人。每个人都记得他对非裔美国人的抱怨，其中一名女性提到自己是自由公园公共泳池的救生员。他说因为黑人也去游泳所以他才不会去。两名在枪击案当天下午搭了他的车的女性搭车客记得他用种族歧视的话语说自己讨厌看见白人女性和黑人男性在一起，"因为这是不对的"。搭车客们还没下车，就都已对他产生了恐惧。

如果这些所有的偶遇都涉及了同一个人，贝尔分析，那么谋杀一定和种族相关，并且这个人确实非常危险。

第四章

在辛辛那提，6 月 8 日两名非裔男青年遭枪杀的案件已经让负责凶案的警探托马斯·加德纳沉迷好几个月了。当富兰克林被认定是一河之隔的肯塔基州佛罗伦萨枪击案的嫌疑人后，加德纳感觉自己可能也找到了一直渴望的突破。

一个炎热的周日晚上，辛辛那提的一对表兄弟，十四岁的达雷尔·莱恩和十三岁的丹特·伊万斯·布朗，在沿着瑞丁路步行的时候，被人从上方的邦德山铁路桥上用大火力的猎枪射杀。

"据判定，凶器是一支 .44 口径的麦林牌卡宾枪。"案件卷宗里记录道。这似乎和已推断出的富兰克林的一贯手法（modus operandi，M. O.）相符。所谓的一贯手法，包含犯罪时必定涉及的元素，比如闯入住宅的方法、抢劫时会带着枪或者罪犯诱骗受害者的手段。随着罪犯愈发娴熟，知道怎么做最好后，一贯手法也会随之进化。和一贯手法一起纳入考量的，还有被我们称为罪犯的"标志"的东西，这指的是那些能给罪犯带来满足或者情感上的圆满的元素，可能包括搜集纪念品、用特定方式折磨受害者，甚至是在性侵过程中让受害者按照剧本扮演角色。和一贯手法不同，标志不怎么变化，但它可能日益精密复杂。在富兰克林的案子里，从远处使用大火力武器射击受害者可以被定义为一贯手法，而选择非裔美国人作为目标则是他的标志。

达雷尔和丹特这两名年轻的辛辛那提受害者当时刚刚离开外婆家

的房子去买糖。达雷尔的姐姐听到枪响后冲出了房子。当她跑到他俩跟前的时候，急救员正在抢救两个男孩。达雷尔的父亲也是一名急救员，他就是最早抵达现场的急救小组的一员。

但他的儿子当场身亡。丹特命悬一线，被送到了医院。他的母亲艾比·伊万斯在几天后达雷尔的丧礼上收到了消息，让她马上赶回医院，好见自己宠爱的二儿子最后一面。

"太悲痛了。让人一片空白。这个坎你永远也跨不过去了。"三十年后在接受《今日美国》记者采访时，她这么说道。

在两个男孩被害的当时，我和妻子帕姆有两个女儿：五岁的艾丽卡和六个月大的劳琳。帕姆当时刚休完产假回去上班，在弗吉尼亚州斯波特瑟尔韦尼亚县公立学校系统中当一名专业阅读教师①。我总会把自己的想法和情感同受害者共情，也要处在杀手的位置上思考。但即使这样，这个案子对我来说也太过于惊恐了：两个无辜小孩在买糖路上被毫无原因地残杀。这让我感到无比恶心，而见识过所有这一切后，我如果否认我和很多同在执法机构里任职的人一样，很难给予自家小孩成长所需的自由和独立，那肯定是假的。

同样地，加德纳警探也没法想象为什么有人会预先埋伏好，等着射杀两个他几无可能见过的少年。也许这只是一起变态的激情杀人案，但他也无法排除种族仇恨犯罪的可能。

等看到主管发出的电传和盐湖城办事处的电传后，加德纳警探和盐湖城警方的罗伯特·涅瓦尔德警长取得了联系，两人认同在各自案件里都有相似的元素，连同两份电传通报里的其他可能，值得深入调查一番。

调查结果显示，这不过是由那份盐湖城电传里生发出来的、众多

---

① 指受过专业训练的阅读教师，能指导学生阅读，尤其是存在阅读障碍的学生。——译者

关联案件中的第一波。这两起案件明显都和去年 10 月俄克拉何马市的一起跨种族情侣枪击案件有着相同的一贯手法，同样的还有 1 月份明尼阿波利斯某购物中心一名十九岁非裔美国人枪击案，以及 6 月在宾夕法尼亚州约翰斯敦的另一对跨种族情侣枪击案。如果它们最终都被证明是相关的，那我们面对的就是一个非常高效且致命的连环杀手，一个在州和州之间轻松流窜，从不靠近受害者也不认识受害者而避免留下任何行为动机或者物理证据的杀手，我们仅有的证据不过是对步枪的弹道分析。

所有这些案件合在一起，意味着有一场已经至少持续了一年的杀戮狂欢，甚至可能更久。

因为可能和富兰克林有关而被纳入卷宗的第一起案子发生在 1979 年 10 月 21 日一个周日下午。1980 年 10 月 16 日，在一个有多家情报机构参加的会议上，联邦调查局发布的一份报告显示，案发当天，四十二岁的杰西·尤金·泰勒怀抱着购物袋走出了俄克拉何马市的一家杂货店。他穿过停车场往自己的白色福特汽车走去，他的同居女友、三十一岁的玛丽昂·薇拉·布雷塞特和她上段婚姻的三个小孩，岁数分别是九岁、十岁和十二岁，在车里等他。泰勒是黑人，而布雷塞特是白人。他们是市里一家老人院的同事。

走到车前的时候，泰勒被三发子弹击中，显然凶手是从街对面的闲置露天市场上向他开枪的，距离大概两百英尺。泰勒倒下后，布雷塞特跑出来跪在了他身边。她随后被击中了胸膛。孩子们尖叫起来。两名成人当场死亡。

枪击案有数名目击者，包括十六岁的杂货店雇员查尔斯·霍普金斯和另一名购物者文斯·艾伦。警方在数分钟后抵达现场，开始处置案件，询问目击者，并照顾三名小孩，后者也受到了警方尽可能小心地询问。警方未能从目击者报告里获得线索。他们从停车场寻获的子弹明显来自大火力步枪，还在街对面树丛里找到了匹配的弹壳。

接下来是发生在印第安纳州的数起案件。1980年1月12日，印第安纳土生土长的居民劳伦斯·里斯被一发穿过了他工作的丘奇炸鸡店落地窗的子弹杀害，时间是在关店前不久。警方判定子弹属于一支带瞄准镜的步枪，来自约一百五十码之外。

仅仅过了四十八小时，1月14日晚上，一位名叫莱奥·托马斯·沃特金斯的十九岁黑人男性被枪杀，子弹同样击穿了玻璃窗，位置是在印第安纳波利斯一处购物中心里名为速选市场（Qwic Pic Market）的杂货店。莱奥和父亲托马斯·沃特金斯当时正要开始灭鼠除虫工作。

为了说明我们还基本处于两眼一抹黑的状态，电传写道："上述两起案件的受害者之间不存在联系。"里斯和沃特金斯之间没有任何已知联系的事实正是让联邦调查局人员怀疑两起案子不是由同一人犯下的原因。但它们在我看来却很像是一人所为。

电传继续写道："警方推测（嫌疑人）使用了一支麦林牌336型号的杠杆式步枪。"当我在撰写逃犯分析时，弹道分析已经确认了两起谋杀中的子弹均来自同一支麦林牌.30口径的步枪。

但卷宗里那起引发了最多公众关注的案子，那起也发生在印第安纳州的案子很幸运地没有造成人员死亡。这就是戴夫·科尔提到的案子，在卷宗里被标记为"联邦调查局调查中"。

1980年5月28日，四十二岁的律师、民权活动家以及全美都市同盟（National Urban League）主席弗农·E.乔丹抵达韦恩堡，要在同盟本地分部的筹款晚宴兼颁奖典礼上讲话。他入住了举办活动的万豪酒店。乔丹很熟悉当地。他的本科是在格林卡斯尔的德波大学读的。他是当时学校里仅有的几名黑人学生之一。之后他在华盛顿的霍华德大学取得了自己的法律学位。

在对约四百名观众发表讲话后，乔丹回到自己位于一楼的酒店房间给妻子雪莉打了个电话，然后走到酒店酒吧和参加晚宴的客人打招呼寒暄。他后来一直在和一位名叫玛莎·科尔曼的三十六岁白人女性聊天。

当酒吧关门后，乔丹说自己还想喝点咖啡，科尔曼提议开车带他去自己位于韦恩堡中部偏南地区一个种族混住社区的家里喝。他们喝了咖啡后又继续聊了一个半小时，然后科尔曼开车把乔丹送回了万豪酒店。当他们在距离酒店大概两英里半的一个路口等红灯的时候，另一辆车里的三个白人青年冲着他们喊了种族歧视的脏话，然后在变灯后绝尘而去。凌晨两点前不久，科尔曼把自己的红色庞蒂亚克"大奖赛"型号汽车开进了酒店停车场，并朝着乔丹房间附近的侧边入口开去。

他们坐在车里继续聊了大概三五分钟，然后乔丹下了车。他被一发首先中停车场周围铁丝网而四散的子弹碎片击中了背部。子弹从背后冲破了他穿的夹克，并从胸前穿了出来。冲击力大到让他双脚离地，把他甩向了汽车的后备厢。在后视镜里，科尔曼看见乔丹倒在了路边。她立刻下了车，冲进酒店去通报枪击，并让酒店员工打电话寻求援助。躺在地上时，乔丹一直没有丧失意识，他后来回忆道，自己能感到剧烈的疼痛，而且他可以实实在在地感到血正从身体里流出来。

这起案子没有其他的目击者。科尔曼注意到在交通灯处侮辱了他们的年轻人之后把车停进了一家快餐店的停车场。调查案件的联邦调查局特工不认为他们有时间赶到酒店并准备好射击。

急救人员报告乔丹前胸的创口差不多有拳头大小。对乔丹前后实施了五台手术的帕克维尤医院外科医生们次日报告说子弹碎片从他脊椎旁约四分之一英寸的位置擦过，造成的肠道损伤和失血可以轻易地导致死亡。事实也确实如此，几天后他差点因为肾衰竭和肺炎在医院去世。

枪击发生两周后，联邦调查局局长威廉·韦伯斯特宣布此案违反了《民权法案》，如果不止一人参与其中的话那就还涉嫌密谋罪，因此调查局直接参与了对此案的调查。他们的调查表明，射击来自约六十码外，具体地点是州际高速一条辅道外侧一片被踏平的高草丛。一个从枪里弹出的.30-06弹壳和从乔丹身上取出的子弹碎片相符，可能来自约十款不同品牌的.30-06步枪。

这显然和富兰克林的一贯手法相符，这意味着他并不害怕刺杀知名人士。我能明白为什么特勤处会紧张，并且希望他被抓起来。

联邦调查局的报告总结道："乔丹在1980年5月28—29日期间遭到枪击，当他在酒店停车场下车的时候，子弹从州际高速旁的一个草丘处射来。""草丘"这个表达立马抓住了我的注意力，因为这和约翰·F.肯尼迪被刺案有第二个枪手的阴谋论存在着联系，让我想起我们当时也搜捕了可能参与刺杀总统的第二个刺客。一起成功的犯罪有三个元素：手法、动机和机会。富兰克林已经有了前两个。如果他的目标是卡特总统，我们必须在他获得第三个元素前阻止他。

可能有关的案件的名单还在继续。1980年6月15日，二十二岁的非裔美国人亚瑟·D.斯马瑟斯和十六岁的白人女友凯瑟琳·米库拉在通过宾夕法尼亚州约翰斯敦的华盛顿街大桥时遇袭，两人都遭到了远距离枪击。斯马瑟斯先中弹，他滚下了人行道，掉进了排水沟里，中弹的部位是背部和腹股沟。米库拉开始冲着过往车辆呼救。接着是另一声枪响，但子弹没射中她，而是击碎了桥上的一块水泥。因为不知道要往哪里跑，她在原地呆了一会儿，这给了枪手再次瞄准射击的机会，这一次她胸部中弹。紧接着还有另外两次枪击，一发子弹从她肩膀射入，穿过了整个躯体，最后停在了臀部。斯马瑟斯和米库拉都被紧急送往了附近的李氏医院。米库拉死于紧急手术中途，斯马瑟斯也在两小时后去世。乘车经过的人无一能够告诉警方枪击来自哪个方向。子弹被认为发自一支.35口径的步枪。

尽管亚瑟的母亲玛丽·弗兰西斯·斯马瑟斯担心约翰斯敦还容不

下一对跨种族情侣，但受害的两人在一起已经快三年了，并在一大群黑人白人朋友中间广受欢迎。凯瑟琳是一名极具天分的艺术家，而亚瑟则是优秀的运动员，正打算开始自己的房屋翻新生意。他参加过1978年的波士顿马拉松，完赛时间远低于三小时。他们完全忠于彼此。曾有一次，凯瑟琳告诉斯马瑟斯夫人自己没有亚瑟就活不下去。

再一次，带着和屠杀一样的高效，凶手迅速逃离了现场。

看着这些可能存在联系的案件，最让我印象深刻的是执法机构之间的配合程度。这不是惯常的情况。在联邦调查局全国学院给新特工和警察们上过课的我们以前常常开玩笑说，要是你是个很想搞乱调查的杀手，最好的方法就是拖着尸体跨过县或者州的边界。幸运的是，这些枪击案里的调查人员们的合作要紧密得多。

当不同州的调查人员在为各自案件做好基础工作的时候，盐湖城警方也在继续追踪本地的线索。跟着米琪·迈克亨利提供的线索，唐纳德·贝尔警探找到了约瑟夫·R.哈格曼住过的旅店的登记卡。经查，联邦调查局的数据库里没有这个人，证实了贝尔的推测：这是个假名。联邦调查局实验室也搜索了可能留下的指纹，但什么都没有找到。这家伙非常小心。

盐湖城警方的调查人员们探访了方圆三十英里内的所有旅店，检查了所有的旅客登记卡。他们鉴别出了八张看起来笔迹类似的卡片，但和哈格曼那张上的名字都不一样。一张在美景旅店（Scenic Motel）找到的卡片的日期就是枪击案的当天。美景旅店距离自由公园仅有八个街区。

在其中一家旅店，警方被告知有一个符合未知嫌疑人描述的男性在目睹了旅店雇员中有非裔美国人后，暴怒着冲出了旅店大堂。

在另一家名为桑德曼（Sandman）① 的旅店里，警探们找到了一

---

① 又译"睡神"。——译者

张时间符合的深棕色科迈罗轿车登记卡。但让人好奇的是，这张卡上登记了两个车牌号。后来发现第一个车牌号是客人自己填写的。但年迈且警惕的旅店老板习惯在凌晨去停车场巡视，并对照检查客人们登记的车牌号。车上真正的车牌是一块肯塔基州的车牌：BDC678。

两名盐湖城警探当时就追查到了那辆车上一个车主的信息，他人在肯塔基州的列克星敦。他们随即联系了当地警察局。尽管车子买家给出的名字是埃德·加兰，但列克星敦警方的素描专家从卖家口中获得了买家长相的清楚描述。辛辛那提和盐湖城的警探至此掌握了真正的车牌号和对未知嫌疑人的好几份能互相印证的素描。

9月15日，俄克拉何马市、印第安纳波利斯、约翰斯敦、辛辛那提和盐湖城警方的调查人员在辛辛那提汉密尔顿县的办公室开会，展示证据并对比了各自的案件。他们同意没有足够证据表明所有的案件都涉及同一个罪犯。比如，虽然所有案件里都使用了类似的步枪，但弹道分析显示，至少在印第安纳波利斯和盐湖城的枪击案里使用了不同的武器。但关于车辆的描述很有说服力，而拼在一起的素描也看起来彼此相似，都暗示了可能是同一个未知嫌疑人。

有不同执法区域调查人员出席的会议召开十天后，富兰克林被捕，接受了询问，并从肯塔基州佛罗伦萨警方的监管下逃掉了。所有调查人员都很确定他们已经找到了杀手。

我之所以会提到所有这些看上去很乏味的细节，以及为了发现它们警方所做的单调到如同嚼蜡的工作，正是因为这才是真实的、负责任的犯罪调查通常的样子。不是嫌疑人在关键时刻说错的一句话，被某个刑侦高手机智地从嫌疑人口中套出了真相；也不是我这种罪犯画像专家仅凭盯着犯罪现场照片和解剖报告就魔法般地指出了未知嫌疑人居住的社区和街道。是对每一个证据一丝不苟的细致分析，是对所有可能线索的紧追不舍，然后通过特定的工作方法搞清楚如何把碎片拼起来或者怎么把散落的点连起来。如果我这样的专家，以及我以前所在的匡蒂科联邦调查局学院的小队能够帮上忙，帮助当地调查人员缩小嫌疑人范围或者改进他们的主动策略，那我们就算是尽职尽责了。

联邦调查局的人员也加入了对逃犯的搜寻。等警方在佛罗伦萨旅店停车场的富兰克林车上找到了武器，并在他从看守所逃掉后，酒精、烟草、火器和爆炸物管理局的特工弗兰克·拉皮尔开始列表记录富兰克林被人看到或者认出的地点，包括旅店、餐馆和他修车的地方。表里的地点涵盖了佛罗伦萨、亚特兰大、伯明翰和佛罗里达州巴拿马市。因此，酒精、烟草、火器和爆炸物管理局及联邦调查局得以取得三张针对富兰克林的联邦逮捕令，内容分别是：跨州运输被盗武器；在州外以假名购买武器；非法持有安眠酮（这是一种需要医生处方才能开出的镇静剂，因被用作毒品而导致泛滥和流行，它被归入了一类受控药物）。

辛辛那提凶案组组长唐纳德·伯德探长告诉《辛辛那提问询报》，在逃的人被认定是在莱恩和布朗谋杀案中身负巨大嫌疑的凶手。对富兰克林外貌的描述——五英尺十一英寸高、二百零五磅，厚厚的近视眼镜以及右手的鹰纹身——都被写进了这篇文章里。而此时，一开始不认为发生在自己辖区的枪击案和种族问题有关的盐湖城警察局局长"巴德" E. L. 威洛比也打算告诉报社记者，自己已得知尽管富兰克林通常表现得礼貌且有教养，但一提到黑人"他就会狂怒不已"。

这些由众多当地警方完成的、发现了彼此关联的工作，对于联邦调查局现在的行动至关重要。在未来，厘清案子之间的联系将会成为调查支持小组（Investigative Support Unit，ISU）的评估工具之一。尽管还不是最终结论，但我们会问：在某个特定区域里有不止一个连环杀手同时作案的几率有多大，这个特定区域指的是绝大部分美国甚至全美范围，而这些连环杀手都有类似的一贯手法和类似的明显动机及标志，比如针对的是非裔美国人？一贯手法及标志调查得越具体，好几起案子仅仅是巧合，彼此没有关联的可能性就越低。

　　每个警探和犯罪调查人员必须小心避免的事之一，就是对于罪案之间的联系视而不见。有时候，你会错过两到三起案子存在联系的线索，因为它们发生在不同的辖区，且各辖区的机构之间没有互相通气；或者一贯手法不是那么相似，受害者的种类也不尽相同；或者还有任何其他可能的原因。看不见联系也会导致完全相反的办案方向。你可能把其实不是同一个罪犯犯下的案子联系起来，因为动机和受害者种类似乎吻合，甚至因为使用了类似的武器。

　　罪案之间的联系和一贯手法在我审视富兰克林卷宗的时候变得尤其重要，因为就那些已经有了关联的案子，当地执法部门已经在合作了——盐湖城、辛辛那提、俄克拉何马市、印第安纳波利斯，还有宾夕法尼亚州的约翰斯敦——另有一起未解决的案子也被加入了卷宗。它因为可能是富兰克林犯下的案子而被纳入，同样是涉及了种族，但它还是很不寻常。

　　这起案子涉及纽约州水牛城及周边的四名非裔美国男性。三周前，1980年9月22日，名叫格伦·邓恩的十四岁男孩被射杀，当时他坐在停在水牛城某家超市停车场的车里。第二天，三十二岁的哈罗德·格林，当地工厂的一名助理工程师，在奇克托瓦加东北郊区的"汉堡王"停车场被害。当天晚上，三十岁的埃马纽埃尔·托马斯在自家房子前过街时被杀，距离邓恩被射杀的地方不远。第三天，9月24日，在距离水牛城约二十英里外的尼亚加拉瀑布城，四十三岁的约瑟夫·麦科伊沿着某条街步行时，突然被两发子弹击中身亡。

　　四名受害者都是被一支.22口径的锯短步枪射杀的，因此媒体将未知嫌疑人称为".22口径步枪杀手"。四名受害者全都是非裔美国人。

　　尽管我们无法根据这些细节排除富兰克林的嫌疑，但我怀疑约瑟夫·保罗·富兰克林不是".22口径步枪杀手"。尽管动机相似，但富兰克林并不习惯在犯下一起枪杀案后于同一个地方停留，而水牛城的杀手则待在了这个区域。这些被暂时归到富兰克林名下的枪杀案也是远距离射击的，使用的也是大口径武器，而这些武器通常在富兰克林每次犯案后就被丢弃。富兰克林对犯罪的筹划显示他具有足够的技巧，让他可以一次又一次在不被注意的情况下溜掉，而".22 口径步枪杀手"要更冲动一点。

总体上来看，水牛城案件的细节和我们对富兰克林的理解不太匹配。但因为富兰克林和".22 口径步枪杀手"都使用步枪来杀害非裔美国人，调查人员们不打算完全排除它们之间的联系。但我还是有疑虑的。

像是命中注定，就在我加入富兰克林专案组的一周后，我就被叫到水牛城去给".22 口径步枪杀手"画像，后者极有可能又犯案了。10 月 8 日，在戴夫·科尔打电话给我说富兰克林案子的两天前，水牛城七十一岁的出租车司机帕勒·爱德华兹的尸体被在自己车的后备厢里发现，尸体头部曾遭到大力击打，心脏被挖了出来。第二天，在尼亚加拉河的河岸上发现了另一名出租车司机的尸体，受害者是四十岁的厄内斯特·琼斯，他惨遭割喉，心脏也被扯出了胸腔。布满血迹的出租车在水牛城地界内被寻获。一天后，一个大致符合".22 口径步枪杀手"某项描述的男子闯入了埃里县医疗中心，进到了三十七岁病人科林·科尔的病房里。他吼着种族歧视的语言，手持一根绳子冲向了科林的喉咙。一名护士及时出现，惊走了入侵者，但科尔的颈部受到了重创。爱德华兹、琼斯和科尔都是非裔美国人。

"如此规模的类似事件对我们来说还是首次，我们目前搜捕的是一个人或者一个有着同样想法的团体。"联邦调查局发言人奥蒂斯·考克斯特工表示。

《华盛顿邮报》援引了美国有色人种促进协会总顾问托马斯·阿特金斯的发言，后者称自己想知道"是否存在秘密的、有组织的力量，想要煽动种族冲突"。

"一连串的谋杀就像是落在本已满是种族冲突的布匹上的滚烫炭块，从波士顿到俄勒冈州波特兰郊区，从迈阿密到加州里士满，在业已充斥着种族冲突的地方再一次灼烧出了焦痕。" 《华盛顿邮报》写道。

和我有私交的联邦调查局局长威廉·韦伯斯特在亚特兰大向记者们进行了通报。这些记者从去年年初就已经开始注意到有黑人小孩失踪，且后来被发现时这些小孩多已经身故。韦伯斯特说："我认为，这是一种基于合理担忧而产生的自然想法，那就是有人正在实施某种全国性的阴谋。"但他不认为有足够的证据支持这种想法。我当然也不希望是这样，但这一堆看似由种族问题驱动的谋杀着实让人警惕。

当主管特工（SAC）理查德·布雷茨请我从匡蒂科过来给".22口径步枪杀手"画像，想看看能发现什么的时候，水牛城居民们的愤怒情绪完全是能够理解的。他想知道的第一件事儿就是凶手和已经杀了两名出租车司机的人是不是同一个，哪怕两起案件中的一贯手法不一样。

我非常确信9月发生的四起枪击是同一个人干的。它们有着明确的目标；在这些刺杀式的枪击中，凶手和受害者之间没有关系，但显示出了对非裔美国人病态的厌恨。置身凶手充满偏见和幻觉的标准中来衡量，他是一个热爱武器、条理清晰的个体。我能猜到他曾参过军，但他应该很快就意识到当兵无法满足自己的需求，他同时也很难适应军队中的规则。弹道测试后来证明了所有受害者都是被同一把凶器杀害的。

但是，针对爱德华兹和琼斯的持刀袭击则展示了凶手和受害者之间有更私人的关系。行凶时间更长，凶手也没法很快逃离。尽管所有的案子都是因为种族仇恨和恐惧导致的，但要是同一个人能表现出如此不同的一贯手法，我认为，那将意味着他有非常严重的精神疾病，毕竟狙击式谋杀对枪手来说风险较低，而用刀捅刺和摘除内脏的谋杀则是高风险的，反映了愤怒、过火和毫无条理。

尽管当时还不清楚".22 口径步枪杀手"是不是也是刺死爱德华兹和琼斯的凶手，但做完画像后，我判定这些都和富兰克林的手法不匹配，我甚至能确信他和这些案子毫无关系。

但我们要到好几个月之后才最终确定约瑟夫·保罗·富兰克林不是".22 口径步枪杀手"。1981 年 1 月，一个月前刚入伍的二等兵约瑟夫·杰拉德·克里斯托弗在本宁堡被捕，原因是在没有受到挑衅的情况下，用一把水果刀划伤了一名黑人战友。在对克里斯托弗位于水牛城附近的旧居搜查中，警方发现了一把锯短的步枪，以及一大盒.22 口径的步枪子弹。他因水牛城枪击案以及去年 12 月在曼哈顿中城犯下的数起和种族相关的持刀袭击案件被起诉，后者是克里斯托弗从军中离队休假时犯下的，当时他被称为"中城刀手"。另外还有两名黑人受害者堪堪躲过了谋杀。有趣的是，因为凶手试图以患有精神疾病来为自己辩护，军队的心理医生马修·雷文上尉对克里斯托弗进行了检查（克里斯托弗向他坦陈自己"必须杀死黑人"）。马修后来说他很惊讶罪犯和我做出的".22 口径步枪杀手"画像相当一致。

最终因"中城刀手案"和".22 口径步枪杀手案"被判有罪，克里斯托弗被判处多个连续刑期，累积的时间远比他的预期寿命要长。但他最终的服刑时间不到十三年，原因是他在三十七岁的时候因癌症去世，当时他被关押在纽约州的阿提卡矫正中心。但他一直是我们感兴趣的研究对象，因为他在自己犯下的案子里显示出了同一类动机，但分别以刀和枪为代表的一贯手法上的不同是极不寻常的。时至今日，我们也不清楚他到底有没有谋杀帕勒·爱德华兹和厄内斯特·琼斯，并摘除了他们的内脏。

当我在匡蒂科的图书馆里阅读富兰克林的卷宗时，对".22 口径步枪杀手"的判决还得等上几年。但因为坚信富兰克林不是水牛城枪击案的罪魁祸首，我有了一个新的烦人领悟：如此短时间内就遇到了两起多人受害的谋杀案件，且其中的动机不是色欲或者任何形式的性癖好，仅仅是因为对黑人纯粹的恨。

在此之前，我每天都在处理人对人犯下的暴力罪行，但它们大部分都是个别人形怪物因病态自恋导致的结果。尽管我们遇到过模仿犯和受其他连环杀手影响的连环杀手，但这些罪案并没有像这一个一样，有向更大的潜在罪犯群体扩散的危险。就好像现在，当暴力电子游戏可能刺激到那些本来就有暴力倾向的个体时，它们却不会让玩游戏的普通男孩或者青年男性变成杀手、强奸犯或者劫车犯。

像大卫·伯科威茨这种都市枪手，埃德·肯珀和理查德·斯佩克这样的强奸杀人犯，还有劳伦斯·比塔克、罗伊·诺里斯、莱昂纳德·莱克和查尔斯·吴这一类的施虐谋杀犯，他们的变态意图和异常心理不可能导致更大规模的社会混乱或者诱使他人犯罪。我们可能会对他们以及他们的动机着迷，但我们的着迷里还混着憎恶。

但在约瑟夫·保罗·富兰克林或者".22口径步枪杀手"这里，他们的邪恶想法和不断增加的受害者数量不仅是他们本身带来的危险，他们还是某种想法的化身，这种想法真的会吸引并鼓励其他意志软弱、脱离了社会的失败者们去效仿。

这也是我认为查尔斯·曼森能够在美国的怪物杀手群体中如此长久地保持核心地位的原因之一，也是他能够在公众心中保持着如此牢固印象的原因之一。尽管他可能开枪击中了毒贩伯纳德·克罗，坚信自己确实杀掉了他（克罗后来在曼森的庭审上出庭作证），但曼森从来没有亲自杀过任何人。他让人害怕的是他吸引那些看似正常的中产阶级追随者的能力，以及鼓励他们毫无良心或者毫不懊悔地去执行自己的杀戮命令的能力。这是一种超越了杀戮行为本身的能力。哪怕在结束审判被关押之后，他也影响了自己的追随者之一、二十六岁的莱妮特·爱丽丝·弗罗姆，这名外号"尖叫"的女子在 1975 年时曾试图刺杀杰拉德·R.福特总统。十七天后，四十二岁的莎拉·简·摩尔也企图刺杀福特总统。她们是美国历史上仅有的女性总统刺客。

当我和鲍勃·雷斯勒在圣昆廷采访曼森的时候，他对社会的责骂和咆哮几乎不包含任何意义。但面对他本人，我们能够看到他充满魅力的支配能力，以及他对那些本来聪明但易受影响、想为自己生活寻找方向和意义的人所展示出的控制能力：他让自己成为了定义这些方向和意义的大师。

当坐在图书馆里凝视着眼前桌上散布的资料时，也正是同样的感受使得约瑟夫·保罗·富兰克林给我带来了巨大的不安。尽管他没有查尔斯·曼森那样的邪恶魅力或者在人前所展现的语言蛊惑能力，但他犯下的案子也可以具有同样的影响和危险，哪怕仅仅局限在白人至上主义者圈子里。

我是在民权运动苦苦挣扎、都市暴乱频频的1960年代长大的，我目睹了这一切是如何撕裂了这个国家。如果我们现在处于新一批连环杀手诞生的边缘，仅需其中一人所犯下的一起种族仇恨案件所带来的刺激在社会中找到滋养的土壤，那我就真心地担忧执法机构以及整个国家将会面临的一切了。残忍邪恶有如富兰克林，他代表的其实是比自己卑微的存在要大得多也危险得多的东西。

第五章

现在，富兰克林成了重点通缉犯。全美的执法人员都在搜捕他的踪迹。另一份电传从肯塔基州的路易斯维尔发了出来，是此地办事处发往总部民权司以及其他怀疑富兰克林出没过的地区的办事处的。电传内容是描述他曾于 8 月 10 日和 27 日，以及 9 月 16 日都被明确认出过，还在宾夕法尼亚州约翰斯敦买过假发，因此我们知道了他除了使用不同名字的身份证件，还采取了额外的措施。从他之前的经历和现有的记录来看，他可能出现在任何地方。

10 月初，联邦调查局发出了联邦通缉令，罪名是富兰克林非法缺席了庭审。一份从联邦调查局局长办公室发往所有办事处的电传里披露了富兰克林的真名，小詹姆斯·克莱顿·沃恩，以及他所有已知假名：詹姆斯·库珀、约瑟夫·R. 哈格曼、威廉·R. 杰克逊、约瑟夫·R. 哈特、约瑟夫·H. 哈特、约瑟夫·哈特、查尔斯·皮茨、埃德·加兰，还有 B. 布拉德利。

电传描述了他的长相，提醒他经常乔装，他的右眼是瞎的，列出了他的亲戚关系，以及他之前曾和美国纳粹党得克萨斯州分部、加州普世神教会有关系，还列着几起尚未破获、被认为和富兰克林有关的案子。其中有俄克拉何马市和约翰斯敦的枪击案，以及印第安纳州的三起枪击，包括 1980 年 5 月 29 日在韦恩堡对弗农·乔丹的谋杀未遂一案。

这份好几页长的电传的最后内容清楚而直接：（逃犯）携带武器且危险。

美国地方法官丹尼尔·阿尔苏普在盐湖城发出了一份针对富兰克林的通缉令，理由是涉嫌自由公园枪击案。

当搜捕富兰克林成了全国执法部门的首要任务，联邦调查局在南方的办事处一直在通过访谈他的家庭成员来增加我们对富兰克林的了解。卷宗里我研究的下一份文件是一份亚拉巴马州莫比尔办事处民权分部的报告，记录的是 10 月 2 日对亚拉巴马州普拉特维尔居民卡罗琳·海伦·吕斯特的详细访谈。吕斯特是富兰克林的姐姐。他还有个妹妹，玛丽莲，从夫姓加尔赞；一个弟弟戈登·沃恩——这个弟弟在吕斯特接受访谈前不久刚服完了盗窃罪的刑期，从佛罗里达州监狱被释放。戈登在 1973 年的时候拜访过卡罗琳，当时她住在莫比尔，戈登给她留下了一些钱和珠宝。

不幸的是，对于同在异常暴虐的家庭环境中长大的兄弟来说，陷入同样的境地并非罕见情况。也就是说，他们都会犯罪和做出反社会的行为。另一方面，我们也目睹了更多在同样糟糕环境下成长起来的兄弟走向完全相反方向的例子。比如，1976 年最高法院重新批准死刑后，第一个因谋杀罪而被执行死刑的加里·马克·吉尔莫就有一个名叫米卡尔的弟弟，他后来成为了杰出的音乐批评家和作家。

我们目睹的另一个相同点是——尽管我不会把它夸张成一般现象——他们都有着专横、控制欲强的母亲和一个软弱、没有存在感甚至缺席的父亲。如同我们在沃恩家看到的，孩子们遗传了父母两边最糟糕的部分。

我们经常会问为什么，为什么在这些暴虐失能的家庭里，相比女孩子，男孩子更容易长成暴力罪犯。一个答案是，他们天生如此。男性比起女性要更好斗、更难于控制自己的愤怒，容易更快被卷入暴力对抗。这也许就是为什么在需要狩猎比我们更大、更危险的动物才能幸存下来的史前时期，自然让睾丸酮成为了一种更具攻击性的荷尔蒙。第二，比起虐待女儿，暴虐的父亲通常会把愤怒更多地发泄在儿子身上。第三，我们发现那些幼时被虐待或遭猥亵的女性更容易自虐和自我惩罚，而不是像男性一样发泄到别人身上。这也是为什么这类女性会呈现出低自尊人格，容易滥用药品、卖淫，或者不自主地不断寻找像父亲一样暴虐且不适合自己的男性伴侣。

卡罗琳·吕斯特说当时她和吉米（她对富兰克林的称呼）一起住在莫比尔，他是三K党的活跃分子，在十七八岁的时候就已经加入了三K党。她最后一次见到吉米已经是七年前的1973年了。当时他回家探亲，发现母亲已于前一年去世了。卡罗琳说他知道母亲去世后很伤心。当造成伤害、带来愤怒和引起憎恨的父母去世，再无法针对自己的时候，恨着他们的受虐小孩通常都会有非常矛盾的感觉。但卡罗琳还说，当吉米看到自己请了一名非裔女性帮佣的时候，他变得很焦躁，卡罗琳和吉米之间因此产生的争执差点让她打电话报警，好让警察把他从房子里赶走。她告诉来访的特工自己不知道吉米人在何处，他们的妹妹玛丽莲也许会有更多的信息。

莫比尔办事处的特工们当天就联系了玛丽莲·加尔赞。她掌握了詹姆斯住址的变动信息，从弗吉尼亚州阿灵顿到马里兰州的海厄茨维尔，再到亚拉巴马州伯明翰。她说詹姆斯两年半或者三年前离开了伯明翰，那也是她最后一次见到他的时间，当时她偶然在蒙哥马利的伊斯特戴尔商场遇到了詹姆斯。她不清楚他现在在哪儿。

玛丽莲对沃恩家四个小孩成长经历的描述为我提供了更多的信息来理解富兰克林的背景和我遇到的其他连环杀手的共性。他们的父亲詹姆斯·克莱顿·沃恩是一名屠夫，土生土长的莫比尔人，他以残疾退伍士兵的身份从二战战场上归来，据称是在硫磺岛被敌方击中，头部受伤，留下了痉挛和语言能力受损的后遗症，还需要拐杖才能走路。他的妻子海伦比他大九岁，是一名支持纳粹的德国移民的女儿。

一家人日子过得紧巴巴的，夫妻俩总是在争吵。老詹姆斯会家暴海伦，一度导致了她流产。吉米出生在低收入住房计划所属的一栋房子里，街对面就是一家黑人夜店。一家人后来搬到了俄亥俄州的代顿，然后又搬去了新奥尔良。在吉米八岁的时候，老詹姆斯终于离开了他们，不经常回来。但当回来时，他大概率是醉醺醺的，还会体罚孩子们。有时候他用拐杖打。卡罗琳说他因为公开醉酒而被捕入狱了很多次。

小孩遭到父母两人的体罚，这不是特别常见。卡罗琳说海伦经常打吉米，他和戈登"总是在惹麻烦"。按她的说法，家里所有孩子都会遭到普通乃至严重的体罚，经常仅仅是因为犯了轻微错误，甚至仅是父母臆测的错误。卡罗琳记得自己被用皮带抽过。吉米和戈登在受虐后转身就开始虐猫取乐了，比如把猫尾巴系在晾衣绳上挂起来。如果没有认真干预，虐待动物是小孩长大后会反社会或者犯罪的最明确标志之一。

也在调查富兰克林背景的莫比尔警探阿什贝尔·怀特总结道，与其说是被父母养育，不如说沃恩两兄弟基本上是被自家姐妹带大的。尽管比同龄人高大，且很强壮，但詹姆斯从来没有参加过任何学校运动队，还被认为不合群。他的老师们似乎都记不得有这么一个学生。

卡罗琳说，吉米对母亲产生了深刻的恨意。她还说是他七岁时受的伤，让他的右眼几乎丧失了全部视力。

玛丽莲说吉米高中最好的朋友鼓励他加入了纳粹党。"他在寻找着什么。在加入纳粹党之前，他几乎去过莫比尔每一座教堂，听牧师布道。他痴迷宗教，想要为一切找到意义。"卡罗琳补充说。吉米订阅了几种右翼思想和白人至上主义的出版物，接着开始佩戴印有纳粹标志的臂带。十七岁的时候他从高中辍学。不久之后，他遇到了一个名叫博比·路易·多尔曼的十六岁姑娘，并在认识两周后同后者结了婚。在博比的注视下，他会频繁地在镜子前立正，鞋跟敲击鞋跟，练习行纳粹礼。

　　夫妻俩十个月后就离了婚，据称他家暴了她，再现了自己父亲的暴力行为。博比将家暴作为离婚理由，告诉官方她担心自己的生命安全。我们相信这不仅是施虐者这方的"习得行为"，它更是补偿行为。这代表了那些曾经因太弱小无法抵抗虐待，但现在强壮到能对其他人施虐的个体的心理需求。在这个例子里，被施虐的对象是他十六岁的妻子。

　　离婚后不久，詹姆斯搬到了弗吉尼亚州阿灵顿，当时那里是乔治·林肯·罗克韦尔治下的美国纳粹党总部所在地，也就是他加入的那个纳粹党。

　　我研究的联邦调查局报告里总结说，富兰克林在 1965 年搬到了阿灵顿。但这不太可能，因为那时候他年仅十五岁。根据弗吉尼亚州拉德福德大学心理系后来对他生平的研究，并综合了其他信源，我确定他搬去阿灵顿的时间是 1968 年，是在他从高中辍学以及和博比的婚姻结束后。这么一来，他应该没有见过罗克韦尔，因为后者在 1967 年遭枪杀，被杀时罗克韦尔在阿灵顿家附近一处购物中心的自助洗衣店门口正要上车。凶手名叫约翰·帕特勒，是一名前纳粹党员，罗克韦尔称他"有布尔什维克倾向"而开除了他的党籍。尽管罗克韦尔在 1966 年 12 月把党派名字正式改为白人国家社会主义党（National Socialist White People's Party），但通常还被称为"纳粹党"，组织随后被小马蒂亚斯·凯尔接管。巅峰时期，纳粹党估计有五百名成员。在罗克韦尔被谋杀的时候，可能只剩下约二百名成员了。

　　1969 年，当曼森家族在洛杉矶谋杀了怀孕女演员沙朗·塔特和其他六人之后，富兰克林开始痴迷研究查尔斯·曼森宣称的要在美国全境发起种族战争的计划。让他印象深刻的是，居然只需要一个领导人，外加一小群忠实的追随者，就可以发起如此果断的社会运动。这也是富兰克林和曼森一样，既让我感到害怕也让我感到恶心的决定性原因。

尽管兄弟姐妹四人是在种族隔离、充满歧视的南方长大，卡罗琳说直到吉米搬去弗吉尼亚并加入美国纳粹党之前，自己从未留意到他对少数族裔有着深切的仇恨。她说，后来阿道夫·希特勒成了他的英雄，他会随身带一本希特勒的回忆录和宣言《我的奋斗》。这背后的原因可能是，在成长过程中，吉米和非裔美国人几乎没有任何接触。要到他升入高中后，那时候在南方才开始进行缓慢的种族融合。我好奇他对于非裔美国人近乎痴迷的仇恨是不是就是从那时候开始的。我留意到他是在十五岁的时候从莫比尔公共图书馆偷了一本希特勒的回忆录，并第一次读了这本书，从此他就对元首在种族净化方面的意志和远见着了迷，这也是文字既有力量也会带来灾难性后果的证据。他从未见过一个犹太人的这个事实似乎毫不重要。纳粹们早在开始执行统治世界的计划前就已经在专注清除这个群体了。

后来，富兰克林搬到了佐治亚州的玛丽埃塔，在 1974 年 12 月获得了普通高中同等学历证书①。第二年 3 月，他升入佐治亚州克拉克斯顿的迪卡尔布社区大学读了一段时间。此时他也已经加入了极右翼、信奉白人至上主义及反犹太人的全国州权党（National States' Rights Party）的亚特兰大分部。该党是由被称为"J. B."的小杰西·本杰明·斯托纳领导的，他是一名佐治亚州的律师，是狂热的种族主义者，支持种族隔离，还在 1968 年为刺杀了小马丁·路德·金博士的詹姆斯·厄尔·雷辩护。斯托纳的主要副手之一就是雷的弟弟杰瑞。

斯托纳不承认发生过针对犹太人的大屠杀，同时又为大屠杀没有

---

① General Education Development，指未接受或者未完成高中教育的人通过后期学习，达到了相当于高中毕业的教学水平后，获颁的证书。——译者

发生过而深感遗憾，并且全身心赞成恢复那些所有有良知的人都知道的、曾被纳粹用来控制和杀害犹太人的措施。1980 年，就在我们搜捕富兰克林的同时，斯托纳接受了审判并被判有罪，罪行是他参与了1958 年对伯明翰的贝塞尔浸信会教堂的炸弹袭击。总计十年的刑期他仅需要服刑三年半。他在 2005 年去世，去世时八十一岁，从没有对自己的仇恨和歧视表现出忏悔。在后来接受询问时，斯托纳仅仅是模糊记得富兰克林，说他戴着厚厚的眼镜。但正是这样的一个领导，激发了年轻富兰克林的想象。

对这样的年轻人来说，对这些童年时未被好好教养也没有受过什么教育的年轻人来说，三 K 党和纳粹党这样的仇恨组织轻易就能吸引到他们。比起成员们显得毫无目标的生活，这些组织提供了一种让人拥有目标和肩负任务的幻觉，不管所谓的目标和任务有多么错误和荒唐。在聚集了一群想法类似的人为一个所谓共同目标奋斗的群体中，组织就意味着力量。组织还提供了一种成员们能够安心接受的理由，来解释为什么这些失败者没能在生活中成功，又是什么样的不公力量阻碍着他们。也许最重要的，同时也是联系起所有这类人的东西是这么一条信息：那就是有些族群天生就比你低贱。黑人、犹太人、移民，在某些人眼里还要加上女性，这些都是他们喜欢的目标，但同时也可能仅仅是其他任何形式的"他人"。

詹姆斯声称自己想要加入海军陆战队，但因为眼睛的伤在越战期间被免除了服役的义务，我怀疑他对于枪支的痴迷是一种补偿。他在1967 年的时候短暂加入过亚拉巴马州国民卫队，显然是怀着让自己感觉更有男子气概并提升使用武器技巧的目的。但记录显示他在四个月后就因为缺勤训练而被开除，还因为持有一把序列号被锉平的手枪而被起诉。我对此并没感到意外。他还加入了其他的准军事组织，比如美国纳粹党，这个组织显然给了他力量感和归属感，这都是他人生中严重缺乏的东西。我不怀疑他还能从那种力量感中获得性方面的刺激，就好像杀手"山姆之子"大卫·伯科威茨体会到的一样，哪怕他和受害者们从来没有肢体上的接触。但对富兰克林来说，完成任务的满足感依然是首要的刺激。

富兰克林的记录里有两件事儿一下子就让我警觉了起来。一个是他改名字这件小事。改名字背后有实际的考虑，即让他可以隐藏自己的犯罪记录，方便加入罗得西亚军队或者其他军事组织和准军事组织。但考虑到他和虐待自己的父亲同名，同时也恨自己的母亲，我毫不意外他有动机想要和自己从前的身份割裂开来。而对我来说重要的是他所选择的新名字。根据信源，"约瑟夫·保罗"这个名字来自保罗·约瑟夫·戈培尔，权势熏天的纳粹宣传部长。当苏联红军迫近柏林的时候，希特勒和爱娃·布劳恩在地堡中自杀一天后，戈培尔和妻子在毒杀了自家六个孩子后服毒自尽。新名字里的姓来自本杰明·富兰克林，美国最重要的国父之一。

选择这些名字提示我这显然是个头脑混乱的年轻人，把一个美国爱国先驱的价值观和充满了仇恨、谎言、残酷及大屠杀的纳粹宣传战略核心角色混在了一起。尽管约瑟夫·戈培尔和本杰明·富兰克林都是他们所处时代的宣传高手，但这里明显的特点是他们都是著名、"重要"且极具影响力的男性，这显然也是小詹姆斯·克莱顿·沃恩所缺乏的。在我看来，这强调了一点，那就是无论富兰克林犯下了哪一起案子，他都是在试图克服一种难以忍受的卑微感和无力感。我认为如果我们能够和他对话的话，我们会发现他的偶像都是刺客杀手，像李·哈维·奥斯瓦尔德和詹姆斯·厄尔·雷这样的人。

玛丽莲·加尔赞还告诉联邦调查局，哥哥提到自己退出美国纳粹党后加入了全国州权党，退党的原因是纳粹党里"有人在密谋针对自己"。加入这类组织的人从一开始就有一定概率是偏执的。但当你开始怀疑同组织的成员在密谋针对你的时候，那你有可能已经有严重的妄想了。这和我们所知的典型刺客人格完美相符，也解释了他的这些化名和对所有与自己不同的人的敌意揣测，猜疑他们会以某种方式取代甚至消灭自己。这意味着他总是异常警觉，但也意味着我们熟知了他情绪上的某个敏感点，也许可以通过某种方式加以利用。

加尔赞说自己在 1976 年的时候去华盛顿特区的海厄茨维尔郊区探望了哥哥，当时他在一处有好几家律师事务所的写字楼群里当维护人员。他住在其中一栋楼的一间房里，有好几把手枪。她说当时吉米似乎已经冷静了下来，还脱离了三 K 党和全国州权党。他说自己离开三 K 党是因为"联邦调查局的骚扰"。因为当时局里一直在渗透和监视极端组织，我无法判断这是不是他自发的妄想，或者他真的认为自己接触到了某个局里的线人。但在三 K 党的日子里，他接触到了党内自由流传的资料，内容涵盖了如何炸弹袭击教堂、怎么制作莫洛托夫鸡尾酒燃烧弹，甚至还有武器使用高阶教学。

无论如何，他又搬回了南方，回到了亚拉巴马州伯明翰，住在一处出租房里。1977 年，当加尔赞在那所商场看到他的时候，她说自己不相信他在工作，因为他从之前马里兰州的工作里存下了不少钱。考虑到他从事的工作，我不太相信这点。如果他有钱，显然他也确实有，我认为也不是通过合法工作获得的。关于他的钱从何而来，两个最符合逻辑的可能就是盗窃和抢劫。

在商场里，富兰克林告诉妹妹自己刚加入了某个激进的右翼组织，但她记不清是三 K 党还是其他什么了。他之前向她表示过自己想要重回三 K 党的想法，但她不清楚吉米有没有真的重新加入。

之后他告诉加尔赞的事儿把后者吓坏了。他说自己从停在某个住宅小区停车场的车里开枪射中了一个黑人的胸口，干掉了他。他说警方已经设置了路障，但自己成功绕开了。他不愿意告诉她这一切发生在何时何地，她也不知道是不是真的，但她告诉特工自己觉得哥哥的确有可能杀了人。她现在更害怕自己哥哥了，因为她嫁了一个拉美裔的丈夫，她不觉得吉米会认同她的丈夫是白人。她在商场里撞见他的时候，他就已经问过她："你还在和西语佬约会吗？"她还说他拒绝在雇用了非裔美国人的餐馆里吃饭，而且当他在公共场合见到跨种族情侣时，他对于走上前斥责他们"真是恶心"这样的行为丝毫不会感觉内疚。

我很意外他的那些下流冒犯行为没有留下更多的书面记录，但同时这也符合逐渐清晰的人物特征。看着他犯下的谋杀罪行和他的家庭历史，我看见的是一个像一壶开水的人，且已经开滚了。口头的攻击、在马里兰对那对跨种族情侣的胡椒喷雾攻击，不过是他持枪杀人的热身而已。当逃脱了对前者的处罚——还记得吗，尽管他因为胡椒喷雾袭击被捕了，但他从未出席审判，因此从未受到惩罚——他有了胆子更进一步，去更好地实现自己的目标。他本就已经充满了某种和自己身份及生命价值紧紧绑定的使命感，一旦他体会到了作为触发器的事件——第一次谋杀——并且意识到自己还逃脱了惩罚，之前任何阻止他的东西就会蒸发殆尽。在他犯下了第一起谋杀，并体会到了自己在受害者的生死上具有无上力量的刺激感觉后，他心中的杀手就被释放了出来，长久以来的幻想也得到了满足。但和其他所有连环杀手一样，不管动机如何，满足感都不会持续太久，幻想需要一次又一次被满足。

一开始他的案子都是随机犯下的，但随着他变成了一个暴力罪犯，案子也就更精妙，有了更多规划，降低了自己会面临的风险，也让他更加危险了。在被抓到之前，他会不停地屠杀。

第六章

　　读完了富兰克林的卷宗，也看过了联邦调查局的备忘录、有关的新闻报道（在还没有互联网的时代，这一点特别困难），以及任何能拿到的额外信息后，我花了一天来完成逃犯分析。

　　第二天，我把分析发给了总部，同时也抄送了行为科学小组组长罗杰·迪皮尤。罗杰最近才接替了前任组长，前者在警方那些现实问题的领域里是个杰出的领导者，但对犯罪画像变成这么受欢迎的一门课程，甚至进化成了行为科学小组一个可用于实战的组成部分这件事儿不是太感冒。但他也无法否认我们从全国各地警察局以及办事处得到的正向反馈，也让犯罪画像作为一种调查工具，使得整个行为科学小组乃至学院都面上有光。

　　当罗杰接管小组后，就是另外一回事儿了。作为前密歇根州警察局局长，他有着大量的实战经验，还百分百支持我们。他在国会上卓有成效地说明了我们需要更多资源来应对当时数量正在上升的暴力犯罪，结果就是我们也逐渐得到了更多的人力。他既是一个虔诚的信徒，曾在神学院学习过，同时也是学院集团（Academy Group, Inc.）的创始人，这是他从局里退休后创办的咨询公司。

　　我认为对于追捕富兰克林的人以及在他被捕后需要应对他的人来说，把富兰克林的心理变化和动机放在具体环境中来研究很重要。尽管这是个不同于我们之前研究对象的暴力罪犯，但我感觉我们可以用同样的技巧来评估他并对他进行分类。我认为最重要的是要预测出他接下来会去哪儿，即推断出他的舒适区。媒体曝光和全国范围内的追捕会不会让他感到巨大压力，让他变得马虎、犯下错误？还是会让他为自己的重要程度感到高兴？我们当然希望是前面那个让他坐立不安的结果，但无论如何，我都相信执法机构在追捕他这一事实会让他变得更小心，同时也更不冷静。比如，如果他靠抢劫银行维生，他可能会更小心，因为知道银行受到了严密监控。但他显然也有不得不做的事儿，比如找地方睡觉、搞钱，这也是我期望他的思绪会变得更混乱的部分。毕竟，他从佛罗伦萨警察局逃走的时候身无分文，也没了车和任何他留在旅店房间里的东西。所以，他基本上是要"白手起家"了。在这种情况下，我觉得他就好像是一只归巢的鸽子，会回到他最熟悉的地方去。这也正是我下了最多赌注的可能，所以我当然希望自己被证明是对的。

我发给罗杰的备忘录里附上了详细描述这个目标的文件：

希望该性格分析能清晰呈现出富兰克林的形象，为搜捕他乃至审问他的特工提供帮助。除此之外，分析也试图展示富兰克林个性上的缺陷和长处，让对他的搜捕尽可能安全，尤其是对负责这个任务的特工来说。

在描述了他的背景和成长经历后，分析解释道：

即使如今身为成人，富兰克林依然陷在同一个循环中。他感觉自己的需求、欲望和情感从未受到过真正的照顾；从没有人倾听它们或者认为它们有价值、很重要。因此，他会感觉无能为力，经常认为自己毫无价值。他的生活中从未有过太多的幸福和喜悦，也不会预期会有任何人善待自己。他认为成功就是逃脱惩罚、批评和嘲弄。读高中时，还是少年的他就已有了犯罪的倾向，喜欢搞破坏。尽管智商在平均水平乃至平均水平之上，但他没能从高中毕业。他在心理发育和生理发育上的经历可谓灾难。他不仅经受了心理和生理的双重虐待，幼年时的一起事故还让他右眼失明。这个残疾可能导致了他如今的过度补偿，即痴迷武器，同时也痴迷以极高的精度和准度来操控武器，哪怕他视力有障碍。上述早期经历的影响造成了一个低自尊、持续轻度抑郁的个体，他感受不到希望，也缺乏基本的信任，因此也不相信会有任何"能帮到他"的权威角色。他坚信自己应该独自解决问题，而不是寻求他人帮助。他谁也不信。

此刻，任何一个理性并有同情心的人，哪怕只是略读了这个分析，都应该会对分析的对象产生深深的同情，我也不例外。当深入挖掘了那么多需要研究和追捕的人的童年和青年时代，了解了他们经历的心理虐待、性虐待，了解了他们受到的忽视、遭遇的事故，以及他们经受的惩罚后，我不由自主地为他们感到抱歉，并永远地因为我有着无条件爱我——哪怕在我把事情搞砸了的时候，虽然并不是很频繁——的母亲、父亲和姐姐而感恩。

尽管这些经历也许能解释他们为什么会变成这个样子，但丝毫不能成为他们通过暴力犯罪来发泄沮丧、愤怒和心理创伤的借口。因为一如我们通篇都在强调的，除非一个人的心理问题已经严重到产生幻觉，否则他总是可以选择自己的行为的。因此，哪怕我为年轻的小詹姆斯·克莱顿·沃恩所经历的一切感到非常抱歉，我甚至能明白他为什么会加入三K党、美国纳粹党和全国州权党以寻求力量、目标和归属，但此时我唯一的目标就是帮助警方让他永远无法再犯案，如果我能够成功的话。

我在分析里继续描述了富兰克林经历过的另一个明显的重要转变。他最终决定要脱离美国纳粹党和三K党，不仅是因为他觉得这两个组织都被联邦调查局渗透了，还因为他将其视作充满了无能醉鬼的组织，成员们只会抱怨黑人和犹太人占据了这个国家，并借由这些共同抱怨找到同类。而他，富兰克林，从另一方面，想要的是行动。他想要行动起来。

"高中辍学之后发生在富兰克林身上的事情，"我写道，"是从团体中一个有着强烈归属需求的追随者，变成了他彼时急需的、自己组织的领导人——哪怕这是一个有且只有他自己一人的组织。"

　　对于富兰克林这样的人，这样有着被虐待、被忽视经历的人，以及没有特权甚至没受过足够教育的人，暴力是为数不多的方式之一，让他可以表达自己的怨恨，并让自己和所处的各个组织中的其他不满者区分开来。当把暴力和妄想、对周围人的警惕结合起来，他就转变成了自己眼中的英雄刺客。勇敢无畏且随时准备着迎接任何挑战，是他对自我实现的终极表达。

　　这种想要成为领袖和想要掌控一切的感觉，和他内心缺乏自信的感觉一起，也体现在了他和女性的关系里。除了十八岁时和十六岁的博比·多尔曼那段短命的婚姻之外，他还在 1979 年的时候又一次结了婚，当时他二十九岁。同样地，他的新娘阿妮塔·卡登，当时也只有十六岁。1978 年，他俩在亚拉巴马州蒙哥马利的一家名叫喜乐冰雪（Dairy Deelight）的冰激凌店里相识，1979 年 8 月 25 日阿妮塔就生下了一个女儿。等到 1980 年秋天我们确定富兰克林就是要抓捕的罪犯时，他们已经分开了。

　　作为一个成年人，除非你有控制对方的需求，或者（并且）在同其他成年人的关系里感到不自信，否则你不会和一名青少年结婚。换句话说，从人际关系和性心理关系的角度来看，富兰克林还没有脱离自己青少年生涯的最后时期。我们也有证据表明，在这两段婚姻之间，他还和很多比自己年轻得多的女性谈过恋爱。

　　他不仅会从同龄女性那里感到威胁，还曾性侵过一名比自己年长的女性，但未遂。这是缺乏自信的典型标志。我们知道很多强奸犯会同时侵犯年长的人和儿童，不是因为他们喜欢，而仅仅是因为后者易受伤害，且无法有效地反抗。

　　我们还知道富兰克林变成了健康饮食的狂热爱好者，并且热衷健身和跑步。同样，这都是对自我形象的补偿性提升。所以，我建议任何追捕和审问他的人都要仔细观察他的生理状况。如果他显得憔悴或者明显地增重或变瘦了，他应该已经更脆弱了。我希望他受到的压力不仅会导致他犯下能带我们抓到他的错误，同时也让他在受审期间更容易受到影响。我写道：

基本上，富兰克林有杀人的倾向，他也同时具有自杀的倾向。富兰克林会显得傲慢自大且自信，但实际上他就是个懦夫。他的罪行都是懦夫行为。相比近距离直接击杀，他选择了偷袭毫无准备的受害者。

我在分析报告里警告说，像富兰克林这样的精神变态或者反社会罪犯会经常变换自己的一贯手法以适应不同情况，同时这也是他们从之前的"成功"中获得的新领悟。既然他曾当过保安，就会知道警方的程序，我预测他会为自己的各种化名搜集一些对应的警察或者保安徽章，以及其他额外的警备用品。每次犯罪都会更换武器就是他基于对执法机构的了解而做出某种特定老练反应的明确暗示。

尽管证据显示过去三五年里他都在全国流窜，但我明确感觉到，在如今他感受到的压力之下，他会回归南方，最有可能是回到亚拉巴马州或者墨西哥湾附近，回到他感觉最舒服的地方。像他这么不信任他人和偏执的人，富兰克林几乎不会有什么密友。"然而，他会像磁铁一样，从感情上被拉回到自己年轻的妻子和孩子身边。她们就是他所拥有的全部了。"我推测道。

富兰克林生活中的成就不多。他的妻子、女儿，以及消灭黑人的任务就是他仅有的成就了。

我们应该预期他的妻子能够提供一定程度的配合，然而可能遭丈夫报复的惧怕会阻止她给出有关丈夫下落的准确信息。

在题为《富兰克林的缺点》的部分里，我写道：

逃亡途中，他会回到自己熟悉的地方。过去体会过愉快的地方让他觉得更舒服。再一次，他会联系妻子和其他儿时亲近的家庭成员。回到这些地方就好像是运动队主场作战或者拥有了主场优势。如果要在这些地点中的某处尝试对抗抓捕，他感觉自己能更好地应对。

他依然可能会进行非常周密的计划，也对警方的埋伏做好了准备。

我预期他会去见阿妮塔，尽管他们已经分手了。他也许会去见见自己的姐妹们或者其他亲戚，但他不会冒险睡在他们家里。我警告如果警方找到了他并计划在夜间实施抓捕，他可能会比他们更熟悉那个区域。我认为最好的方法，如果可能的话，就是出其不意地迅速抓住他，因为这类凶杀罪犯经常会把在被围困时自尽视为荣耀，或者选择在剧情的高潮时刻结束生命，或者强行选择"被警方逼迫的自杀"。

我还补充了几页内容，是关于他被捕后会有用的审讯技巧，以及警方和联邦调查局应该如何应对他。在报告结尾处，我自荐愿意继续讨论任何乃至全部有关他的性格分析，并且留下了自己在学院的联系方式。我希望在富兰克林被捕后警探们审问他的时候，这个报告也是有用的。但首先，我们必须先抓住他。

第七章

1980 年 10 月 15 日，距我提交分析报告只过了几天，莫比尔办事处的特工们就找到并访问了富兰克林的前妻阿妮塔。

她现在的名字是阿妮塔·卡登·库珀，因为 1978 年她认识富兰克林的时候，后者自称叫詹姆斯·安东尼·库珀。她告诉特工在俩人开始约会后不久，他就离开蒙哥马利了好几周，然后带回了一大笔现金。不久之后的 1978 年 12 月，他再次离开，一周之后带着更多的现金回来了。他们结婚后，1979 年初，他开始频繁离家，时长不定。他从不说自己去了哪儿，或者做了什么，但他经常带着钱回来。

这个情况和他先前声称自己在马里兰郊区工作时存下不少钱的说法相当一致。然而，这些钱的来源的唯二合理解释只能是偷盗和抢劫。阿妮塔口中他带回家的现金数量似乎印证了他在抢劫银行方面非常高效的推论。前一年，在蒙哥马利、路易斯维尔、堪萨斯城、亚特兰大和其他遍布他舒适区的地方都有未侦破的银行抢劫案。

其中，我们有一份报告是关于佐治亚州迪卡尔布县位于罗克布里奇路上的信托银行分行抢劫案的，案发时间是 1977 年 6 月 16 日。当天，一名身高约为五英尺十一英寸的白人男性，年约二十多岁，头戴迷彩平顶帽、身穿绿色工装夹克，在银行开门后约二十分钟进入了银行大楼，掏出一把小口径手枪对着出纳说："给我现金否则我就开枪了。"案件中无人受伤，罪犯带着没有公布具体数额的现金逃离了现场。如果这的确是富兰克林犯下的案子，那么可能就是他的第一起银行劫案或者早期抢劫案中的一起。能如此轻松地逃离可能鼓励了他继续以抢劫银行为生。

无论何处的警探发现了和他已知行踪或者涉嫌案件有关联的银行劫案，特工们都会被派去问询目击者，并展示他的照片。其中真有几个人认出了他，这也就为我们证实了他是如何负担这种四处流窜的生活方式的。（我们后来发现他抢银行是受到有关杰西·詹姆斯和约翰·迪林杰的书籍的启发，并从中获得了必要的技巧。）

特工们向阿妮塔展示了目击者们辨认出的银行劫案嫌疑人。她向特工们承认这就是自己认识的詹姆斯·库珀。

没有理由怀疑她知道富兰克林从事的任何非法勾当，或者清楚他在种族歧视和反犹太人方面的严重程度，尽管她确实听到过他就有关内容的叫嚷。富兰克林告诉阿妮塔自己是一个水管工，让她相信自己频繁离家是因为接到了酬劳很高的复杂承包工作。在钱袋满满的时候，他偶尔会给她买些昂贵的礼物，但抢劫银行的勾当基本上是支持他追求人生真正"事业"的手段，即杀害非裔美国人和跨种族情侣，并试着引发一场能席卷全国的种族战争。

1979 年 7 月，在他们的小孩只有一个月就要出生的时候，富兰克林告诉阿妮塔自己不想承担养育小孩的责任，准备离家出走。但我们知道他在 8 月底的时候，在继续上路流窜之前，曾回去短暂看望过还在襁褓中的女儿。10 月的时候他又回去了一次，当时他开着一辆1972 年产的普利茅斯卫星型号汽车。他在家待了一天，告诉阿妮塔自己打算去伯明翰。

1980 年 8 月的时候他又回来了，这一次开的就是那辆后来被警方锁定的棕色雪佛兰科迈罗。他告诉阿妮塔自己一直在旅行，已经去过了加拿大、堪萨斯城和内华达州。

10 月 17 日发自联邦调查局局长办公室的电传说特工们判定富兰

克林已经顶着约瑟夫·约翰·基茨这个化名作案一阵子了，这个化名的出生日期是 1951 年，有新的社会保险号码，还有一张亚特兰大格雷迪纪念医院的就诊卡。

最重要的是，1980 年 10 月 9 日和 13 日，他因为在蒙哥马利的血液中心卖血换钱而被拍了下来。该中心要求保留所有献血者的照片。莫比尔联邦调查局办事处拿到了这张照片的副本，照片上的他没有戴眼镜，特工们把照片发往了联邦调查局所有的办事处。

借助照片，有人认出富兰克林于 10 月 14 日周二出现在蒙哥马利的灰狗长途客运站，当时他正在登上一班十点半发往亚特兰大的大巴。一切都能对起来了。

在收到莫比尔办事处报告后几小时内，联邦调查局总部就把消息发遍了全局。消息指出局里不认为富兰克林知道特工已经找到并联系上了他的前妻，这个消息必须严格保密，以免他得知了端倪。指纹小组正在用已有的指纹对比取自他涉嫌的不同犯罪现场的指纹，以及在被认为他曾待过的地点搜集到的指纹。堪萨斯城和拉斯维加斯的办事处被要求将富兰克林作为嫌疑人来调查所有他们尚未破获的银行劫案，尤其是那些 1979 年 8 月到 1980 年 8 月之间的案子。

流窜途中，富兰克林需要用钱，我们的判断是，被我们认定是他主要经济来源的方式——抢银行——目前对他来说风险太大了。他经验足够丰富，知道警察局、治安官办公室和联邦调查局特工全都会特别警醒，并且会加强对我们认为他可能出现的地方的监控。除非他真想找死，才会在自己已被警方认定为危险持枪罪犯的情况下行动。那些撞上他抢银行的执法部门人员不会让自己以及银行员工、顾客冒一丁点儿险，他们会先开枪再问话。我也认为有很大的可能，他在流窜逃亡途中会因为压力太大、思绪混乱而无法仔细计划和执行对银行的抢劫。即使在"最好"的状态下，这也是一种高风险的犯罪。

前一年，当泰德·邦迪感到逃亡造成的压力后，我们注意到他犯下的案子变得更粗心，计划也没那么周密了，但他造成的风险也更高了。哪怕像是邦迪这样傲慢自信的人都会在生理上逐渐崩溃，并流露出精神崩溃的所有迹象。他最后的案子——在塔拉哈西的西·欧米茄姐妹会①住所中杀害了两名年轻女性，性侵了另外两名；强奸并杀害了十二岁的金伯利·利奇，以及偷了一辆小货车和一辆轿车——都显示出他的精神已经崩溃。我们并不认为富兰克林会像邦迪那么聪明或者精于世故，他会回到自己的舒适区的。

基于对阿妮塔·卡登·库珀的询问写就的报告让我更确信他会回到墨西哥湾区域，这是他的舒适区，尽管他可能再也不会回到蒙哥马利地区了——他在这里已经被拍下了。富兰克林乘坐大巴去了亚特兰大，但从那里他可能会向着更南的地方逃窜。几乎可以确定他会去到某个自己的南方口音不会引起怀疑或者受到注意的地方。蒙哥马利血液中心的照片则是一条重要的线索。

虽然远比不上抢劫银行的收益，但当富兰克林需要更多钱的时候，我们感觉他很可能会再找地方卖血，之前在不到一周内他已经两次这么做了。至少这是合法的，也不会引起任何怀疑，当然，除非执法机构能够赶在他卖血前（确定他要去卖血的地方）。所有办事处都被要求去调查收购血浆的血液银行，并警告他们嫌疑人可能已经来过了，或者还可能再来。他的照片和描述被发给了血液银行，并指示即使他确实出现了也不要和他对质，但要立刻联系执法机构和联邦调查局总部，后者会备好一切资源整装以待，其中也包括我做的这份逃犯分析。

在我的分析中，我把富兰克林的性格归为一种刺客型性格，一种"潜伏下来并在自己和受害者之间保持距离"的性格。

---

① Chi Omega（XΩ），美国著名姐妹会之一，在超过一百七十所大学拥有分会，总部位于田纳西州孟菲斯。——译者

正如戴夫·科尔提到的，卡特总统，这名来自佐治亚州的南方自由主义者正为了下个月的选举在南方宣传造势。富兰克林之前写给当年还是总统候选人及佐治亚州州长卡特的威胁信里，攻击了他支持民权运动的倡议，称他是自己故乡和传统的叛徒；也正是这封信让富兰克林进入了情报机关的视线。这封署着他真名 J. C. 沃恩的信强调，卡特把自己"卖给了黑人"。

我们判断，除了刺杀美国总统，没有别的行动会被富兰克林视为更有意义的事，或者被他当成是能达成自己的使命、确立自己历史地位的事。距离肯尼迪总统在达拉斯遇刺身亡还不到二十年，情报机关已经从那天的悲剧中总结出了重要教训，包括永远不要让被保护对象身处敞篷车中毫无防护。但他们也知道要是另一个下定了决心的潜在刺客选用一把大火力步枪从隐蔽处射击，那将是最难防范也最具挑战的威胁。在卡特总统行程上的每一个城镇，情报机关的特工们和当地警方都在分发富兰克林的照片并指示，无论任何人认为自己看到了他都要立刻联系他们。其中一站是新奥尔良，这是一个大到能让富兰克林潜伏进去并且找到理想刺杀地点的城市。

当发现富兰克林用本名詹姆斯·克莱顿·沃恩在佛罗里达州坦帕市中心的灯塔福音救济会庇护所登记后，情况变得愈发紧张了。他被安排了一张位于一名非裔美国人旁边的床铺，还因为必须参加强制性的餐后布道，他不得不听了一名黑人牧师布道。当妹妹玛丽莲·加尔赞知道他去了这间庇护所后，她推测他选择那里是因为他认为没人会想到去那里找他。

富兰克林在庇护所待了三天，时间刚好卡到了卡特总统计划出席的 10 月 31 日在莱克兰南佛罗里达学院举行的竞选集会前，集会地点距离四号州际高速有三十五英里。佛罗里达州参议员劳顿·奇利斯、州长鲍勃·格雷厄姆以及前州长鲁宾·艾斯丘都会出席。这三人都是支持民权运动的进步人士，所以三人也都是富兰克林这类人的潜在目标。负责联邦调查局坦帕办事处的主管特工菲利普·麦克尼弗得知富兰克林已经试着要在坦帕买一支枪了。但他是打算再抢一家银行，还是意图刺杀总统，或者是想干掉其他任何参加集会的官员，我们尚不清楚。

第八章

也是在我提交了富兰克林分析报告的几天后，来自十几家执法机构的调查人员——包括盐湖城、辛辛那提、俄克拉何马市、约翰斯敦、印第安纳波利斯、韦恩堡、佛罗伦萨、肯塔基州警方以及联邦调查局、情报机关和酒精、烟草、火器和爆炸物管理局的特工——齐聚在辛辛那提第四区的警察总局，参加一场为期两天的"峰会"，对比来自全国各地的案件资料，同时协调调查力量，确定哪些案件和逃犯有关。除了狙击刺杀案件，调查人员还带来自己辖区内未破获且嫌疑人符合富兰克林特征的银行劫案的细节信息。这些汇在一起的数据拼出了富兰克林更准确的流窜时间线，但峰会后官方未对公众透露任何重要信息，目的是为了不影响对他的抓捕以及后续的审问。实际上，被登在报纸文章里的参会人员采访内容还特意进行了低调处理，或者驳斥了几桩我们正在调查的案子也与富兰克林有关的说法，其中就包括弗农·乔丹枪击案。

同时，联邦调查局正努力在卡特总统抵达莱克兰之前尽量多做点工作。其中一部分是由特工费尔南多·里韦罗（昵称"弗雷德"）负责的，他对区域内血液银行以及献血点进行了巡查。某天早上约十一点的时候，他到了东派恩街上的瑟拉科技生物公司，这是一间较大的血液银行，平均每天有一百二十名献血者。里韦罗给了二十五岁的经理艾伦·李一张通缉令副本，后者说那些社会边缘人群、卡车司机甚至是被通缉的罪犯经常来赚点快钱。时间距离总统来访仅有数天之遥，因此特工向李强调了这次搜捕的重要性和紧迫性。他还告诉李说富兰克林是一名涉嫌凶杀的逃犯，并且"非常危险"。

里韦罗离开后，李向手下的几名实验室技术人员重复了特工的提醒。

根据美联社报道，下午三点，距离联邦调查局上门过了四小时，疲累的工作人员克劳德特·马拉德从前台抬起头来，望见了一名约二百磅的男子从门外走了进来，身穿棕色的灯芯绒裤子和敞到腰间的长袖衬衫。他手里提着一个黑色行李箱。

"姓名?"她例行询问道。

"托马斯·阿尔文·博纳特。"他回道，接着开始填表，住址填的是一个州外的地址。

之后由六十六岁的 E. C. 怀特医生对他进行了体检，后者在俄亥俄州韦恩斯维尔当了三十年全科医生后退休，搬来了佛罗里达州。怀特把相关医疗情况、是否过敏等例行问题过了一遍，并筛查了是否有肺结核一类的传染病。后来怀特说自己发现这个献血者出奇地安静和谨慎，但他的尿检结果呈阴性，脉搏和血压也都正常。体检用了约八分钟。

献血室里有二十四张橙棕色的人造革升降床，一面墙上挂着一幅迪士尼版本的七个小矮人图画，图中小矮人们睡眼惺忪地说道："献血的时候可别睡着了哟。"博纳特的手臂里被插了一根静脉管，血液经此流入一台防止血液凝结的离心机，血浆被分离出来，然后红细胞和补充的生理盐水再回到他的身体里。整个过程耗时约一小时十五分钟。

两名技术人员注意到了献血者手臂上的纹身：右前臂上是一个死神，左臂上则有一只鹰。其中一个技术人员默默地进到艾伦·李的办公室，告诉领导说这个博纳特似乎符合联邦调查局那份传单里的描述。艾伦仔细地望向献血室的那头。尽管博纳特的头发是黑色的，而非传单里写的棕色，但纹身已经在李的脑子里引发了足够的怀疑，促使他回到办公室去给联邦调查局打电话。局里刚好在莱克兰有驻地机构，就在五个街区外。

李把电话打给了特工布鲁斯·丹多，解释了当时的情况。"试着把他留在那里。"丹多敦促道。

李走到博纳特床前，告诉他说在献完血站起来前，应该先休息上十五分钟。

"要是我拒绝留在这儿呢？"他问李，但并没有站起来。

丹多立刻联系莱克兰警察局请求支援。和布鲁克·罗伯茨特工一起，丹多在瑟拉科技门外与杰拉德·巴罗警探及小雷·塔尔曼汇合，决定在此处静候"博纳特"离开。

楼里面，当献血者终于被告知现在可以安全地站起来并离开时，他走回了前台，克劳德特·马拉德让他签了一份收据，然后写了一张五美元的支票给他。

"我去哪儿兑现呢？"他问道。

她说现在银行都已经关了，但街角那里有一家名叫"小迷途"（Little Lost）的餐厅还开着，可以帮他兑换支票。他拿上支票，提起随身的行李箱，离开了血液银行。

他朝着餐厅的方向转过街角，没有注意到有两辆车缓缓跟着他。随后罗伯茨从没有标志的调查局车上跳了下来，亮了亮徽章，喊道："联邦调查局！"

他没有反抗就投降了。

有趣的是，在特工和警察把他带走并关起来之前，还陪着他去餐厅兑了那张支票。

警方把他带到了莱克兰警察总局，在那里取了指纹，并确定了所谓的托马斯·阿尔文·博纳特实际上就是小詹姆斯·克莱顿·沃恩/

约瑟夫·保罗·富兰克林。联邦调查局特工和警察们都大松了一口气。富兰克林出现在莱克兰仅仅是巧合，还是他专程去那里刺杀卡特总统呢？

因为他不承认自己是富兰克林，也就很难确定他的企图。在他被关押起来等待审问前，特工们留意到他试着用指甲把手臂上的纹身刮掉。但仅仅那样是刮不掉的，纹身的墨水是渗进了好几层皮肤之下的。

联邦调查局特工们把他押到了坦帕办事处，他在那里一个没有窗户的房间里受到了罗伯特·H. 德怀尔特工和弗雷德·里韦罗的审问。不幸的是，在当时，负责审问的特工们还不知道我做的性格分析。更让情况雪上加霜的是，据后来一份坦帕办事处出具的报告显示，"来自联邦调查局总部、媒体及其他和富兰克林一案相关机构（在得知嫌疑人被捕后）的急切、重大反应，可能让审问他的人处在了巨大的压力之下，和试图劝说富兰克林交代罪行的压力不相上下"。

按照富兰克林涉嫌案件发生的时间，两名特工依次询问他在每次案发时身处何处。他不承认犯下了任何罪行，尽管他爽快地承认了自己就是种族主义者，并承认了他对非裔美国人和犹太人都怀有仇恨，这一点在报告中被描述为"远远超出了单纯的偏执应有的程度"。在长达五小时的审问中，他被问是否想吃点什么或者喝点什么，他回答说要个汉堡，但前提是得向他保证汉堡不是黑人做的，当然他用的不是"黑人"这个词。其中一名特工给了他一个汉堡，但因为这个特工无法保证汉堡不是非裔美国人做的，或者没有任何非裔美国人接触过这个汉堡，因此他拒绝食用。

富兰克林承认自己 8 月 15 日到 22 日期间在盐湖城，并声称去过自由公园，但因为那里四处可见的跨种族情侣就没有再去了。

除了案件发生的时间和地点，特工们并没有更多的信息，他们也没有什么东西可以用来对他施压。他们只有一个从其中一起银行劫案的逃逸车辆上采集到的被认为可能属于富兰克林的指纹，所以他们试着从这里入手对他施压。富兰克林此时开始大量出汗，并用手遮住了眼睛，低头看向了地板。联邦调查局特工们受过识别肢体语言的训练，而富兰克林此时正变得充满戒备。但除了在特定日期身处何处这样的信息，他依然拒绝承认任何事儿。

在审问之后，美国执法官局（U. S. Marshals Service）把富兰克林押往坦帕的希尔斯伯勒县监狱。抵达监狱后，他被告知可以拨打一个电话。他把电话打给了已经分居的妻子阿妮塔。联邦调查局录下了通话内容。他告诉妻子自己因为一系列和种族有关的谋杀案被捕了。当她问他具体情况的时候，他告诉她："他们说我犯了十二起凶杀案和四起银行抢劫案。"然后他补充说："有趣的是，这是真的。"

根据美联社和合众国际社援引不具名警察的说法，在富兰克林向阿妮塔承认的罪行中，就包括了在盐湖城狙杀两名慢跑者的那起。他唯一向阿妮塔否认的案子是弗农·乔丹的那起枪击案。当我们后来分析这些对话的时候，我们总结他之所以不承认这起案子，不是因为和其他案子相比他羞于承认这一起，而是在他心里，刺杀这名民权运动标志性人物的任务没能完成。

第二天，10 月 29 日，周三，被关在美国执法官局拘留室期间，富兰克林向和自己同处一室的一名联邦囚犯亨利·布拉德福特承认了部分谋杀案。当联邦调查局在两天后联系布拉德福特时，后者说富兰克林承认自己杀害了泰德·菲尔兹和戴维·马丁三世。这不是很罕见的情况，也并非完全出乎意料。因为对绝大部分人来说，任何审问都会造成极大的压力，因此事后他们需要释放压力。根据我们的经验，这通常会以被指控者和被他视为同类的人交谈，甚至是坦白罪行的形式发生——另一个面临着严重指控的囚犯显然符合同类的定义。

在周三举行的法庭传讯和保释听证上，面对一名美国地方法官，富兰克林再次否认犯下了任何谋杀罪，并声称这些谋杀指控是针对他捏造出来的，原因就是他公开宣称自己是种族主义者。"我是无辜的。"奥兰多《哨兵明星报》援引了富兰克林在被两名联邦调查局特工带进法庭时对记者们说的话。"因为我的种族主义观点，他们试图把罪行安在我头上。我反对种族融合和共产主义。"他解释道。

有一个在我听来颇具讽刺意味的反转，就发生在针对富兰克林的保释听证上，约翰·保罗·罗杰斯，美国三K党佛罗里达州分部的巨龙①的话，也被《哨兵明星报》引用了。他说自己从没听过富兰克林这个人，并称富兰克林不是佛罗里达州三K党的成员（"我怀疑他不属于任何组织"），关于他是三K党成员的报道不过是对该组织"好名声"的污蔑罢了。

另一方面，北卡罗来纳州罗利的哈罗德·A.卡温顿，白人国家社会主义党名义领袖，在富兰克林还在逃亡时就告诉《洛杉矶时报》记者杰夫·普鲁夫："我不会告诉你他妈的任何事儿，好让他被逮住。"他把富兰克林描述成一个"受够了腐败系统的体面白人工人阶级典型"。

普鲁夫也联系了住在伯明翰、和富兰克林母亲离婚后又再婚的老詹姆斯·克莱顿·沃恩。针对儿子正被搜捕以及涉嫌盐湖城谋杀案，他说："这不可能。吉米才不会做这种事儿。他很聪明。他也有不错的教养。"

在法庭内，富兰克林被控犯下了侵犯泰德·菲尔兹和戴维·马丁三世公民权利的联邦罪行，即那宗发生在盐湖城、导致两人遇害的谋杀案。在指出富兰克林至少有十三个化名，以及数不清的隐匿企图，且"和任何社区都没联系"后，美国检察官加里·贝茨要求设置金额巨大的保释金。贝茨之后还描述了富兰克林涉嫌的案件，包括至少在

---

① Grand Dragon，三K党高阶职位，仅次于党魁大巫师（Grand Wizard）的职位。——译者

四座城市犯下的谋杀案，对弗农·乔丹的行刺企图及造成的伤害，还有在田纳西州和佐治亚州的银行劫案。富兰克林否认了全部指控。

他同时也否认自己前来莱克兰是因为卡特总统计划在此露面。他回答说："我对吉米·卡特毫无兴趣。"

我不太相信他的声明。我认为富兰克林很可能不知道卡特总统会来，他来到该城市也是巧合。但我们确实知道富兰克林对吉米·卡特有兴趣，因为总统发表了一封触及富兰克林所有痛点核心的信。其次，如果他得知卡特总统计划中的公开露面，我相信他会感到和李·哈维·奥斯瓦尔德得知肯尼迪总统的巡游车队会经过自己新工作楼下时一样的那种命运之约的感觉。

对富兰克林这样的人来说，难道还有比干掉刺客所能期望的最大目标——美国总统——更大的个人荣耀吗？尤其这个总统对他来说还象征了一个因为拥抱民权和种族融合而背叛了自己传统的南方人？富兰克林从来就不是殉道者：他只会在有理由确定自己能脱身时才会尝试，并且他已经成功地使用了狙击这一手段，还让自己成功脱了身。在这个领域里，他对自己的能力有着很强的自信。哪怕他没法透露自己已成功犯下的案子，我也相信（刺杀总统）会是他生命中最圆满的一次行动。因为在他心中，这至少会让他被载入史册，和其他众多刺客杀手一起被历史铭记，他相信这是他应得的。

尽管上面这样的洞察在我们的行动中很重要，能帮我们理解并试图去预测不同种类暴力罪犯的行为，但万幸的是，总统遇刺的威胁现在不存在了。更紧迫的是推进对富兰克林的调查和审问，找出我们能用什么罪名来起诉他。

在联邦调查局办公室里和公开法庭上接受询问的时候，他已经否认自己犯过任何谋杀、银行抢劫或者任何严重罪行。从法律上来讲，正如我们在学校里都学过的一样，根据美国司法体制，被告在被证明有罪前都被认为是无辜的。这听起来很棒，很让人放心，实际上这是为了防止任性妄为或者报复性质的指控和起诉，或者说不鼓励这种指控和起诉。但这并不意味着公众或者为执法机构工作的我们必须认为我们正羁押着或者打算起诉的人是无辜的男女。这个想法表面上非常离谱。"疑罪从无"这个原则，这个诞生时间远早于英国普通法的原则，最早源于古代希伯来和伊斯兰的法条，它真正的意思是提起指控和诉讼的主体要在严格规则之下（我们的版本就是不能对犯罪行为进行"超出合理范围的怀疑"），肩负起证明罪行的全部责任；而被指控的人如果选择不辩护的话，他甚至无需出声。换句话说，在法庭上，要想成功指控罪犯，必须从每个陪审员脑子里移除任何觉得被告可能无罪的合理怀疑。我一直认为被告被要求为自己"有罪"或者"无罪"进行辩护很重要，而不应该去辩护自己是"有罪"还是"无辜"。在我们的体制下，被控告的人永远无需去证明他或者她的无辜。

所以，我们能不能让富兰克林对特定执法官员承认一些能在法庭上站得住脚的东西呢？这正是接下来的挑战。

第九章

11月2日，坦帕的地方法官小保罗·盖姆认为自己已有了足够证据判定约瑟夫·保罗·富兰克林就是被盐湖城警方和联邦调查局指控谋杀了菲尔兹和马丁的罪犯，尽管富兰克林的律师做出了反对这一说法的辩护。最令人信服的证据就是在那辆盐湖城罪案现场附近寻获的棕色科迈罗轿车上的指纹。盖姆命令将富兰克林引渡到犹他州，并同意政府采集富兰克林的笔迹样本，用来对比驾照、旅店登记卡及其他调查人员相信是富兰克林化名写下的文字。如果对比结果相符，这些信息可以帮助证明他在罪案时间线上的关键时刻分别身处何处。

同一天，盐湖城的区副检察官罗伯特·L.斯托特提起了诉讼，并发出了针对富兰克林的逮捕令，指控他犯下了两起一级谋杀罪。但它们因联邦政府在推进民权案件而被暂缓了。美国执法官局将会负责把富兰克林从佛罗里达押运到犹他，联邦调查局坦帕办事处特工罗伯特·H.德怀尔随行。押运带给了我们一个可能的契机：富兰克林在飞机上的几个小时里都会双手被铐——至少算是一种不寻常且会造成压力的状况——因此他会面临一次非常规的审问，一次可能让他给出某种之前他极力避免的坦白的审问。

把富兰克林送到盐湖城的押送计划被安排在11月8日。执法官局为此包了一架双引擎的三菱MU-2涡轮螺桨飞机。和富兰克林及德怀尔一起乘机的，还有一名机长、一名副机长，以及三名执法官局的副队长。在起飞前的几天里，德怀尔读了我对富兰克林的分析。起飞前一天，他给当时人在匡蒂科的我打了个电话，寻求建议和策略，希望能在飞行过程中从他那里套出尽可能多的东西。

选择一整架私人飞机而不是商业航班上的几个座位是个很棒的主意，我建议德怀尔让机长申请尽可能长的飞行计划，让飞机能在空中飞多久就飞多久。我们知道富兰克林不太喜欢飞行，而且任何时候只要自己没有掌握控制权就会感觉不舒服。他选择狙击刺杀这种方式就证明了这一点。因此，他受到的压力一开始就会很大，他会想从机上任何人那里寻求到某种形式的精神支持。唯一的复杂之处在于，联邦调查局总部要求坦帕办事处如果进行了任何关于罪案的对话，必须是由富兰克林主动发起的；而且如果真有对话，必须用录音机录下来。

我认为最好的方法是从坦帕办事处找个年长、权威型的高加索人种特工（指白人）陪着富兰克林，而德怀尔本人就完全符合这个要求。我建议他穿上经典的联邦调查局"制服"——利落的白衬衫、纯黑或者颜色很深的西装、黑皮鞋，穿这么一整套。我希望他展现出完全的权威性，并且携带一些道具暗示我们比表现出的还知道更多有关富兰克林的情况。我们知道坦帕已经做了一份可视化调查分析（Visual Investigative Analysis，VIA），列明了富兰克林在过去两年里可能涉及的所有已知事件。这将是德怀尔随身携带的一件完美道具，让富兰克林信服调查局有极高的专业性，甚至暗示调查局无所不知。

德怀尔最初的计划是从富兰克林的自大入手，通过恐吓让他屈服。我认为恐吓是个好主意，但也觉得我们应该换一种方式来恐吓。我不认为再拿银行劫案说事儿会对富兰克林有什么影响，因为这不过是他维生的方式而已，不是他的存在理由（raison d'être）。我希望由德怀尔来开启对话，但这一点总部已经否决了。不过我相信因为在一架小飞机里长距离飞行而造成的压力，配合我们打算营造的那种气氛，富兰克林很快就会自己开始聊天。

一旦他开口了，我建议德怀尔试着把他引到一种"我们对抗他们"的态度上。我不是建议他认同纳粹党或者三K党是好的或者正义的组织——富兰克林肯定会看穿这个企图——他应该使用我们从富兰克林过去经历里总结出的、他对这类事情的感觉。

　　行为画像的一个重要部分是根据已知事实进行推断。我们知道他曾经加入过不同的仇恨组织，而且他随后又和这些组织分道扬镳了。我们知道他后来变得很暴力，并针对上了非裔美国人，所以他离开这些组织并不是因为人生哲学发生了变化。我们知道他有偏执妄想的趋势。我们还从联邦调查局对这些极端组织的渗透中得知，他们所做的很多事儿就是坐在一起聊自己的厌恶和仇恨。因此，尽管我们还没从富兰克林那里亲耳听到（但后来会的），但这样总结他选择成为"孤狼"（这是我们对他这种人的叫法）的原因是符合逻辑的：他已经受够了光说不做，以及/或者对卧底特工和叛徒感到担心害怕。后来证明我们在两个点上都是对的。

　　我建议德怀尔去和富兰克林分享这种看法，就是他曾是一分子的集体正在变得越来越低效，因为有太多成员不过是说空话的废人或酒鬼，或者只知道抱怨不休，并没有真正献身给任何可以实现目标的行动。这样一来，哪怕这个特工显然不认同谋杀，他也可以暗示自己对富兰克林的献身和使命感怀有崇敬。

　　这是鲍勃·雷斯勒和我在纽约阿提卡监狱采访大卫·伯科威茨时刚用过的方法。我老爸杰克·道格拉斯曾是纽约的一名印刷工人，之后还当过长岛印刷工会的主席。为了那次对伯科威茨的采访，他给我找来了很多当地小报的复印件，上面字体巨大的头条都是关于"山姆之子谋杀案"的。我拿了一份纽约《每日新闻》的复印件给桌子对面的伯科威茨。我说："大卫，一百年后没人会记得鲍勃·雷斯勒或者约翰·道格拉斯，但他们会记得'山姆之子'。"我举了当时正在堪萨斯州威奇托作案的"BTK绞杀者"当例子，说罪犯给警方和媒体写了自吹自擂的信件，其中就提到了"山姆之子"。

"他想要和你一样，因为你有这种魅力。"我笃定地说道。

我知道伯科威茨在某些方面想要这份荣耀，想要获得对他施行的杀戮的认可，这正是我们让他开口的方法。这个方法奏效了。当他开始了那段被公众熟知的表演，就是那个三千岁的魔鬼附身在他邻居山姆·卡尔那条黑色拉布拉多巡回犬身上命令他杀人的故事时，我听了一会儿就打断了他："喂，大卫，别瞎扯了。那条狗和这事儿没关系。"他笑了起来，承认我说得没错，因为他只是觉得这个故事可以给自己的轶事和名望增色。

我认为同样的事儿也可以发生在富兰克林身上，前提是我们采用了正确方式和他沟通。

早上六点，航班从圣彼德斯堡出发，时值 11 月，早上六点意味着完全的黑暗。我们认为这会让富兰克林感到阴森可怕，能增加他的焦虑。德怀尔完美地扮演了自己的角色。他身穿黑色三件套西服、白色长袖衬衫，打着一条严肃的领带，登上了飞机。在之前对连环杀手的采访中，我们曾中断过录音，原因是当时我们意识到他们非常偏执，满是妄想，如果意识到自己说的话正被录下来，就会妨碍他们交代真实的内容。但因为我们知道录音机是强制要求的，只能安排德怀尔随身带着，显示他做了全面的准备。他还带上了《纽约时报》和《新闻周刊》对富兰克林的报道的复印件，以及一个面上盖着联邦调查局印章的褐红色文件夹。这个文件夹不过是那种联邦调查局学院会发给学员的文具，但看上去非常正式。文件夹里面，德怀尔放了几张空白的联邦调查局信纸，但当信头从文件夹里露出来的时候，看上去也非常正式。

富兰克林的手腕和脚腕都被上了铐，这会让他感觉到无权无力。我们想要让德怀尔和富兰克林正对着坐，因为我希望他们的交流在富兰克林眼中更像是对话而不是审问；但机舱的环境无法满足这点，所以他们并肩而坐，录音机放在他俩中间。

没过多久，富兰克林就开始说话了。他认出来德怀尔的那一刻，就提到了几天前在坦帕办事处的那次审问。等他们升空后，富兰克林开始问德怀尔的背景和经历。当德怀尔告诉他自己曾在海军陆战队服役后，富兰克林表示了敬佩。富兰克林提起了《雇佣兵》杂志，德怀尔说自己很熟悉这本杂志。这也给了他提起自己认识几个此刻在罗得西亚作战的人的机会，我们从富兰克林的档案里知道他曾想去那里，但从未成行。

当他注意到德怀尔手里的报纸和杂志文章后，表示想要读一读。德怀尔递给了他。读过之后，一如我们希望的，他说想和德怀尔聊一聊自己被指控犯下的案子。

特工回答说他们可以聊，但前提是富兰克林得同意对话被录音机录下来。他同意了。德怀尔于是摁下了录音键，并朗读了"审讯：权利提示"表格，富兰克林也同意了。在继续聊天之前，德怀尔让他在表上签了字。

德怀尔随后就发动了"山姆之子"策略，通过提到那些文章，证明富兰克林在全国范围内都举足轻重，且会影响到很多人，迎合了富兰克林的自大。听到这个，富兰克林似乎很骄傲，也很感激。

这时候，德怀尔拿出了那份可视化的调查分析表。富兰克林看到联邦调查局对他的行踪和行动有这么大的兴趣，显得大受震撼。正如我们之前讨论过的，德怀尔没有提到银行劫案，只专注于一系列的枪击案。富兰克林承认自己去过很多发生了枪击的城市，甚至还表示对盐湖城的自由公园以及佐治亚州的某家快餐店很熟悉，而后者也是一名非裔美国人遭枪击身亡的现场。在谈话过程中，富兰克林承认自己使用了很多化名，染过头发，买过几顶假发，甚至还买过几辆车，以及一堆武器和防弹背心。

富兰克林几乎不感兴趣的唯一事件是弗农·乔丹枪击案。德怀尔描述说他的反应"平平"，并记录到他一直望着窗外，这让德怀尔怀疑他是不是真和此案毫无关系。

在之前坦帕的审问中，德怀尔就发现富兰克林身上那种表现得波澜不惊、习以为常的种族歧视观点实际上严重到近乎不真实：随意蹦出的种族歧视话语，以及对那些普普通通的个体持有的令人憎恶的想法。这种仇恨似乎贯穿了他思想的每一个部分。

德怀尔记录说富兰克林"曾是州权党一员，因此他厌恶犹太人也就显得毫不意外"。他确信美国和苏联政府都被犹太人把持了。他说自己在华盛顿参加过两次去联邦调查局的游览。第二次的时候，可能是因为参观地点从司法部改到了 J. 埃德加·胡佛大楼，他注意到在一个名为"世纪罪案"的展览里，罗森伯格原子弹间谍案的内容不见了。他评论说这是因为所有被告都是犹太人，而犹太人阻止了联邦调查局继续展示这个内容。

在针对非裔美国人的唠叨里，富兰克林提到了 1975 年时，他遇到了一个和自己一样仇恨非裔美国人的人，名叫查尔斯。就在富兰克林面前，查尔斯用胡椒喷雾喷了一个和白人女性同行的黑人。德怀尔强烈怀疑这个所谓的"查尔斯"就是富兰克林自己的投射。之后，他查看了卷宗，发现富兰克林 1976 年 9 月在马里兰州蒙哥马利因袭击和殴打而被捕的记录，原因就是使用胡椒喷雾攻击了一对跨种族情侣。

嫌疑人把自己的行为投射给另外角色的原因有几种。最明显的一个原因就是为了基于多重人格障碍来打造精神失常的辩护策略。这个战术几乎没成功过，但大部分被告并不知道。另一个原因则是想从心理上挽回颜面。1985 年，三十六岁的拉里·金·贝尔因在南卡罗来纳州列克星敦绑架和谋杀十七岁的莎莉·菲·斯密斯被捕后，我被请去审问他，看能否让他坦白罪行。我为他铺垫了有人之所以会做出某些事儿，是因为他们好像陷在一场噩梦中这样的场景，并用计让他对罪行有了适当反应之后，我问道："拉里，现在是你坐在这儿，那你到底做了那事儿吗？你能做出那事儿吗？"

然后他眼里含泪望向了我，说道："我只知道坐在这里的这个拉里·金·贝尔不会做这事儿，但坏拉里·金·贝尔就会。"

在富兰克林这里，这个谈话策略发动于他被捕后不久，当时他可能刚开始意识到自己会面临长期羁押这一后果。他由此开始想象同监狱的黑人囚犯在得知他罪行的细节后，自己将会面对何种程度的种族敌意，因而他做出了一个于事无补的自我保护尝试，即把自身和自己种族歧视者的形象分割开来。但很快就清楚了：他无法长久地维持这种分割的状态。另一个同样貌似合理但完全相反的解释就是，他不认为正被问到的罪行够得上他作为杀手的"标准"。

然而，从富兰克林口中说出来的几乎每句话都带着这样或那样的暗示，顺着他的自大来组织谈话的策略没能带来任何直接的坦白。德怀尔决定把用于"山姆之子"的策略更进一步。他声称自己知道过去几年里富兰克林的全部行踪，他犯下的每宗银行劫案，以及实施的所有狙杀案子都是他"历史使命"的一部分。德怀尔还说他也知道这个使命就是杀掉黑人和犹太人。他暗示说这个使命无法获得富兰克林心中它应得的重视程度，除非全部被记录下来，而最好的方法就是富兰克林自己亲笔写到德怀尔带来的、联邦调查局官方的信纸上。这样一来，这就成为了历史文件，特工强调道，就如同在华盛顿的国家档案馆大楼里保存和展出的那些一样。

面对这个提议，富兰克林认真想了很久，德怀尔记录说他对把自己载入史册的提议非常动心，要动用最大程度的克制，富兰克林才决定不这么做。

此时，他们已经飞行了七个小时，德怀尔因为近距离面对富兰克林这样的一个人并绞尽脑汁地执行审问策略而感到筋疲力尽。但他也感觉到他们正处在一个转瞬即逝的时刻中，他必须尝试所有能够想到的办法。

因为富兰克林是同时遭到州和联邦起诉的对象，德怀尔表示要是富兰克林在联邦层面上认罪，他大概可以操作一个协议出来，好让他被关在距离妻子和女儿近一点的监狱里。要是他在任意一个可能定他罪的州接受审判并被定了罪，那联邦政府就没有能力控制他被关押在哪儿了。再一次，富兰克林似乎被这个想法吸引了，但在供出自己前，还是拒绝了。

在德怀尔没有进行引导的情况下，富兰克林主动说自己尊敬弗雷德·考恩和他所做的事儿。德怀尔问谁是考恩，他又做了什么。富兰克林说考恩是全国州权党的一名成员，他手臂上纹有纳粹的标志。根据富兰克林的说法，几年前考恩全副武装地去到了位于纽约新罗谢尔自己工作的仓库里，杀害了四名同在那里工作的黑人。他也试着杀掉仓库的犹太老板，但后者藏在了一张桌子下面。当"猪猡们"（对警察的蔑称）抵达现场后，考恩杀死了其中一人，然后自杀了断。

真实的故事和富兰克林讲的版本区别不大，但有一个不太一样的重点。1977年2月14日，情人节早上七点四十五，三十三岁的弗雷德里克·威廉·考恩，这名曾两次上过军事法庭的前特种兵、健身爱好者、和自己父母同住并喜欢搜集纳粹相关物品的希特勒崇拜者，来到了海神全球搬运公司找诺曼·宾，后者是他的犹太裔上司，刚因为考恩对顾客态度粗鲁而停了他的职。和富兰克林所描述的不同，宾不是公司的所有者。考恩经过了大堂和餐厅，在走向办公区的途中，他射杀了三名黑人员工和一名来自印度的、深色皮肤的电工。宾看到考恩进入公司建筑后就离开了自己的办公室，躲到了另一间房间的一张桌子下面。

十分钟之内，警方就抵达了现场并冲进了建筑。考恩开枪并杀死了第一个冲进来的警察，伤到了其他三人。不久之后，建筑就被三百名警察和来自州、地方和附近警局以及联邦调查局的人包围了，还有直升机在上空盘旋。因为担心人质受到伤害以及考恩威胁要引爆爆炸物，他们在外等了好几个小时。等最终冲进去的时候，他们发现考恩死在了二楼的一间房间里，头部有一处枪伤。他没有把留在建筑里的十四名员工中任何一人劫为人质。

从理论上讲，考恩是一名谋杀了多人的凶手，而富兰克林则是一名连环杀手。但他正是那种我们能想到的、富兰克林会崇拜并从中获取力量的人。尽管考恩的罪行基本上算是试图仇杀，但富兰克林能从中看到几个自己有共鸣的点。首先，他以为的"老板"是犹太人，杀他是报复犹太人的合理方法。其次，考恩试着杀掉尽可能多的黑人，要是其中一个是印度人，好吧，也差不多。富兰克林的理解是，考恩把自己的信念付诸了行动，而不仅仅是在嘴上说说，并且他达成了自己的目标，哪怕代价是付出自己的生命。但另一方面，无论富兰克林怎么咆哮，他是完全不会为自己的信念献身的。

和联邦调查局对富兰克林的第一次审问不同——在那次审问中，负责的特工轮着问了问题——而我已经建议了德怀尔，任何时候，当对话出现了沉默时，他不应该试图去打破沉默。出于不安全感和对掌控局面的需求，富兰克林会强迫自己开口的。这是我们在劫持谈判和之前的监狱采访中都见过的共同现象。我们将其称为"话语真空"，谈话的另一方常常会有想要填补这个真空的需要。这正是德怀尔事后说起的，当时不停发生的一幕。

当飞机飞到盐湖城上空后，我们的一部分策略是让飞机绕着位于德雷珀①的犹他州立监狱盘旋。从空中看，这是一座灰白两色、看起来正像是某种机构的综合性建筑，甚至像是一座工厂。抓住这个时机，德怀尔指着监狱说，这是犯了两起谋杀罪的加里·吉尔莫在三年半以前被行刑队枪决的地方。他描述了吉尔莫是怎么被绑在一张椅子

---

① Draper，距离盐湖城市区约三十公里的一座城市，属于盐湖城都市圈。——译注

上，背后的沙袋垒成了一面墙，而他的左胸正中则别了一个纸靶子。五名当地警察站在一道开着小孔的帘子后面，他们就是从这些小孔里用步枪瞄准的。医疗官事后的尸检，德怀尔继续说道，显示子弹彻底粉碎了吉尔莫的心脏。如果犹他州能给他定罪，这也就是富兰克林的死法了，特工强调说。实际上，吉尔莫可以在被行刑队枪决和绞死中选择，但这个描述的戏剧性对富兰克林产生了预期的效果。他的注意力被飞机窗外下方的场景吸引住了。我认为德怀尔的即兴台词绝妙非常。

尽管富兰克林尚未承认犯下了任何谋杀罪，我认为德怀尔在飞行途中的顶级表演还是带来了一些积极的结果。

在他详细报告快结尾的部分，德怀尔写道：

总体来说，感觉很多由行为科学小组提供的用来准备审问的建议有着极高价值，几乎每个建议包含的技巧都成功获得了相应的效果。很少有审问是在理想条件下进行的，调查也几乎没有机会为这次审问提供这么充分的准备。因此，前述的内容显然显示了，行为科学小组的服务是联邦调查局调查方式中一种极有价值的武器。

我们中的大部分人都会被联邦特工这个形象所吸引；这个形象也是很多人最初选择加入这行的首要原因。但从某个角度我们必须老实承认，联邦调查局是一个政府官僚机构，和其他政府机构一样，其中存在着冲突的利益、各式的规划以及不同的实权中心。因此，对我们这个尚且处在初期、试验性质的变革投出的信任一票，对确立我们的合法性，支持犯罪画像和调查分析的发展，支持最终成为了我及后来加入同事的工作核心的主动行为策略都意义重大。这证明了我们研究的概念和方法都正在成型。

就这样，在让富兰克林如坐针毡的同时，我们也极大地减轻了自己的压力。

第十章

　　因为富兰克林已经臭名昭著，负责押送的执法官们非常在意确保他在被转到盐湖城监狱的途中尽可能少曝光，也不会有"粉丝"跟随。押送专机降落盐湖城国际机场后，滑行到了机场的远端，犹他国民警卫队在那里有一座机库。但当飞机刚刚停稳，执法官们望向窗外，就看见电视台的一个摄制组已经等在了跑道上，一架 2 频道的直升机正俯冲下来想找个更好的角度。显而易见，当地政府里有人想搞上一场政治秀。执法官们命令飞机径直开进了像洞穴一样大而空的机库，再由一辆拖拉机从外面把机库门给拉上了。机库内部站了一排手持 M16 步枪的空警。

　　执法官的一名副队长给富兰克林穿上了防弹背心，把他塞进了三辆没有车窗的小货车组成的车队中的一辆，前方由五个盐湖城警方的摩托警察以 V 字形开道，还跟了一辆架着机关枪的空军卡车，当地警方的巡逻车则开着警灯警笛随行。德怀尔说这一幕的喧闹直逼梅西百货公司的感恩节游行。计划是先把富兰克林转运到监狱的地下车库。德怀尔问陪同自己的警官在抵达地下车库时会遇到什么情况。他被告知不过是盐湖城的每一个媒体人都会去现场而已。德怀尔马上开始担心会像李·哈维·奥斯瓦尔德在达拉斯警察总局的地下车库里遭遇的一样，富兰克林将在一堆相机和记者眼前被射杀。

　　在被押往市区的途中，富兰克林一直很冷静，话也不少。但当他们抵达车库，他被押出小货车的一刻，富兰克林和押送他的人就被海一样无边无际的相机闪光灯闪瞎了眼睛。戴了墨镜的富兰克林立刻就情绪失控了，他开始大喊自己是因为种族观念而被起诉的，"遭共产主义者把持的联邦政府试图陷害我！"

按照我们将富兰克林置于最大压力下的策略，特别是在飞行快结束时提到他会在德雷珀监狱遭遇和加里·吉尔莫同样下场的这个做法，德怀尔已知会了监狱的官员他预期富兰克林会对其他囚犯坦白罪行，借此释放压力。德怀尔和弗雷德·里韦罗在坦帕对他进行第一次审问后，我们已经看到了这样的行为。德怀尔建议监狱方面盘问随后二十四小时里和富兰克林有过任何接触的囚犯，看看他是否对他们说了点什么。在此期间，和德怀尔预测的一样，富兰克林确实对几个囚犯坦白了自己犯下的几宗案子。

以富兰克林的性格，你永远无法确定这些坦白是不是真的，或仅仅是为了向其他罪犯吹嘘，好提升自己的形象。这些坦白在法庭上也不会有太大用处，但它们增加了联邦和州一级检察官的信心，相信自己能够把富兰克林送上法庭。

尽管盐湖城检察官办公室和盐湖城警察局的警探们自觉已经积累了足够证据来推进州一级的诉讼，但他们也同意最好的策略是首先进行联邦的民权诉讼。盐湖城检察官准备提起两起一级谋杀罪诉讼，就跟在联邦案子后起诉。

11月10日，周一，富兰克林双手被铐、戴着脚镣，在法庭指定律师史蒂芬·麦考伊的陪同下，被传讯到了美国地方法官丹尼尔·阿尔苏普的法庭上，正是后者一开始签署了针对富兰克林的逮捕令，原因是涉嫌自由公园谋杀案。四个佩带武器的保安被安排守在地方法庭的大厅外。当阿尔苏普就第一起联邦民权指控询问是否认罪时，富兰克林回答道："绝对无罪。"对第二起指控他回答道："一样。"阿尔苏普将他的保释金额维持在了一百万美金。县检察官西奥多·L.坎农确认，在联邦案件判决之前，将会推迟州一级的指控。美国检察官罗纳德·兰切尔则表明自己不认为联邦和州里的案子之间存在矛盾，因为指控内容不一样。

"联邦层面的指控和当地的谋杀指控相比，是彼此独立且各不相同的。联邦诉讼的理论支持在于，被指控的个体是因为马丁和菲尔兹的种族和肤色而侵犯了他们的民权。"坎农表示道。

对富兰克林的审判成为了全国性的新闻事件，其中一个注意到这则新闻的人就是李·兰克福特，他是里士满海茨警察局的警长，当年他作为警探参与调查了 1977 年犹太教会"以色列和平联盟"的枪击案。当他偶然在电视上看到了对富兰克林庭审的报道时，他确信富兰克林也是"以色列和平联盟"犹太教堂枪击案的罪魁祸首。盐湖城枪击案和里士满海茨枪击案中的一贯手法非常相近，而富兰克林看上去也非常像那个逃离犹太教堂枪击案现场的嫌疑人的素描画像。而他痛恨非裔美国人和犹太人这一信息也让兰克福特更确信自己的判断。兰克福特重新钻进了案子里，只是证据还不足以有力到能提交给地区检察官。然而，警探向杰拉德·戈登的母亲承诺，他们一定会抓到杀死她儿子的凶手。

除了犹他州的谋杀指控，另外一起一级谋杀指控也被提交到了俄克拉何马市区法庭，指控的内容是杰西·泰勒和玛丽昂·布雷塞特这对跨种族情侣于 1979 年 10 月 21 日离开一家超市停车场的时候，遭到了富兰克林的谋杀。"富兰克林告诉过朋友以及某些狱友，他确实在俄克拉何马市犯下过谋杀案，他还告诉了他们谋杀的细节。"俄克拉何马市凶案警探比尔·刘易斯向美联社的一名记者表示。

印第安纳州马里恩县检察官办公室的副审判长约翰·D. 廷德在一次和联邦调查局的会议后表示，富兰克林是劳伦斯·里斯和莱奥·沃特金斯谋杀案的"重大嫌疑人"，两名受害者均是被穿过玻璃窗的子弹狙杀，时间是 1980 年 1 月，前后间隔了两天。

司法部宣布还在调查富兰克林同弗农·乔丹遭枪击受伤一案之间的联系。

辛辛那提、宾夕法尼亚州约翰斯敦也将富兰克林视为前一年6月发生在各自城市的谋杀案的首要嫌疑人。除了".22口径步枪杀手"涉及的案子，似乎每起我们在调查是否和他有关的案子，他都洗不清嫌疑。

11月25日周二，在等待审判的时候，富兰克林接受了《辛辛那提问询报》的电话采访，报社采访富兰克林的原因是他面临了在6月8日狙杀两名男孩达雷尔·莱恩和丹特·伊万斯·布朗的指控。

描述自己如何从肯塔基州佛罗伦萨警局逃脱时，富兰克林说："上帝认为我还不到被抓的时候。当被铐在椅子上的时候，我向上帝祈祷。一小时后，那个金发家伙给我解开了手铐并离开了房间。我当时已经知道窗户在哪儿了，因为当晚早些时候有个人敲了敲窗户，想知道怎么能进到佛罗伦萨警察总局，我告诉了他方法。"他说自己跳出窗户刚跑到街上，就被一个"高中生"开的车拉上了。司机在北肯塔基把他放了下来；然后他搭另一辆车到了辛辛那提，再转乘巴士到了哥伦布。在他最终抵达佛罗里达州之前，这场奥德赛式的旅行带着他去了西弗吉尼亚州的查尔斯顿、北卡罗来纳州的温斯顿-塞勒姆以及亚特兰大。

富兰克林说自己之所以被拘留和起诉，是因为他在1976年写给总统候选人吉米·卡特的那封信，但他又一次强调自己没有兴趣把卡特总统当做刺杀目标。

富兰克林宣称自己在所有被控的狙杀案件中都是无辜的，他只有在自卫时才会杀人。他神秘兮兮地补充说："我确实做了些事儿。确实做过几桩。我不是个完美的好人，你懂的。但结果胜过方法。"

他也同意接受KALL电台记者麦克·沃基斯和戴夫·冈萨雷斯的采访，并在采访中表示"种族融合是对上帝和自然的犯罪"。在宣称自己无辜的同时，他表示任何杀死了那些慢跑者的人都算是执行了"正义的谋杀"。

12 月，随着审判日临近，联邦检察官对富兰克林进行了精神检查。美国助理检察官史蒂夫·W.斯纳尔申请了这项检查，想看看富兰克林是否"可能精神错乱"或者患有精神疾病。

同样的看法在我的工作中不断出现，我每次都不得不进行解释。普通人不会明白为什么有人并没有精神错乱，却还可以计划并执行如此冷血的杀戮。我敢保证，这么多年以来我遇到的所有暴力杀人犯都有某种程度的精神疾病。他们可能是自恋狂，有妄想症，或者完全没有同情心，要么对同情的对象极端挑剔。我们把这种类型的精神疾病称为性格缺陷，一个无需多做解释的说法。但精神错乱是一个法律概念，在英国的习惯法中已经有好几个世纪的历史了。对精神错乱的定义从 1843 年以来已经有了变化，当时丹尼尔·麦克纳顿试图谋杀首相罗伯特·皮尔未遂，但成功杀死了后者的私人秘书爱德华·德拉蒙德，从而在伦敦受审。关于精神错乱的基本概念从那时起就基本没变过了，被称为"麦克纳顿条例"（M'Naghten Rule，也拼为 Mc'Naughten）：

若要以精神错乱作为辩护基础，必须明确证明，在犯罪时，被告是在理智缺失的条件下行事，且这种缺失是因为精神疾病导致的，以至于被告不知道所从事行为的性质和特征；抑或其确有意识，但不知道所从事行为是错误的。

实际上，这意味着，如果被告清楚对和错之间的区别，有能力让自己的行为遵从社会法则，那他在道德上和法律上都是有罪的。所以，谁适用于精神错乱的定义呢？得是某个真正的妄想之人，是心理和现实脱钩的人。麦克纳顿被证明患有严重的被害妄想症，后因精神错乱被判无罪，并被从纽盖特监狱转移到了通常被称为贝德勒姆（Bedlam）的伯利恒医院国家犯罪精神病院（State Criminal Lunatic

Asylum at Bethlehem Hospital)。在所能想到的范围里，只有屈指可数的杀手我会认同是符合法律定义的精神错乱的，而约瑟夫·保罗·富兰克林不在其中。

法官也同意这个看法。

1981 年 2 月，联邦法庭的审判开始时，罗伯特·李·赫雷拉，一名因为盗窃罪而在盐湖城监狱服刑的十九岁囚犯向当地联邦调查局外勤处递话，声称在告诉富兰克林自己是因为和一名黑人囚犯打架才被转移到富兰克林的囚室后，后者向他坦白了菲尔兹—马丁谋杀案以及莱恩—布朗谋杀案。赫雷拉说富兰克林告诉他，只要是黑人，无论他们岁数多大，自己都会格杀勿论，尤其是当他们还敢和白人混在一起时。富兰克林相信，公开在一起的黑人男性和白人女性都应该去死。据称他还首次承认了刺杀弗农·乔丹，但也许最有趣的是，他坦白了一起直到当时为止尚没有人能和他联系起来的悬案。

1978 年 3 月，《好色客》杂志的出版人拉里·弗林特因遭到淫秽指控，在佐治亚州的劳伦斯维尔受审。在举行审判的格威内特县法庭附近，弗林特遭到枪击，腰部以下永久瘫痪。弗林特的律师吉恩·里夫斯也受了重伤，在巴顿·格威内特医院的 ICU 病房治疗了二十天，好在他最终痊愈了。

自此之后近三年的时间里，该案一直悬而未决，尽管也是远程狙击的作案手法，但未被认为和富兰克林被控的系列案件有关。当他在佛罗里达被捕且被控的罪行公开后，佐治亚州当地机关说想要富兰克林"接受询问"，但也仅限提到了一句而已。在和赫雷拉谈话后，富兰克林坦白是自己枪击了弗林特，说自己之所以这么做是因为被这个色情出版人发行的时不时含有跨种族情侣内容的画刊给恶心到了。

和赫雷拉见面的联邦调查局特工们把这个消息转达给了检察官办公室。几个助理检察官随后亲自询问了赫雷拉，并让他进行了测谎仪测试。他也通过了测谎。但是，任何来自监狱内部的告密都是可疑的，毕竟告密者能从同当局的合作中获益。尽管赫雷拉就若干案件提供了相当程度的细节，但检察官们不太确定这些细节是否能从之前就已经公开的渠道获得。就算他说的是真的，也许富兰克林自己是在说谎呢。

随着审判临近，检察官们得知富兰克林还对另一个狱友理查德·霍利开了口，坦白了盐湖城的谋杀案和1979年在俄克拉何马市杀过一对跨种族情侣。霍利是因为密谋跨州运输爆炸物而遭联邦羁押待审的，他想要在认罪前和联邦调查局谈下更好的条件，但他提供的信息已是富兰克林对狱友套路式的惯常坦白了。

盐湖城谋杀案的审判始于1981年2月23日周一，主审法官是布鲁斯·S.杰金斯，由助理检察官史蒂夫·W.斯纳尔牵头起诉。证明富兰克林是一名公开的种族主义者不是难事儿，他之前已经直率地向媒体和很多人都承认过了。实际上，被告的辩护策略正是暗示他的种族主义观点是导致政府起诉他的原因，而不是因为他确实杀了人。审判用了一周时间，富兰克林那辆被缴获的轿车、对被目击逃离现场的轿车的描述、轮胎印迹对比和六十五名目击者证词作为间接证据被提交到了法庭上。然而，没人目睹富兰克林开枪射击，也不知道作为凶器的步枪在哪儿。

但检方的确使用了赫雷拉和霍利的证词，以及阿妮塔·库珀的证词，所有人都重复了富兰克林向他们承认罪行时说的原话。霍利提到富兰克林在描述杀死两人时表现出的"喜悦"。霍利承认自己已在一周半之前认罪，但就他的证词会如何影响自己未来的刑期并没和检察官达成任何协议。

当霍利快要作完证的时候，富兰克林从被告席上吼了起来："你花了多久编出这些的，霍利，你撒谎！"不顾杰金斯法官发出的警告，检方在向陪审团提到赫雷拉、霍利和库珀的时候，富兰克林都一直在吼"撒谎"、"告密者"。

出庭作证的目击者中包括了和受害者一起慢跑的两个年轻女孩。她们描述了马丁和菲尔兹中弹时自己体会的恐惧。

同时，《盐湖城论坛报》报道：

三名目击者，莱昂·博钱恩、他的女儿凯丽以及加里·斯派塞作证自己如何望向了那片长满野草的空地，看见了"枪火"和一名手持步枪伏在地上的男子：他戴着一顶棒球帽、身穿深色皮夹克。

斯派塞描述枪手如何把步枪扔进了轿车的后备厢并从空地开走的，当时枪击的声音还在社区里回响着。

在州内备受尊敬的辩护律师罗伯特·L.范西弗牵头了富兰克林的辩护团队。富兰克林的辩护声称他在视力上的残疾让他无法进行指控中的这种长距离狙杀。一名眼科医生和一名军方狙击手的证词被用来支持这一论点。范西弗指出斯派塞等目击者说自己看见的持枪男子没有戴眼镜。当读到这一点的时候，我好奇争论这个是否有意义，毕竟步枪上的望远瞄准器有放大功能。

富兰克林的姐姐妹妹都到盐湖城出席了审判，玛丽莲·加尔赞一直待到了庭审结束。她告诉一名合众国际社的记者，自家兄弟之所以会对黑人产生深切的仇恨，是因为他和家人在他们小时候住的那个以黑人为主的社区遭到了骚扰和攻击。这和我们在调查他背景时所得知的信息并不一致。文章写道："妹妹称自己学会了要把黑人视为单独的个体，而不是一个群体。"显然富兰克林并没有学到这一点。

尽管范西弗想要把自己的"客户"放上证人席，但富兰克林决定不为自己辩护，这当然是他毋容置疑的权利。

但当要进行总结陈词时，富兰克林即席说了几句。当时斯纳尔在自己的总结陈词里提到了赫雷拉、霍利和库珀的证词，富兰克林当即喊了出来："他们都在说谎，全是谎话！为什么不让他们接受测谎？他们被联邦调查局骗了！"然后他宣称："我不愿意因为这几个说谎的人而去面对行刑队！"

法官杰金斯命令将他转移到一个小型禁闭室里，此间安装了扬声器以旁听剩下的审判。当保安带着他经过法官席的时候，他尖叫道："有这么一帮撒谎的人还在胡说的时候，我才不会保持安静！"

范西弗双手深深插在西服口袋里，在陪审团前来回踱步，试图反驳斯纳尔的每一个观点。他指出医学方面的证词显示有八处或者九处枪伤，而警方只找到了六个弹壳。是不是意味着在另外地点还有一个枪手？他说有几名目击者都认为自己听到了来自不同方向的枪声。同时考虑到枪击有明显的角度，他宣称："身为这个国家的公民，我为政府在这个案子里未能解释清楚这些物理证据而备感冒犯。政府提供的证据确实无法自圆其说。"

他暗示调查人员完全是被目击者的说法带偏了，指责他们和调查人员都是"一叶障目"："因为 1980 年 8 月 20 日的这起案件是如此惨无人道，那就必须有人被定罪，我们就必须惩罚某人……而他们所依靠的只是那些分享了约瑟夫·保罗·富兰克林秘密的人。"

在听取了双方总结陈词并接受了杰金斯的指示后，十女二男的全白人陪审团于 3 月 3 日周二下午的四点十五分开始了讨论。第二天下午回到法庭前，他们共进行了十三个半小时的讨论，做出了被告在两项指控上均侵犯了两名受害者公民权利的有罪裁定。对比之前的情绪爆发，富兰克林在法庭书记宣读裁定的时候显得无动于衷。杰金斯宣布量刑将在 3 月 23 日进行。

泰德·菲尔兹的父亲西奥多·菲尔兹牧师告诉记者和支持者："我觉得正义得到了伸张，我为此感到高兴。"

安排斯纳尔负责起诉的司法部民权司非裔美国人检察官理查德·罗伯茨把这个案子称为自己部门会"积极果断起诉国内任何民权案件"的信号。

流着泪离开法庭的玛丽莲·加尔赞说道："这不算完。这事儿不可能完。"

在被铐离法庭的时候，富兰克林向记者们宣称："我没有干。这是政府的陷害。这也是我一直以来的看法。"

美联社报道："坚持表示没有杀害任何人的富兰克林早前告诉记者，他认为因为搞了'种族融合'，那两个黑人青年就该去死。"

范西弗表示会对判决提起上诉。"我很失望。我们非常努力，而且我认为州里的证据有问题。"他承认道。与此同时，副县检察官罗伯特·斯考特说自己的办公室现在会就州层面的谋杀案对富兰克林提起诉讼。

在量刑当天，根据合众国际社报道，当斯纳尔在描述所有因罪行而遭到毁灭的生命时，和范西弗一起站在法庭正中的富兰克林——身穿蓝色条纹西服，戴着条纹领带，头发修剪得很规整，梳成中分——冲罗伯茨喊道："还有关于我的谎话吗？该死的基佬，你和你那些专门训练来为你撒谎的猴子们。"喊出这些的同时，他向检方席跳去，冲向了罗伯茨，撞倒了一个杯子和一壶水，水洒到了两名检察官身上，冰块则落到了联邦调查局特工柯特·詹森膝头。十名执法官和盐湖城治安官在法官席前的地毯上和富兰克林撕扯，花了几分钟才制服了他。

"给他戴上铐子。"杰金斯指示道。

治安官给富兰克林上了手铐和脚镣，并强迫他在法官席前坐好。他抱怨说手铐太紧，阻断了双手的血液循环，于是治安官松开了手铐。但每当杰金斯开始发言，富兰克林就会再次出声抱怨。

"你只能忍着，富兰克林先生，我需要你全神贯注听我说。整件事儿从头到尾都是悲剧。"杰金斯说道。

杰金斯法官提到了富兰克林不幸的青年时代，说道："我认为那是一个原因，但不是这里所发生的一切的借口。"他说现在去监狱里改变他的人生还为时不晚。

"我不可能因为没做过的事被定罪。"富兰克林回呛喊道，"这一切都是胡闹!"

　　法官随后给出了两个无期徒刑的判决,这是每起联邦案件能达到的最大量刑,实际操作中意味着在联邦监狱中服十年到六十年刑期。

　　当执法官强迫他面对法官席起立的时候,富兰克林回应道:"你不过是共产分子政府的傀儡,混蛋!"

　　在散布了绵延三年的恐惧之后,约瑟夫·保罗·富兰克林终于被关进了监狱,这也是他余生的归处了。但他的故事还远未结束,因他的恐怖而引发的后遗症不过刚刚开始。

第二部分

浸入怪兽的脑海

第十一章

　　因为富兰克林一案的结果以及我们在其他领域的成果，画像项目在富兰克林被押往监狱服刑的同时也开始起飞了。

　　总部看到了那份我写的逃犯分析的准确性，也注意到了我提出的在前往犹他州的飞机上要如何同富兰克林互动的建议，当然这一切也受到了罗伯特·德怀尔那份充满赞扬的报告的推动。戴夫·科尔赋予行为科学小组的信任也得到了证明，这同样也让人欣慰。联邦调查局训练司的助理司长吉姆·麦肯齐——这个职位也意味着他就是匡蒂科的头儿——也一直是我们的支持者，他为我们的成果感到非常骄傲。学院里最杰出的指导之一拉里·门罗是如今行为科学小组的主管，他已经意识到了画像和调查咨询可以成为我们服务中一个有意义且有用的补充。

　　但真正让我们进入众人视野的案件在很多方面几乎都算是对富兰克林案件的"相片级复制"。

　　当我的小组受邀加入亚特兰大儿童谋杀案的调查时，佐治亚州的首府正处在戒严之中。公共安全官李·布朗已经组建了一个有五十多名成员的失踪和谋杀调查行动小组，但针对非裔儿童的谋杀和绑架还在持续。1980 年 9 月，梅纳德·杰克逊市长向白宫寻求帮助；11 月 6 日，司法部长本杰明·西维莱蒂下令联邦调查局开展调查，看是否有任何失踪的小孩是遭到了绑架并被跨州转移，因为这样一来就触犯了联邦法律，进入了联邦的司法管辖权中。

案件的另一个方面也让联邦调查局的介入不算越界。在这座南部最进步的城市之一中共发生了十六起明显相关的谋杀案，这看起来就是一起符合调查局 44 号案的情况：侵犯民权案。案子被标记为联邦调查局 30 号重案，代号 ATKID。这会是想要灭绝黑人群体的阴谋吗，正如富兰克林想要煽动的那种？还是三 K 党、美国纳粹党或者其他仇恨组织从被富兰克林蔑视的空谈转向了他所渴望的行动？如果情况真如此，那亚特兰大和其他的南部城市将可能像是一个个即将爆燃的柴堆。

1981 年 1 月，罗伊·哈兹尔伍德和我飞到了亚特兰大。选择罗伊和我同行顺理成章：他是一个聪明的特工，也是学院老师，还是调查局里研究人际暴力最权威的专家。在所有老师中，他做了最多的画像工作，负责了很多提交到小组的强奸案件。我们抵达亚特兰大警察总局后，随即花了相当长的时间浏览案件的大量资料——犯罪现场照片、受害者分析、每个小孩被发现时所穿衣服的描述、区域里目击者的证词、尸检程序，等等。我们和失踪及被谋杀的小孩的家庭成员谈话，请警方开车带着我们在小孩们失踪的社区里游走，也去了每一个抛尸的地点。

我们确定的第一件事就是，这些不是三 K 党风格的罪案。如果你研究过被我们称为团体性质的仇恨犯罪，会知道早在内战之后，它们就一直倾向于高曝光度、具有高度符号化的行为，目标是造成恐惧。如果有一个仇恨组织应该对某案负责，绝不会让调查人员花费数月才把他们同案子联系起来。

我们注意到的第二点，是抛尸地点以及受害者最后一次被看见的地方要么是城市里以黑人为主的地区，要么就是全黑人的地区。一个白人，更别说一个白人团体，在这些地方出没不可能不被注意到。警方已经进行了大规模的信息征集和查访，均没有收到目睹有白人曾在不寻常地点出没的报告。这些地区的很多地方一天二十四小时都有人在街头活动，特别是在天气温暖的那几个月里，所以哪怕借着夜色掩护，一个白人也无法在多个地方出没而不被注意到。和富兰克林不同，这些案子的作案方式也不是远距离射杀受害者。受害者们遭到了绑架，且尸体在死后被移动过。我们因此总结杀手是一个非裔男性；根据受害者们的年龄，我们认为杀手刚二十出头，或者二十多岁。他应该有某种手段能把这些小孩从贫穷的社区街头拐走，也许声称自己是搜寻运动员或者歌手的星探，甚至说自己是警察。他应该会给自己编织一个警察光环，以补偿自己的卑微出身；可能会开一辆和警车同款的汽车，还养了一只和警犬同款的狗。根据受害者分析，他可能是同性恋，同时也会因身为黑人而自我厌弃。

富兰克林和亚特兰大杀手在犯罪行为上的区别为我们提供了重要情报。主要受使命感驱动的富兰克林不想和自己的受害者有任何私人关系。他显然不想见到他们，或者是把他们人格化。对他来说，他们不过是自己种族和宗教中无足轻重的一员。一旦犯下了一桩案子，他就想要尽快逃离，离开城镇。亚特兰大这名未知嫌疑人则在情感上和自己的受害者产生了羁绊，在意他们如何看待自己，以及自己对他们的控制力。

我们对杀手做出的众多推测中，没有一点能让我们受到公众、媒体以及亚特兰大警方的欢迎，其中大部分人依然认为这就是一系列的仇恨犯罪。当我们宣布尽管多起案子之间存在关系，但并非所有案子都彼此关联的时候，也没能获得大家的好感。其中有两名女性受害者似乎就和这个杀手没有关系，甚至她们的案子彼此之间都没有关系。在另外几起案子里，有证据显示它们可能是发生在家庭中的谋杀。

还要过好几个月，调查才最终有了结果。在此期间，有几件事儿让我们意识到未知嫌疑人追踪着媒体的调查报道并做出了相应的反应，这让我们得以对他进行操控。我们让验尸官宣布在尸体上发现了织物纤维和其他证据——这是真的。和我们预测的一样，这促使杀手开始往当地河流里抛尸了，目的是消灭证据。1981年5月22日，对当地河流进行监控的最后一天，自称是音乐制片人的二十二岁非裔美国男性韦恩·博特勒姆·威廉姆斯被目睹从查特胡奇河的杰克逊大道桥上抛尸。他符合画像中的每一个关键点，包括养了一条德国牧羊犬以及开着一辆配有警方电台①的警车同款汽车；他还有因假扮执法人员而被捕的前科。6月21日，证据已经累积到足够对他进行抓捕了。

这个故事登上了全美新闻头条，同样引发关注的还有逮捕中行为科学所扮演的角色。在接下来对威廉姆斯的审判中，公诉人、富尔顿县区助理检察官杰克·马拉德向我们请求帮助，以制定策略，好让威廉姆斯在陪审团前暴露自己的真实性格。我认为他会自大自信到亲自站上证人席，而那正是我们的突破口。

和我预测的一样，威廉姆斯为了给自己辩护，确实选择了亲自站上证人席。在几个小时的交叉质询后，马拉德抓住了几个明显的前后矛盾，但威廉姆斯一直坚称同样的说法，保持着被捕以来一直向公众展示的温和态度。然后，和我们演练的一样，在谈起某一起谋杀后，马拉德靠近证人席，把自己的手放在威廉姆斯的手臂上，用低沉而有条理的、带着南佐治亚特有的拖腔拖调口音问道："那是咋回事儿呢，韦恩？你的手指头在受害者喉咙上掐紧的时候是咋回事儿呢？你慌吗，韦恩？你当时慌不慌？"

用低沉而虚弱的声音，韦恩回应说："不。"然后，在意识到自己做了什么后，他突然暴怒。他用手指着我咆哮起来："你用尽办法就是想让我符合联邦调查局的画像，我可不会帮你这么干！"

那一刻成了审判的转折点，也是联邦调查局犯罪画像项目的转折点。成功抓捕富兰克林，以及之后因亚特兰大案子获得的曝光，让调

---

① 指可以接收警方信息并能通话的设备。——译者

查局总部以外那些相信我们的人得以功成名就。我们也证明了自己在协助抓捕罪犯和给他们定罪方面的高效。

接下来又是一系列的要案。我们飞去了阿拉斯加州的安克雷奇，做了犯罪画像，说服一名法官发出了对罗伯特·汉森的逮捕令；后者是一名四十多岁的烘焙师傅，警方怀疑在偏远林区里遭到射杀的若干妓女是被他谋杀的。我们分析出罪犯是一个厌倦了射杀动物的娴熟猎人，现在开始模仿《最危险的游戏》①了，即把自己选中的女性用飞机带到野外，进而狩猎她们以补偿自己在和女性交往时所受到的对待。

1982年6月，我受邀为1978年在伊利诺伊州伍德里弗遭谋杀的二十三岁卡拉·布朗一案提供犯罪画像。受害者是一名容貌姣好的典型美国姑娘，她被发现时赤身裸体，双手被电线绑住，头被摁在了一个装满水的十加仑桶里，地点是她和未婚夫马克·菲尔即将搬入的住所的地下室。基于所有证据综合出来的罪案情景，我"画"出的未知嫌疑人同已经被警方审问过的群体中的两人相符。卡拉的遗体被掘了出来，上面的齿痕同其中一个嫌疑人的相符，成为了针对他的诉讼证据之一。他最后被认定有罪，被判入狱服刑七十五年。

这仅仅是我们如今每年经手的数百起案子中的两件。我们最大的支持者之一吉姆·麦肯齐向总部表示需要"更多的约翰·道格拉斯"来处理不断增加的案件，哪怕这意味着要从其他项目"窃取"人员编制。这正是我得到第一批四位全职画像专家的原因：他们是比尔·哈格迈尔、吉姆·霍恩、布莱恩·麦基尔韦恩和罗恩·沃克。不久之后，吉姆·怀特和贾德·雷也加入了我们。这个团体后来成为调查支持小组的基础。

我们还继续了对在押连环杀手和暴力罪犯的研究。当时，我和罗

---

① *The Most Dangerous Game*，1932年电影。——译者

伊·哈兹尔伍德合作为联邦调查局执法公告（Law Enforement Bulletin）写一篇文章，内容和性导致的谋杀有关。罗伊把我和鲍勃·雷斯勒介绍给了宾夕法尼亚大学精神病护理教授安·伯吉斯博士，她同时也担任波士顿卫生和医院管理局（Boston Department of Health and Hospitals）护理研究的助理主管。安是作为研究强奸和由强奸引发的后续心理问题的权威而广为人知的，她和罗伊曾经一起做过研究。安对鲍勃和我已经进行的连环杀手研究印象深刻，我们同意就此协力合作。1982 年，她从政府资助的国家司法研究所（National Institute of Justice）获得了一笔四万二千美元的资金，用于正式推进我们的研究。在我们的参与下，研究所开发了一份五十七页的分析报告模板，我们在今后的每次访问后都要按此模板填写。这项研究还会进一步加深我们对暴力罪犯心理的理解，对联邦调查局迄今仍在使用的行为画像和犯罪调查分析提供支持。研究也促成了我们三人合作的《性凶杀：模式和动机》（*Sexual Homicide: Patterns and Motives*）一书出版，并最终推动了《罪案分级手册》（*Crime Classification Manual*，*CCM*）投用。我们的预期是，对执法人员来说，它能成为和《美国精神病学协会精神疾病诊断与统计手册》（*American Psychiatric Association's Diagnostic and Statistical Manual of Mental Disorders*，*DSM*）一样的工具。它包括了对一系列暴力犯罪及其动机的描述，能帮助调查人员确定犯罪种类，以及为什么罪犯会这么做。某些案子，比如银行劫案，很容易理解。而其他的，比如虐杀，会复杂费解得多。我们最终想要做的是把我们的心理和行为研究变成对执法机构有用的概念和术语。比如，告诉一名警探某个未知嫌疑人似乎有妄想症并带有精神分裂倾向这样的事实，也许在查案中帮不上什么忙；但告知警探说罪犯对罪行是经过了规划的，连同其他的画像要点，能帮他们缩小嫌疑人名单。*CCM* 已数次修订，现在已经是第三版了。

然而，当我从约瑟夫·保罗·富兰克林的案子抽身，采访过其他杀手，以及我的小组在调查局内部声名日盛后，富兰克林和他罪行中的某些东西依然困扰着我。我采访的杀手越多，我对他们的心理以及根本动机就了解得越多，富兰克林的性格所指向的深层次东西就愈发清楚，也就愈发让人困扰。每个连环杀手和暴力罪犯都是在试图补偿自己的不足，试图将自己的愤怒和厌恶传导给这个世界，或者至少要传到他们认为自己应有但被剥夺的那部分东西上。但是，从戴夫·科尔一开始请我帮忙的时候我就有所怀疑，如今怀疑变得更强烈的是，富兰克林，哪怕身陷囹圄，也比绝大部分罪犯要危险得多。他为挑起仇恨而表现出的毫不动摇让他成了对其他有类似倾向的人的鼓励和象征。臭名昭著的杀手有时候能刺激到和他们一样病态的人，但通常仅止于此。约瑟夫·保罗·富兰克林却有能力刺激到未知数量的同类年轻人投身他曾经走过的路：把言语变成行动，把憎恨变成谋杀。我意识到无论在哪个方面，我和富兰克林之间都还没有完结。

　　我不是唯一一个对他和他的动机感兴趣的人。1980 年代末，负责过总统安全的特勤局优秀特工肯尼斯·贝克临时加入了我的小组，参加了一个特勤局—联邦调查局针对杀手的联合研究项目；并且和我一样，他也基于对相关领域的研究和自己开发的方法论而获得了博士学位。他在这个联合项目上进行的第一批采访中有一个对象是马克·戴维·查普曼，后者当时被关押在纽约州水牛城附近的阿提卡矫正中心，罪行是他在 1980 年 12 月 8 日谋杀了前披头士乐队成员约翰·列侬。二十五岁的查普曼近距离射杀了时年四十岁的列侬，当时列侬和妻子小野洋子刚结束了一次录音，正要回到自己位于曼哈顿中央公园以西七十二街上的达科塔公寓。查普曼手持一把查特武器公司生产的 .38 口径特种左轮手枪射出了五发空尖弹，其中四发击中了这名摇滚巨星。

　　我们从查普曼身上；在距离列侬遇刺过去还不到四个月于华盛

顿的希尔顿酒店刺杀罗纳德·里根总统未遂的约翰·欣克利这类近距离杀手身上；以及富兰克林这样的狙击杀手身上，发现了一系列的关键相似点和不同点。我的小组当时也深度参与了对欣克利的调查。

查普曼和欣克利，如同富兰克林一样，以及和几乎所有我们研究过的杀手一样，都深感自卑。逐渐地，自卑感变得难以抑制，必须付诸行动。欣克利的行动是任由自己被空虚和误入歧途的想法引领，认为刺杀总统可以惊艳到自己的幻想对象、女演员朱迪·福斯特，让她"喜出望外"到同意和自己登上一架被劫持的飞机，飞往一处可以永远幸福在一起的未知之地。查普曼和欣克利都读了同一本书，作家J. D. 塞林格描写幻想破灭的年轻人的《麦田里的守望者》，就好像富兰克林读《我的奋斗》一样。无论是布鲁图斯和卡修斯（刺杀恺撒大帝），还是约翰·威尔克斯·布斯（刺杀林肯总统）和李·哈维·奥斯瓦尔德（刺杀肯尼迪总统），以及现今的刺客，他们都说服了自己，说因为自己勇敢的历史性举动会带来更好的结果。

当肯·贝克在阿提卡采访查普曼的时候，他看到的是一个在表面上和自己的刺杀目标有着强烈情感联系的人。查普曼收集了披头士乐队和列侬的所有专辑，甚至还找了好几个亚裔女友来模拟列侬和小野洋子的婚姻。最后，肯从采访中获知，列侬逐渐成了查普曼无法企及的偶像，所以他在自己的脑海里编织了杀死偶像的理由：列侬对爱与和平的布道，同他那光鲜奢华生活方式所需的物质之间存在着强烈反差；还有在查普曼重新皈依基督教后，认为列侬表现出了对宗教的亵渎①。

但这些不过是借口，就像富兰克林因为自己的缺点去责怪别的群

---

① 约翰·列侬虽然出生在一个传统的基督教家庭中，但他并未表露过明确的宗教信仰。——译者

体一样。查普曼再也无法处理自己和前偶像之间的不同了，所以他必须杀死自己的偶像。这样可以实现两个目标：列侬再也不会在自己身边来同自己比较了；同时，他的名字会永远和列侬联系在一起。他没有成为约翰·列侬的能力，但他的确拥有毁灭他的能力。无论之前他在可悲的一生中是否一事无成，他现在不再是无名之辈了。

我们以研究连环杀手和性捕食者的严谨推进着对刺客群体的研究，由此揭示了有关他们心理的重要信息。你也许会认为像亚瑟·布雷默这样的人——1972 年，在马里兰州劳雷尔的一处购物中心，他枪击了当时正在竞选总统的亚拉巴马州前州长乔治·华莱士，导致后者瘫痪，我的研究项目也采访了他——会和约瑟夫·保罗·富兰克林截然相反。毕竟，他试图杀掉一个支持种族隔离、怀有种族偏见且最有权力的标志性人物，正是这个人曾站在亚拉巴马大学的福斯特礼堂前，试图阻止非裔学生注册登记。

但我了解到的东西越多，就越发意识到布雷默不过是想要试着证明自己的价值。他之前还跟踪了尼克松总统几周，但一直没法靠得足够近。所以绝望之下，他把自己的目光转向了一个更容易接近的目标。当我采访他的时候，我发现他对华莱士州长根本就没有任何特别的看法。

富兰克林和其他刺客之间一个明显的区别是，他不是那种会和刺杀对象零距离接触的人。这意味着他想要脱罪遁走，而不是作为烈士在烈火中永生，或者怀有像是欣克利那样的荒谬幻想。但我们会看到，这也并不意味着他会提前做好一切打算。

我们为每次监狱采访制定了一条牢不可破的规则，即在进到监狱之前，我们必须尽最大可能搞清楚罪犯和他犯下的罪行。而我们几乎从未遇到像富兰克林一样，具有如此熟练的手法、高度移动性以及坚定决心的人。他的背景复杂，他犯下的案子很多，且很可能没被我们全部掌握。但当我考虑把富兰克林作为我们的研究对象时，我开始阅读有关他的监狱生活，以及所有自他 1981 年入狱以来的文档。我意识到，作为一个杀手，我们对他的理解，比起我已知道的，还远远不够。

事实证明，在我们试图和他面对面之前，关于他的生活和罪行还有很多东西要去发掘、去了解、去研究。

第十二章

    1981 年富兰克林被定罪后，紧接着是要对他进行进一步的清算。当时全国各地都有他的案子等着起诉，各个执法机构必须决定，在他犯下的大量案子里，哪一起先来。

    回到犹他州内，富兰克林的辩护律师范西弗已经提起了上诉，除了其他的程序性问题，主要的上诉理由是杰金斯法官在审判时同意纳入富兰克林在 1976 年用胡椒喷雾袭击一对跨种族情侣这一证据。辩护律师反对该证据的部分理由是这个事件的时间过于久远了。但另外的理由则要有趣得多，同时我认为彻底颠覆了正常的辩护策略。范西弗宣称那次胡椒喷雾袭击不应该被纳为证据用来展示犯罪动机，因为众所周知富兰克林就是一名种族主义者；他不过是否认涉嫌自由公园谋杀案，因此如果他要想获得和被控案件严格相关的公正审判，引用胡椒喷雾袭击案件是不公平的。

    当富兰克林人在密苏里州斯普林菲尔德的联邦囚犯医疗中心接受进入联邦矫正系统前的评估和分析时，多个司法管辖区域展开了对他的争夺，这里面既有州一级的，也有联邦层面的诉讼计划，大家在争夺谁能够接着起诉他，以及谁将会放弃起诉。当某个嫌疑人在多个司法管辖区域里被控谋杀时，讨价还价及勾兑操作以决定谁第一个采取行动并非罕见的事。司法部决定放弃对阿肯色州以及肯塔基州银行劫案的诉讼，因此富兰克林可以被移交给州一级机构，就谋杀案遭到起诉。犹他州将会排在第一个。

在犹他州准备就自由公园谋杀案起诉富兰克林的时候，他已经被法院指派过四任辩护律师了。仿佛这样的变化无常还不够似的，富兰克林还要求负责的法官、第三地方法院法官杰·班克斯回避，理由是因为他"显示出了对被告的偏见及固执态度……且是联邦政府完全彻底的走狗和奴才"。这不仅不是讨一个法官喜欢的最佳方式，我认为对于一个自称种族主义者的人来说，评价他人所谓的偏见实在是过于讽刺了。在同一场听证会上，富兰克林还要求四家报纸和电视台的记者也要被禁止出席，因为他们诽谤了自己，且还是"拿了钱的联邦调查局线人和告密者"。富兰克林根深蒂固的妄想展露无遗，但同时他也成为了多个白人至上主义组织的英雄，后者向诉讼团队发出了死亡威胁。

1981 年 7 月，班克斯法官判定，即使富兰克林已在联邦法院上因侵犯民权受过审，再就同样两名受害者的谋杀案对他在州法庭进行审判不构成重复起诉。在第一次驳回富兰克林为自己辩护的请求，并用谚语"为自己辩护就是选了个傻瓜做客户"提醒他后，班克斯在第二周撤销了自己的决定，允许富兰克林为自己辩护，条件是他要在法庭上表现出恰当的礼仪，并接受专业法律顾问的协助。犹他州前检察长菲尔·汉森同意代理富兰克林的案子，同时代理案子的还有戴维·E. 尤科姆和犹他州最高法院的前法官 D. 弗兰克·威尔金斯。

审判于 8 月 31 日周一开始，先是挑选陪审团成员。最后选定的陪审团由七名男性和五名女性组成，都是白人。开庭陈诉安排在 9 月 3 日周四进行。富兰克林身着深蓝色三件套西服、打着条纹领带，长长的金红色头发梳得整整齐齐，在庭上宣称自己不过是"在错误的时间出现在了错误的地点"，是在前往洛杉矶的途中经过了盐湖城而已。

米琪·迈克亨利，现已经改名叫米琪·法尔曼-阿拉，是富兰克林在谋杀案发前不久找的那个妓女，她也出庭作证。特丽·埃尔罗德和卡尔玛·英格索尔讲述了自己同菲尔兹还有马丁慢跑时遭遇枪击的过程。当富兰克林的前妻阿妮塔·库珀站上证人席说自己前夫承认了自由公园谋杀案的时候，富兰克林进行了交叉质询，说："你编造这个是来报复我的吗？这难道不是个恶毒的谎言吗？难道不是个冷血的谎言吗？"

在经历了十五天的庭审，共计七十五名证人出庭作证后，陪审团在 9 月 18 日星期五做出了裁决。在约六个半小时的讨论后，陪审团带着被告有罪的决定回到了法庭上。富兰克林的姐妹，玛丽莲·加尔赞和卡罗琳·吕斯特，当时也在法庭上。当她们听到有罪裁决后，静静地抽泣了起来。富兰克林本人没有表现出任何情绪。

接下来的星期三，在决定量刑阶段的一次休庭中，富兰克林再次试图越狱，这次他是从羁押区域逃跑的，想要溜进位于地下通道里连接着大都会司法厅（Metropolitan Hall of Justice）和县监狱的主电梯逃走。他用一把成功藏匿下来的螺丝刀——也许是从别的狱友那里得到的——撬开了电梯门外的控制面板，用一枚硬币和一根回形针让设备短路。我每每看到约瑟夫·保罗·富兰克林这样的罪犯都会大感兴趣，他们没法也没兴趣从事稳定的工作，但又在抢劫银行、狙击杀人方面充满了天赋，甚至可以让汽车或者电梯短路。

警察和执法官在建筑内部及周围街道上散布开来。街道都被围上了警戒线，忙乱的搜捕开始了。与此同时，富兰克林乘坐电梯下了两层楼，到了法庭的另一个羁押区。审判期间坐在富兰克林身后的狱卒约翰·梅里克，在前者试图拆掉一扇通往公共走廊的门上的插销时发现了他并开始和他对峙。守卫们还发现他把电梯里的一小截栅栏抽了出来，显然想要学电影里一样，从电梯井里逃走。等他们抓住了他，梅里克和愤怒的治安官皮特·海沃德把他带回了法庭，没让陪审团知道发生了什么。他一共享受了十五分钟的自由。

因为犹他州有死刑，陪审团也必须决定富兰克林是否够得上死刑。在反对判处死刑的辩护中，辩护律师尤科姆指出富兰克林一直坚持自己是无辜的，暗示陪审团如果选择了极刑的话，可能有很大的错杀风险，而这个情况被他准确地描述为"不可撤销的最终选择"。然后他继续说道："约瑟夫·保罗·富兰克林是一个聪明、虔诚、幽默、有用的人。如果你们给他机会，我确信他会对这个世界、这个国家、这个社会有所贡献。被告已经丰富了我的生活。我相信他也可以为其他人付出。"

哈？聪明？虔诚？幽默？有用？我们说的还是同一个约瑟夫·保罗·富兰克林吗？我猜他在杀人、抢银行并且好几年都没被抓住方面是聪明的。也许你可以根据他觉得耶稣支持他执行死亡使命而认为他是虔诚的。如果要把杀害了非裔美国人还一笑了之称为幽默，我猜你也可以算他幽默。如果你希望目睹阿道夫·希特勒的愿景在 1980 年代的美国最终成真，那他确实有用。但我绝对不会从这样的角度来解释这些说法。哦，再强调一下，据我所知，富兰克林从未丰富过任何人的生活，他只是终结了很多人的生活。

斯托特进行了反驳，说唯一值得任何同情的人是两名受害者，还说这样的狙杀是特别懦夫的行为。"慢跑的几个人，年轻的受害者们，他们当时开着玩笑，放声大笑，他们随意闲聊着，他们不过是在享受生活。他们不知道是什么击中了自己，他们不知道是谁击中了自己，他们甚至不知道为什么会被枪击。从约瑟夫·保罗·富兰克林进到公园那一刻起，从他带着枪躲到一堆烂泥后开始，他就已经选择了让自己直面死刑。没人强迫他做出这个选择。"

他继续陈述："这起罪案里，仅有戴维·马丁和泰德·菲尔兹是命运的受害者，他们才是在错误时间出现在了错误地点的人。"

在两个小时的讨论后，陪审团回到了法庭上，以八比四的比例赞成死刑判决。但因为判决必须要全体一致，班克斯法官最终针对两起谋杀各判了一个无期徒刑。

在宣布判决的时候，班克斯表示自己会建议禁止富兰克林被保释。富兰克林开始诅咒法官，当他被执法官带出法庭的时候，他喊道："你就是个毫无道德的人！"

在判决宣布了之后，记者问玛丽莲·加尔赞对自家兄弟试图逃跑这件事有何看法。"他没成功跑掉可太丢人了。"她回复说。

几天后，回到位于亚拉巴马州蒙哥马利家中，卡罗琳·吕斯特告诉《伯明翰先驱邮报》，富兰克林两天前就计划了逃跑。"不是临时起意。如果他跑了出去，他们永远不可能再抓到他。"

按照把富兰克林发回州一级进行审判的文书条款规定，如果他没有被判重刑，比如被处决，他就要回到密苏里州的联邦囚犯医疗中心，处在联邦监管下，完成他因侵犯民权而被判的刑期。

"联邦机构在羁押约瑟夫·保罗·富兰克林这方面有更好的设施。"犹他州检察官斯托特表示。

1982 年 1 月 31 日，富兰克林被从斯普林菲尔德的医疗中心转移到了伊利诺伊州南部马里昂的美国联邦监狱。这处监狱是 1963 年投入使用的，目的是取代位于旧金山湾、衰败破旧、维护成本高昂的阿尔卡特拉斯最高戒备监狱。富兰克林抵达的时候，马里昂监狱已经因为关押着整个联邦矫正系统里最暴力、最难管理的囚犯而声名在外了。囚犯每天只被允许出囚室放风一个半小时，而放风期间的娱乐活动甚至被更严格地进行了限制。

在他入狱的时候，富兰克林已经是小有名气的罪犯了。考虑到监狱里相当比例的非裔美国人囚犯，他的名声让他"获益匪浅"。抵达马里昂仅过了三天，富兰克林在吃过晚饭回囚室的路上，去另一名囚犯的囚室里短暂逗留了一会儿。一群黑人囚犯在那里围住了他，用一把用易拉罐改造的类似冰锥的武器，在他的脖子和腹部捅了十五次。当时附近有好几个狱卒，但他们宣称自己没有看见这次袭击。富兰克林被紧急送往马里昂纪念医院，随后进行了手术。

"我们真不知道是不是种族问题导致的。"伊利诺伊州斯普林菲尔德联邦调查局办事处特工罗伯特·达文波特表示,但他不过是出于谨慎而已。另一方面,我不觉得会有其他任何可能。3月3日,达文波特说自己的部门已经向伊利诺伊州东圣路易斯的检察官提交了调查结果,但"因为富兰克林无法指认袭击自己的人,且没有目击证人可以指认袭击者,起诉被驳回了"。

回到马里昂后,富兰克林被安置到了一处特殊的地下囚室,和监狱里的其他囚犯隔开来。这个囚室所在的区域被称为 K 区。它的面积略大,有单独的厕所和淋浴,囚犯每天在其中要待上二十二小时。为了安全起见,该区不允许有两个囚犯同时离开囚室。

虽然富兰克林犯下的血案遍布好几个州,但随着犹他州的谋杀案正式结案,具有最高优先级的案子变成了对他可能与弗农·乔丹被枪击有关的调查。联邦调查局局长威廉·韦伯斯特向《洛杉矶时报》表示,乔丹遭到了一个或者多个跟踪他的人的枪击。他说枪击是有计划的行动,联邦调查局在这起有预谋的枪击案上已经排除了任何非政治动机或者个人动机。

富兰克林依然是首要嫌疑人。联邦调查局已经通过对比旅店登记卡上的笔迹确定,案发时富兰克林人正在韦恩堡区域。富兰克林通过自己的律师发声,拒绝了测谎仪测试。我从没有太相信过这些所谓的谎言测试,并且在大部分的司法辖区里,它们也无法作为合法证据使用。我确信富兰克林说谎成性,就和其他我追捕过的反社会罪犯一样;比起对人撒谎,我不认为让他撒谎骗过一个金属盒子是什么难事。我们早就知道这类人的行为反应异于常人,所以我不认为测谎会证明什么别的结果。

弗农·乔丹在面对黑暗和暴力的过程中,似乎已经积累了新的力量和决心,就和他的偶像小马丁·路德·金一样。经历了三个月的康复期并丢掉了四十磅体重后,乔丹在全美都市同盟纽约总部的新闻发布会上表示："这是一次难以形容的经历。瞬息之间你就躺在了人行道上，血流满地，隐约意识到人生就此落幕了。"拒绝猜测是谁枪击了自己后，乔丹说："我没有浪费过去几个月的时间去较劲是谁开的枪，或者为什么他们会这么做。我只是试着撑过下一场手术或者下一次注射，以及吞下下一种难吃的药，还要熬过护士命令我做的下一个复健，这些我都做了……暴力对黑人来说不是什么新鲜事。自从第一艘奴隶船靠岸以来，我们就是暴力的受害者。我们意识到在一个种族主义依然猖獗的社会里，我们依然是脆弱的。"

但这起案子的后果在其他方面影响巨大。根据美联社记者玛莎·汉密尔顿的报道，韦恩堡依然为乔丹枪击案深感不安。她在 1981 年 5 月 29 日写道："乔丹的健康显然是恢复了，但市政官员和黑人领袖们表示，这个有十七万五千名居民的印第安纳州东北部城市在嫌疑人被捕之前，都不会完全恢复。"她继续描述"有种妄想的氛围依然存在于当地黑人社区之中"，并强调一个邪恶的个体就能改变一整个区域。

但富兰克林的律师戴维·尤科姆认为政府就乔丹枪击案起诉他是"荒谬的"。当印第安纳州南本德区法庭的大陪审团在 1982 年 6 月 2 日做出了有罪判决，确定富兰克林侵犯了乔丹的公民权利后——因为他的种族和肤色对他施行了枪击——尤科姆称这是"浪费纳税人的钱"。

"让一个人连服四个无期徒刑过于荒谬了……就连想要判个最高十年（的刑期）也是荒谬的。司法部一定很想讨好黑人吧。"他告诉美联社。另一方面，根据报纸的报道，韦恩堡及其周边的居民感觉松了口气，很感激罪行以及嫌疑人最终受到了正义的惩罚。

6 月 11 日，富兰克林提出了无罪的上诉申请，艾伦·夏普法官把庭审日期定在了 8 月某天。

此刻，全国范围内的报纸，从《纽约时报》到印第安纳州拉斐特的《信使日报》，都常称富兰克林为"公开的种族主义者"以及"流窜犯"。在一次庭审前的听证会上，夏普法官警告公诉人，不允许他们在进行这起诉讼的时候引用和依靠任何富兰克林已经被定罪或者有嫌疑的罪行。"犹他州的案子不会在我的法庭上重审。"他宣布。夏普显然对于借由联邦民权案推进审判的策略有所怀疑，因为似乎没有足够坚实的证据来进行州一级的谋杀诉讼。在这起审判临近结束的时候，合众国际社援引他的说法，说案子"把联邦法院的司法权推到了宪法允许的极限"。他为公众对此案的热情也显示了足够的担心，因此他命令所有旁听的观众都要被搜身，并通过金属探测仪检查。

必须承认，在弗农·乔丹枪击案这样的一起案子上选择民权诉讼这一途径意味着要经历一些法律上的周折，这在我看来甚至比直接的谋杀诉讼都要更具挑战。公诉人必须证明富兰克林不仅是扣动扳机的人，还要证明他这么做是因为受害人的种族而想要阻止其使用或者享受公共设施。

诉讼由巴里·科瓦尔斯基牵头，他是一名反战活动家，但依然加入了海军陆战队，并带领一个排的士兵在越南打过仗，只因为他认为不能只由穷人去出兵打仗。他当时已经牢牢稳住了自己那近乎传奇的民权律师的名声，被称为"司法部的斗牛犬"。未来他还会给三K党成员詹姆斯·诺尔斯和亨利·海斯就1981年绑架和私刑处死十九岁的迈克·唐纳德一案定罪；在1988年给1984年于犹太广播主持人阿兰·伯格丹佛住所外枪击了前者的新纳粹分子定罪；在1993年的联邦法庭上给两名洛杉矶警局的警官定罪，罪行是1991年对罗德尼·金的殴打，后者之前已经在地方法庭上无罪获释。

但是，科瓦尔斯基从一开始就遇到了障碍。法官驳回了他从盐湖城谋杀案引入的证据，也不允许采用1976年马里兰州富兰克林用胡椒喷雾袭击跨种族情侣的那个案件做证据。科瓦尔斯基也接受了全白人、八男四女的陪审团，以及罪行并无目击证人、作案武器也从未找到的事实。但明确的是有一大堆间接证据，以及两名同监狱囚犯可以作证富兰克林向他们炫耀过枪击弗农·乔丹一事。其中一个说，在观看电视里对亚特兰大儿童被害事件的报道时，富兰克林表示了对屠杀黑人儿童的赞同。富兰克林"如此彻底地沉迷于一种激烈的仇恨"，科瓦尔斯基宣称，因此"他试图剥夺另一个人的生命"。

他最后尤其一锤定音地说，"富兰克林枪击弗农·E.乔丹，是因为乔丹先生是一名黑人，并且身边伴着一名白人妇女，还因为他在使用万豪酒店这一设施。"

庭审的第二天，乔丹亲自出席作证，但随后承认除了描述子弹击中自己时那种"掠过空中的感觉以及背部的剧烈疼痛"并好奇是不是在做梦之外，自己的证词中没有太多证据。他说自己甚至没有听到枪响。他重复表示自己不知道谁袭击了自己，也不知道原因。"我似乎永久地躺在了那里。救援似乎永不会来了。"他说道。

抢救了他的外科医生杰弗瑞·托尔斯也出庭作证，"我认为他距离死亡仅仅一线之隔"，并描述了大到可以放进自己拳头的伤口，以及子弹距离乔丹的脊柱只差毫厘。

超市保安华尔特·怀特告诉陪审团自己曾听到富兰克林询问一个员工，问吉米·卡特总统是不是要来韦恩堡，以及乔丹的救治情况。怀特作证说，富兰克林告诉这名员工说击中乔丹的那一枪"几乎完美。要是稍微有一点点不同，那就恰好干掉他了"。

玛丽·豪厄尔，一名在韦恩堡某旅店工作的客房服务员，指认富兰克林是她见过的自称叫"乔"的男子。这个人在乔丹枪击案前几天"说自己无法理解为什么经理会把房间租给这么多黑人"，以及"所有客房服务员都应该随身带把枪保护自己不受黑人伤害"。

史蒂芬·托马，韦恩堡前报社记者，作证自己曾和被关在盐湖城县监狱的富兰克林通过一个电话。他说富兰克林宣称自己从未到过韦恩堡，检方用来证明他在案发时身处韦恩堡的旅店登记卡是伪造的，意图陷害他，就因为他说过种族主义的言论。富兰克林不承认在《辛辛那提问询报》上刊载过一则分类广告，并出售了一支 .30 口径的步枪。

《辛辛那提问询报》记者佩吉·莱恩说她经手了 1980 年 6 月 7 日和 8 日刊载的广告。她根据刊载的电话号码联系上了一家位于肯塔基州佛罗伦萨的旅店，旅店所在的郊区正是富兰克林第一次被捕并从警察局逃脱的地方。

罗伯特·赫雷拉，富兰克林的前狱中邻居，当时他在盐湖城的联邦审判上出庭作证就已让富兰克林暴跳如雷过；也是在那次庭审上，富兰克林被判侵犯了泰德·菲尔兹和戴维·马丁三世的公民权利，此次他作证说富兰克林承认犯下了"印第安纳州什么什么堡"的枪击案。在之前的审判中，赫雷拉证词的可靠性受到了"监狱告密"本身性质的影响：尽管他表示，除了一封写给保释委员会的信，对自己出庭作证不求任何回报；但后来发现在另一起案子上，他为出庭作证收了钱。

另一个站上证人席指控富兰克林的人是一名白人至上主义者，名叫弗兰克·阿伯特·斯维尼。在斯普林菲尔德联邦囚犯医疗中心的众多囚犯中，富兰克林和斯维尼成了朋友。富兰克林对于斯维尼曾在罗得西亚军队里服役而印象深刻，因为加入这支军队是富兰克林的梦想之一，他幻想可以由此随意杀害黑人。斯维尼后来讲述，富兰克林告诉了他在全国专杀非裔美国人的英勇旅程。他还说自己偶尔会冒险进入黑人社区，戴着黑人假发、涂黑脸去侦察一番。因为知道富兰克林有习惯远距离犯罪的偏好，我怀疑这些时候他都是待在车里，从来不会靠近任何人，不会让别人看到他的伪装有多么荒谬。当斯维尼被保释后，他联系了辛辛那提的警察局。调查人员们对他和他的种族主义观点很是提防，但显然因为连他都觉得在辛辛那提杀死两名黑人青年这件事儿太过火而大感意外。

在证人席上，斯维尼回忆起富兰克林告诉自己他在印第安纳枪击了某个重要人物。

"是弗农·乔丹吗?"

"对."斯维尼说富兰克林确认了。"我打中了他，但他就是没死。我很遗憾我没有先打那个白人婊子。"他随后还表示富兰克林告诉自己没人看见他枪击乔丹，以及他们没法把他和凶器联系起来，因为他"已经把那货脱手了"。

在交叉质询中，斯维尼承认公诉人会为他写一封表扬信寄给新泽西州纽瓦克的保释委员会，但否认自己收钱作证。他说自己不缺钱，因为最近继承了二十五万美元。

富兰克林的辩护律师扳回了一局，他让政府这方的最后一名目击证人劳伦斯·霍林斯沃思，承认因交代听见了富兰克林坦白枪击乔丹，让自己在盐湖城监狱的待遇有了"改善"；或者，如同法庭指派给富兰克林的律师 J. 弗兰克·金布罗所说的，这证词理论上"受到了污染"。霍林斯沃思回忆他们两人在同看一部关于 1968 年马丁·路德·金博士遇刺的电视纪录片时，富兰克林炫耀说自己"击中或者杀死了一个叫乔丹的人"。

霍林斯沃思因为纵火以及贿赂陪审团而入狱服刑的事实也不能为诉方加分。

等陪审团离开法庭时，金布罗以证据"受污染"为由申请审判无效。在劝诫公诉方不要再次审判之前的判决时，对于公平和客观已经表现出严肃态度的夏普法官拒绝了这一申请，表示："庭审法官的工作不是去分辨衡量证据。陪审团成员们才是判定这些事实的法官。"

这在法律上和程序上都是对的。但是狱友的证词，或者被称为狱中线人、狱中告密者的部分，是庭审证据中问题最多的一个部分。杰出的法学教授、作家、在杜克大学法学院任教的布兰登·加雷特将其列为错误判决的五个常见原因之一，其他四个分别是虚假的供词、垃圾的技术、无用的顾问和糟糕的法官。狱中线人是一把双刃剑。很多时候，如果警探们没得到什么信息，其他狱友是仅有的能听到坦白的人。但无法否认的是，很多狱中线人这么做是希望就自己面临的法律问题在官方那里获得对自己有利的印象。因此，他们的证词几乎总会面临某种程度的怀疑，并且陪审团成员很难分清楚事实和旨在利己的虚构。单单是囚犯可能从提供证词中获利这个事实不足以让证词无效，但每个公诉人都知道陪审团会对这种证人特别注意、仔细辨别。

陪审团不在场时，夏普还驳回了富兰克林的一项动议，内容是要求禁止犹太记者进入法庭，因为他认为犹太人控制着大众传媒，并且发动了一场针对他的"谎言和污蔑行动"。他的控诉中还包括了犹太人在散播"种族平等和其他的共产主义宣传"。富兰克林不是个思想深刻的人，但他显然是始终如一的。毫不意外，夏普法官驳回了他的动议。

8月13日周五，检方在进行了四天举证后，结束了自己的部分，接下来的周一将由被告方开始辩护。富兰克林会站上证人席为自己辩护，正如他之前表示会做的一样。

"富兰克林先生，是你枪击了弗农·乔丹吗？"他的律师问道。

"不，不是我。"富兰克林笃定说道。

针对他的种族主义进行了几个吹毛求疵的语义分辨后，他的律师问他1980年5月28日到29日身在何处，如果没有在韦恩堡的话。富兰克林回答说："我记不得了。"

被告方唯一的证人是肯尼斯·欧文斯，一个盗窃犯和逃狱者，他说在斯普林菲尔德的医疗中心时，自己和富兰克林是好朋友，而那个弗兰克·斯维尼在囚犯中间名声很臭，不诚实。我认为这意味着他们不会太相信斯维尼的话。

中午的时候，被告方结束了自己的部分。

在8月17日对陪审团的指导中，夏普法官明确了他们不光需要判断富兰克林有没有枪击乔丹，还得在决定了是他开的枪后判断富兰克林之所以枪击乔丹是不是为了阻止后者使用韦恩堡万豪酒店这一公共设施，因为这是对侵犯公民权利的定义。

中午十二点半，陪审团退席离开了法庭，在重回法庭前进行了约八小时的讨论。法庭书记员宣读了判决：无罪。富兰克林举起右手比了个胜利手势，喊道："这就对了！"

"尽管这是个有争议的案子，而你们做出的决定也是有争议的，但这也是充分合法、充分符合了证据的。"当陪审团成员们在执法官的引领下离开法庭的时候，夏普法官说道。

法庭之外，协助科瓦尔斯基起诉的检察官丹尼尔·林泽尔表示："陪审团考虑了证据，并做出了决定，我们接受他们的决定。"

当记者们问他联邦政府是否会寻求其他起诉富兰克林的途径时，他回答道："这个案子已经结了。"

弗农·乔丹没有发表评论。

获得胜利片刻之后，执法官们围住了富兰克林，押着他离开法庭，回到马里昂联邦监狱继续服他的几个终身监禁。在十二个小时之内，他就已经回到了马里昂监狱的铁窗之后。

当夏普法官解除了禁止媒体同陪审团成员交流的禁令后，其中两人向记者表示，他们中大部分人都相信确实是富兰克林枪击了乔丹，但他们没法证明也不能证明富兰克林的动机是为了剥夺乔丹使用万豪酒店的权利。其中一名陪审团成员说他们认为弗兰克·斯维尼就富兰克林狱中发言的证词是可信的；另一名则声称自己"完全不相信罗伯特·赫雷拉的任何话"。

援引《印第安纳波利斯新闻报》报道："第二名陪审团成员说关于有罪还是无辜的讨论审议变成了对指控中描述侵犯民权的遣词造句的关注。"

"那确实是我们关注的一个点。如果没有这个点，我认为他会被判有罪。"

第十三章

在韦恩堡的审判结束几天后，印第安纳波利斯检察官史蒂芬·戈德史密斯表示自己认为就 1980 年 1 月莱奥·沃特金斯和劳伦斯·里斯谋杀案发起对富兰克林的诉讼"几乎不会达成任何目的"。他说即使自己推动起诉，也不得不再请某些刚在乔丹一案里出庭的证人作证。他担心那几个同监狱囚犯的可信度。他同时受到了韦恩堡检察官阿诺德·H.杜姆林的影响，后者宣布自己没有足够的证据就乔丹枪击案在州法庭上给富兰克林定罪。因此，截至目前，乔丹枪击案尚不能结案，枪击他的人也许还在逃。

对一名检察官来说，这通常是一个艰难的决定。我遇到的每个谋杀受害者的家庭都想为自己所爱的人伸张正义，而这意味着要对被怀疑犯下了明确罪行的人提起诉讼。仅仅因为他对其他人犯下过类似罪行就被判刑是不可能的，正如我亲眼看见的，在亚特兰大儿童谋杀案中，检方认为给韦恩·威廉姆斯定罪的最大机会仅存在于 1979 年到 1981 年之间接近三十起谋杀案中的两起上。

另一方面，任何检察官办公室的资源都是有限的。如果一名被控谋杀的人已经在另一个法庭或者另一个辖区被判有罪，且已经获得了很长的刑期，上述检察官办公室的头儿就必须衡量再次判罪的可能和宣布无罪的风险，以及这值得自己手下付出时间和精力吗？或者又一个有罪判决会不会给囚犯已经很长的刑期增加任何有效的时长；换句话说，如果一次成功起诉的最终结果是惩罚，你是否能从另一次起诉中也获得实际的结果呢？联邦政府在卡特总统的亲自鼓励下，有着不同的理由来继续起诉乔丹枪击案，尽管被判有罪并不会给富兰克林的刑期带来任何实质改变。相应地，联邦检察官们所追求的是一个能被大量报道的警告，警告到任何试图刺杀非裔民权领袖的人。

"当有人公然犯下了一桩臭名昭著的罪行，且政府相信自己有足够证据来起诉他，我们就有义务这么去做。"检察官林泽尔说道。

还有另外一个方面的原因。多年以来，针对非裔美国人的犯罪，尤其是侵犯民权的罪行，大部分没有被起诉和定罪。对一个有类似富兰克林这种想法的人，很自然会认为特定的罪行不是卑鄙的行径，而是对正义的伸张。在对刺客性格的研究中，我们注意到约翰·威尔克斯·布斯在刺杀了亚伯拉罕·林肯后，期望被人当成是了不起的英雄以及南方的救星。我怀疑在乔丹一案上，类似的想法也存在于富兰克林的脑子里。

对印第安纳波利斯的史蒂芬·戈德史密斯来说，如果他感觉存在任何合理的可能，让富兰克林在尚具备再犯下暴力罪行的能力时就出狱的话，我确信他会想要继续推进他的案子。

但是，往西南部走三个州，俄克拉何马市的区检察官罗伯特·梅西宣布开始着手引渡富兰克林到俄克拉何马市联邦监狱的意愿，以便让后者就 1979 年在杂货店外杀害杰西·泰勒和玛丽昂·布雷塞特一案接受审判，受害人是在自己车边被射杀的，车里还坐着他们的三个小孩，小孩们目睹了谋杀。因为俄克拉何马州是一个有死刑的州，梅西认为有罪判决也许能保证富兰克林从此再无法行走世间。

因为俄克拉何马市的案子一直没有进入审判阶段，富兰克林留在了马里昂监狱里，也就相对待在了公众的视线之外。1983 年 1 月，梅西放弃了对谋杀案的诉讼，表示获得死刑判决的几率小到不值得付出起诉的成本。某些证据已经太过久远了，他自己也不确信所有和案件相关的警方报告都是准确的。

读到这个决定时，不得不承认，我很失望。我不认同全面保留死刑，但这是一个我觉得绝对值得被判死刑的杀手。我们可以讨论极刑是不是一个行之有效的威慑手段；实际上，它如此罕见的施行实例让我相信它并非一个很有效的手段。但它毫无疑问有着特定的威慑力——从没有一个被执行了死刑的人再犯下过谋杀罪。考虑到富兰克林逃狱的可能性，在他失去生命之前，我不确信他剥夺他人生命的日子已经完结了。

全国范围内的检察官们都选择了放弃对富兰克林的诉讼，这对很多杀手来说意味着故事的结局——他们有嫌疑但没有侦破的案子会继续维持在未侦破的状态。当其他这类案子因为缺少口供或者新的物理证据而无法证明凶手时，大部分已伏法的罪犯会认为自己是幸运的，所以他们会保持缄默。但相反地，富兰克林开始反其道而行之了。

尽管罗伯特·赫雷拉已经把富兰克林同企图谋杀《好色客》杂志出版人拉里·弗林特一案联系了起来，但没有确切证据表明他就是在佐治亚州劳伦斯维尔枪击了弗林特的人。弗林特自枪击之后便困于轮椅，且一直受疼痛困扰，终因试图平息疼痛使用了大量毒品，导致成瘾问题以及好几次手术。后来他还因为一次中风，导致了说话困难。

这起案子毫无进展，因为和很多远距离枪击案一样，没人看见枪手是谁。弗林特已经花费了大量的时间和金钱，试图搞清楚袭击自己的人的身份。当他还在医院里，尚未从两个严重腹部伤口中康复的时候，就告诉了当时为《华盛顿邮报》工作的记者鲁迪·马克撒，"确信夺取自己生命的行径是某个和政府勾结的刺杀小队的勾当。动机则是：阻止他对于肯尼迪遇刺事件的调查"。

之后他多次告诉采访自己的人，他是被"枪击了弗农·乔丹的同一人"击倒的。另外一次，根据《亚特兰大宪法报》的报道，他说"好几个佐治亚州的立法人士和政客同自己被枪击有关，目的是阻止他'揭露这个国家真正发生的事儿'"。

1983年8月，富兰克林给人称"丹尼"的丹尼尔·J. 波特负责的格威内特县区检察官办公室写了一封信。信中说道："我叫约瑟夫·保罗·富兰克林，是我枪击了拉里·弗林特。如果你把我带到格威内特县，我会告诉你经过。"

和把富兰克林带来格威内特相反的是，第二个月，路德·富兰克林·麦凯尔维警长和副官迈克·科沃特去到了马里昂监狱，和富兰克林进行了时长四个小时的会面。一开始他声称那封信是个骗局，但后来同意认真和警官们沟通。

"刚和我们接触的时候，他在试探我们，我们也在试探他，"科沃特告诉《亚特兰大宪法报》的记者罗布·莱文，"他显示出对案情有相当的了解，也给了我们足够的线索，让我们感觉自己有了合理理由来寻求定罪。我们对他的背景了解越多，他就越像是本案的嫌疑人。"

在会面之后，麦凯尔维又和富兰克林通了几个电话。尽管他知道富兰克林一直通过报纸报道跟踪这个案子，但他说罪犯提供了一些只可能是枪手才知道的信息。

至于作案动机，最初的理论似乎说得过去——富兰克林不喜欢《好色客》这本露骨的色情画报里对跨种族情侣内容的展示。

这带来了另一个问题：为什么富兰克林会突然自供说自己正是枪手呢？

基于他早已臭名昭著，以及之前发生过其他囚犯试图取他性命的残忍尝试，富兰克林一定是觉得，哪怕自己现在身处马里昂监狱受保护的区域中，也是一个被人盯上了的人。他明确表示了自己想要被转移到另一个不那么危险的监狱，也许是州一级矫正系统中的某个监狱，因此在州一级受审并被判罪也许可以实现这个目标。考虑到他之前的经历，在被从一个当地监狱或者法庭转移走的过程中，他总有越狱的可能。

暴力犯罪选择坦白的理由有很多。如果他们已经被判有罪,他们也许会认为自己已经失无可失了。同样地,如果他们在自然寿命允许的范围内已无法出狱,且坦白的罪行罪不至死,他们可能也会坦白。有的人不过是无聊了。其他人想要的则是被认为是重犯要犯,从而获得畸形的声名和认可。

这也给富兰克林选择性的坦白带来了另一个额外的动机。简单来说就是:如果你没能获得认可,那你所谓的"成就"有什么意义呢?为自己罪行感到骄傲并获得自我满足的连环杀手永远都处在这种情绪的枷锁里。不被逮捕的话,他就无法让任何人知道自己;只要罪行还是秘密,那他依然还是一个无名之辈。对于那些杀戮是他们生命中最重要一部分——赋予了他们生命的意义——的罪犯来说,情感上很难接受不和这些谋杀产生公开的联系。

我职业生涯中最著名的两起这类案子就是纽约市的"山姆之子"案和堪萨斯州威奇托的"BTK 绞杀者"案。1977 年,对看上去温和守礼的邮局职员大卫·伯科威茨来说,杀死车里的情侣再回到犯罪现场自慰以再次体验权力和统治的感觉,是不够的。他必须获得承认,这也是为什么他称自己为"山姆之子",是附身在邻居拉布拉多巡回犬身上那个三千岁魔鬼的助手,并就此给纽约市警察局警探约瑟夫·博雷利警长和《每日新闻》专栏作者吉米·布雷斯林写了信。对职业是市政检查员、想当警察、各方面都算失败者的丹尼斯·雷德来说,施行自己珍爱的"项目"——闯入住所,等待住户归来,把他们以不舒服的姿势绑起来,并勒住受害者,看着他们死去——是不够的。他必须让警方和媒体知道,这个连环杀手值得他们的注意和尊敬。像伯科威茨那般渴求注意一样,他也给了自己一个渴望的名分。在威奇托生活和工作、不敢被发现的雷德,承受不起暴露自己的后果,但他最终还是像飞蛾扑火一样给媒体寄去了信件。最终,手写信件和电子信息往来证据结合在一起让他伏了法。要不是因为有了这些交流,他也许永远不会被抓住。

我不认为富兰克林像伯科威茨或者雷德那样混乱散漫，但他同样在很多方面都是不够理性的。尽管他视自己受使命驱使，公众曝光和认可也对他非常重要，但要是没人知道领袖是谁，他要怎么来引领一场种族战争呢？无论动机和性有关，还是追求"艺术式"的满足，抑或是号召发起一场种族战争并成为极端右翼种族主义者的英雄，都不重要了。富兰克林已经身陷囹圄了，所有可能情况下，他的余生也都将在狱中度过，所以光是恶名在外的光荣就已经是足够强大的诱惑了。他付出了极大努力，把生命都献给了那些谋杀——在他脑海里，那么为什么不攫取他应有的认可和关注呢？

动机甚至可以更复杂。我们的研究业已显示，几乎每个连环杀手脑子里都有三种对于权力的渴求：操纵、统治和控制。联系执法机构和媒体，让后者回复自己的召唤，时而承认时而否定，找机会大肆炫耀并在公开法庭上确立自己的身份，这样就会满足所有三个渴求，同时也能让他离开马里昂监狱，短暂地消除因最高安保监禁而造成的无聊。

讽刺的是，弗林特此时也正在北卡罗来纳州巴特纳的联邦矫正中心医疗区服十五个月的刑期，原因是他拒绝披露自己如何得到了汽车商人约翰·Z.德洛雷安走私可卡因的视频证据并藐视了法庭。在监狱里，弗林特告诉 CNN 记者拉里·伍兹说自己已经悬赏要刺杀罗纳德·里根总统，可以的话自己也会杀了他，"如果我能离他够近的话"。弗林特说话比富兰克林还浮夸得多，但根据我在执法机构中的经验，我会严肃对待每一个威胁。

格威内特的调查人员依然不确定他们的案子能有多稳，因为就在富兰克林向他们坦白的同时，他还为《辛辛那提问询报》提供了一次冗长而含糊的电话采访，其中他说道："我讨厌弗林特……因为他出版黑人和白人约会的内容。但我和他遭到枪击无关。"至此，我的想法是，富兰克林是想到什么说什么，或者任何他认为会让自己未来最轻松的内容，甚至几乎完全不顾是不是真的，或者前后是否一致。

他这不过是刚开始开口而已。富兰克林显然愿意坦白那些长期以为被怀疑和他有关的案子，他同时也愿意把那些之前从未和他联系在一起的案子说出来。

1983 年底，一名代理富兰克林的律师联系了威斯康星州麦迪逊的警察局，说自己的客户想要聊一聊一起 1977 年 8 月发生在他们辖区的谋杀案。当警探理查德·瓦尔登在第二年 2 月联系上富兰克林的时候，后者告诉他自己在一个大型商场杀了一名黑人男性和一名白人女性，还在 1980 年的春天杀了另一名女性，地点是托马，位于威斯康星州中东部，差不多是在麦迪逊和欧克莱尔中间。

关于那起托马谋杀，富兰克林说自己在东城商场附近遇到了一名女性，并让她搭了车。他说自己认为她是在前往明尼苏达州的路上。结果她要去的是自家父母位于威斯康星州弗雷德里克的养猪场，计划中途在托马停留一下，开上自己停在叔叔家的车。在车上，富兰克林问她是在哪儿晒黑的。她说自己刚从牙买加回来。按照富兰克林的说法，她表示比起非裔美国男性，她更喜欢牙买加男性，因为后者更帅。就因为这句话，她的命运就已经注定了。

当他们快到托马的时候，他问她想不想吸一点大麻。他把车停在一个他觉得是国家公园的路边，前不着村后不着店。他拿出自己 .44 口径的麦林牌卡宾枪，命令她下车，表现得他打算强奸对方一样。在她从车旁走开的时候，他给枪上膛并从后方射杀了她。他把尸体留在原地，并把她的行李扔到了车外。

他声称自己有搭载女性搭车客的习惯，因为他认为她们独自一人会不安全，但显然，要是她们违反了他自己制定的生活原则，那她们就不配再活着了。

也是在 1980 年，富兰克林说自己搭了两个白人女性，地点他认为是在西弗吉尼亚的贝克利。他回忆当时她们是在前去参加某个反核示威的路上。他还记得叫做"彩虹家族聚会",以及她们告诉他自己是共产主义者——我很怀疑这一点。两名年轻女性称自己是反核抗议者很常见,我怀疑的是在 1980 年的时候她们还会自称是共产主义者。我认为共产主义者不过是富兰克林对于自己不赞同的人的一个统称而已。

在西弗吉尼亚这次搭车之旅的对话中,他要么问到了,要么只是猜测她们和黑人男性约会。他说自己用杀了上一个搭车客的同一把 .44 口径的枪射杀了两人。

仅因为她们自己口中同非裔美国男性的关系就惨遭杀害——这种罪行不仅令人毛骨悚然,我个人也觉得令人作呕,但我其实并不惊讶。相反,这确认了富兰克林反对种族融合以及对白人的美国正遭到腐蚀这一情形的痴迷。但也有另外一个原因直接和富兰克林神经病般的不安及他同类型的人有关。美国种族主义中最有力的隐喻之一就是对黑人男性性能力的惧怕。南北战争之前的美国,在白人男性强奸女性奴隶司空见惯的同时,黑人男性同白人女性发生性关系是一个种族主义的男性所能想到的最恐怖的事。尽管种族融合让他们焦虑不安,尽管非裔美国人一个多世纪以来一直在反驳刻板印象,但种族主义男性感觉他们在性能力上不如黑人男性的潜意识一直存在,他们会因此失去自己种族的女性历来是一个将仇恨和暴力加诸非裔美国人的动机。我一得知富兰克林谋杀过搭车的女性,就确信这种不自信的恐惧结合在了他补偿性的犯罪行为中。

关于西弗吉尼亚这起案子,他没再向瓦尔登多说什么,但这最终成为了约瑟夫·保罗·富兰克林犯下的最令人困惑也最有争议的案子之一。

他们聊了半个多小时。挂断电话后,瓦尔登给托马警察局打了个电话,后者确认在富兰克林描述的区域是有一桩没有破案的凶杀案。

受害者是一名白人女性，被 .44 口径麦林牌卡宾枪射击了两次。她叫丽贝卡·伯格斯特龙，是一名二十岁的学生，案发地点是米尔布拉夫国家公园。她的遗体是第二天被发现的，日期是 5 月 3 日。两名少年发现了她，根据遗体身上的护照才确定了她的姓名。被发现时，她衣着整齐，没有被性侵的痕迹。还因为在钱包里发现了钱，也就排除了抢劫的可能。当时，本地报纸上的一篇文章说受害者最近刚结束为期十天的牙买加旅行回来，弗雷德里克一家银行的一份暑期工还在等她前去入职。她的头部和背部遭到枪击，弹壳也在附近被寻获。没有嫌疑人，但治安官雷·哈里斯推测是让她搭车的人枪杀了她。受害者被最熟悉她的人描述为一个友好且充满爱心的人。

尽管对这些案件的坦白让人意外，但富兰克林给威斯康星执法部门打电话要谈的主要悬案是关于一名黑人，小阿尔方斯·曼宁，以及一名白人，托妮·施文的。1977 年 8 月 7 日下午四点三十分，他俩在麦迪逊的东城商场停车场，距离彭尼百货商店不远的地方遭枪击身亡。在调查了他的信息后，1984 年 2 月 16 日到 17 日，瓦尔登派格雷格·鲁特和泰德·梅尔两名警探前往马里昂监狱审问富兰克林。

麦迪逊警察局的警探们和县重案调查小组之前只能依靠粗略的信息开展工作。有报告说曾有一名二十出头、留着及耳棕色头发的白人男性，驾驶的是一辆挂着州外牌照的雪佛兰羚羊型号汽车。目击者回忆起的车牌是白底绿字的，亚拉巴马州、爱达荷州、伊利诺伊州和印第安纳州的车牌都长这样。目击者声称这辆车追尾了曼宁驾驶的黑色奥尔兹莫比尔托罗纳多型号汽车，当时曼宁下车查看，就在他靠近的时候，追尾汽车的司机向他连开数枪。然后凶手下了车，走到坐在副驾上的施文旁边，在她试图逃离的时候隔着车窗射杀了她，也击碎了车窗玻璃。据描述，嫌疑人约五英尺十英寸高，一百七十磅重，身穿一件墨绿色背心和一条黑裤子。在曼宁车后方找到了一顶被认为属于杀手的宽檐帽。

麦迪逊警官马丁·米克当时正在购物中心调查一起汽车被盗的案件，他当时和丢车的车主一起坐在自己的巡逻车里。当他听到两三声很响的枪声后，马上让车里的人下了车，迅速赶往现场，并通过无线电请求援助。当他靠近的时候，其中一个目击者挥手吸引他的注意力，指着那辆正飞速离开停车场的绿色羚羊汽车。米克驱车追了上去，但在混乱的交通和众多行人中跟丢了。接到米克的请求后，警方在离开麦迪逊的高速路上设置了路障，但未能寻获那辆羚羊汽车。

施文当场死亡。曼宁在一小时后死在了当地医院里。

根据当地《首府时报》次日的报道，缉毒警察和警队副队长们都被召到了现场，以确定这起发生在光天化日之下的谋杀是否和毒品有关。这是对发生在人群密集地区的白日袭击的例行程序，但警探们未能发现任何可以让他们怀疑涉及毒品交易的线索。中队长斯坦利·达文波特表示受害者的背景调查中没有任何线索能解释他们遭到谋杀的原因。

接下来的周三，在报纸刊载的一封公开信中，托妮的密友凯西·蒂加尔丁公开推测这起谋杀是"一名疯子杀手"因为"种族歧视"而犯下的罪行。

我认为这对于警方来说一定是一起特别困难的案子，因为施文曾是执法机构的一员，她是戴恩县少管中心的打字员兼前台。自从两年前来到这座城市后，曼宁一直在麦迪逊东部高中当勤杂工，而施文是五年前从这所中学毕业的。当年她加入了中学的乐团和舞蹈队。

施文的母亲简奈特告诉《首府时报》记者埃德·巴克："在我们眼里她是最棒的。你可以去问她的任何一个朋友。"

朱迪·曼宁描述自己的哥哥是一个"从不麻烦任何人的好人"。他在密西西比州鲁斯读高中的时候，是橄榄球队的明星球员。朋友们称他总是乐于帮助任何有需要的人。

"他有很高的职业道德。他从不浑水摸鱼，从不把事推给别人。"

他的表妹泰尼娅·詹金斯-斯托瓦尔告诉一名合众国际社的记者。在来到麦迪逊不久后，他和托妮在一家夜店相识。

托妮最好的朋友琳达·兰洛伊斯回忆："她是真的很外向，外表也特别美。阿尔方斯是安静的那个，托妮则是吵吵闹闹、傻兮兮的那个，他们是天作之合。"

对我来说，受害者分析一直都是案件的关键部分，我经常被受害者和施害者之间的个性对比震惊到。现在这样的对比再一次出现了——温暖、敏感、热爱生活的个体，他们年轻的生命因为一个甚至不知道他们姓名的变态戛然而止，而后者可以如此轻易地重复扣动扳机，仅仅因为对方来自不同的种族且开车太慢挡住了他的路。

在被宣告了自己的"米兰达权利"之后，富兰克林告诉警探鲁特和梅尔，自己最开始去麦迪逊是想要刺杀戴恩县巡回法庭的法官阿奇·西蒙森，这名犹太裔法官曾主持了一起三名黑人男性被控强奸一名白人高中生的案子，黑人男性后来被释放了。他告诉鲁特和梅尔，"当我听到这事儿时，就决定要去那里干掉这个混蛋。"

作为对犯罪心理的洞察，我发现他的计划非常有趣：

"一开始，我想做的就是走到他门口——找到他住哪儿——白天先去他的法庭，找到具体那间，好确认不会找错人，你懂的。我讨厌杀死无辜的人，你懂的，所以我想我要知道他长什么样，然后找一天直接上门，比如找个周末啥的，当他在家的时候，我会把手枪别在背后，可以很快拔出来。"

除此之外，这段话告诉我们他是严格在自己的信仰体系下行事的，以及他认为这套体系要高于现行法律。他就是那种能决定谁无辜、谁有罪，以及社会应该在何种规则下运行的人之一。

如果没能射杀这名法官，他还有个后备计划："我只需要在田纳西州的查塔努加炸一座犹太教堂就行，你懂的。另外，还有一座犹太人的房子（他似乎指的是拉比的住所）……我还考虑安放炸弹，我存了五六枚炸弹，还有一些八号雷管，准备等这个犹太人的车停好后装上，你懂的，要是枪杀不是很好操作的话。"

实际发生的，据他所说，是在前去西蒙森家实施枪杀之前，他开车去议会大厦查看西蒙森的样子，这时他在一个公交车站看到了两个年轻女性在等车。他载上了她俩，把她们带到了东城商场。在离开商场的时候，另一辆车离开了停车位，挡住了他的路。车在路中央开得很慢。富兰克林整个人都压在了车喇叭上。那辆车停了下来，司机，黑人司机，走出车子向富兰克林的车走去。一个白人女性留在了车里。因为他有两把枪和一堆炸药放在后备厢里，他认为自己可能被一辆巡逻警车看到了。之后，像他有时候会做的一样，他变得相信宿命论了。如果他进了监狱，他宁愿是在执行"使命"时进去的。他打开车门，开枪打了这名男性——小阿尔方斯·曼宁——两次，然后走到车旁，从司机侧的窗户冲着那名女性——托妮·施文——开了两枪，而后者曾试图逃离。他回忆在回到车上的时候，头上的黑色帽子掉到了地上。他如此细致地描述了这顶帽子，警探们确定就是那顶在犯罪现场寻获的帽子。

显然，这和近七年前枪击发生时目击证人为警方提供的信息非常相符。富兰克林描述自己如何从华盛顿东街拐了出去，拐上 90 号州际高速，然后又下了高速，回到麦迪逊，停在了一家麦当劳。之后就开车在周围转悠，一直到警察没有那么密集了，这才回到他前一晚居住的华美达酒店。他第二天才离开。

在开上州际高速的路上，他看见了几个警察，但他们没有注意到他。"显然是上帝蒙住了他们的眼睛。"富兰克林说道。后来证明，警察在那里是为了处理一起运送牲口的卡车事故，当时他们正忙着帮助受伤的司机们以及把四散的奶牛赶回来。

这次坦白在我看来很可信。因为这不是那种他会从中获得荣耀的谋杀，所以我不认为他编造了这一切或者盗用了别人的罪行。实际上，这还是某种失败，毕竟它让他从刺杀西蒙森法官这个自己所坚信的使命上偏离了。只要操纵、统治和控制还是富兰克林的首要动机，那在坦白某一桩罪行的时候，他就很不愿意撒谎。

在更长的时间范围来审视这桩致两人死亡的谋杀案，很显然这是个重要的转折点。这起案子打开了他情绪的闸门，真正开启了富兰克林的恐怖时期。他已经威胁过了总统候选人吉米·卡特。他显然已经炸掉了一座犹太教堂。但在他前去刺杀一位可能是犹太裔的法官的途中，他意外碰到了自己仇恨的化身以及使命，并发现自己可以随性杀人。现在，他突然间意识到自己可以做到，还能从中脱身。

每个连环杀手一路走来都经历了一系列的塑造过程。这对于富兰克林来说就是关键的一次。他没有提前规划，这不是一次策划好的刺杀。但他在一时冲动之下，还能够采取如此"有决断"的行动，这给了他自信，哪怕只是下意识地想到了这一点，即他可以在任何情况下不带犹豫地杀人。但对于富兰克林这样的人来说，这是一种解放，它代表着终极的力量。

尽管富兰克林并非传统意义上那种以性满足为目的的连环杀手，但我能在他身上看到和那类连环杀手一样的线索：对受害者的非人化和物化。受害者对他来说不再是独立的人类个体；他们不过是非裔美国男性和白人女性的刻板代表。这种完全不具同情心的状态不仅促使他行动，实际上还让他可以在犯下了那些毫无意义且让人愤怒的罪行后，历经数年再毫无感情地谈起它们。通过在自己脑子里把受害者归类到刻板印象中，这些人不再是"无辜"的了，因此针对他们的谋杀就是正当的。

在他非人化自己受害者的同时，也带着一种典型的妄想心态。他提升了自己的重要性，并臆造了一个详细的、系统性的想法，相信有某些组织针对自己制定了各种阴谋诡计：

"我认为他们想要干掉我。我知道了太多有关政府的秘密和犹太人的阴谋，你懂的，知道那些犹太人在干嘛，还有知道所有右翼、纳粹的动向。犹太人控制着一切，所以他们能拿到所有像我一样的人的名字，白人种族主义者这一类的，你知道，他们有关于我们的档案，有监控行动，这一类的事儿。如果你曾是其中一员，比如你当过纳粹、入过三 K 党或者美国纳粹党，他们能做的就是让你站到陪审团前，坦白自己是其中一员，还有那些屠杀，因此你就是有罪的，他们真可以做到。你如果出庭受审或者啥的，你也会忘了他们能这么做。"

他给了警探们几份印刷的小册子。"读一读我给你们的小册子。"他建议道。

"什么？"梅尔回道。

"这里面登了很多真相。"

"好吧。"鲁特说道。

"那就是世界上正在发生的。"

第十四章

　　富兰克林有很多来自官方的访客。在他和瓦尔登队长通话，以及鲁特和梅尔警探对他为期两天的审问结束后不久，威斯康星州门罗治安官办公室的副主任罗纳德·皮尔森就和威斯康星司法部工作人员厄内斯特·V.史密斯一起来到了马里昂，就独身一人的搭车客丽贝卡·伯格斯特龙遭谋杀一案同富兰克林交谈。皮尔森和史密斯带着富兰克林的坦白离开了，皮尔森说预计会在第二周提起诉讼。

　　当记者们问他谋杀背后的动机是什么时，他说："和麦迪逊案子一样。种族主义者的动机。"

　　让人伤感的是，警方比任何人更早意识到（案件）同富兰克林的联系。后来发现，早在富兰克林向威斯康星州司法部门坦白之前，警方已经在调查他了。东城商场谋杀案发生之后，两名麦迪逊警局的警探，查尔斯·卢林和史蒂芬·杜尔索就把车牌锁定在了亚拉巴马州车牌上，并前往蒙哥马利调查车辆信息。在查询了数千条车辆信息后，他们筛选出了五十五个拥有1967年款雪佛兰汽车并居住在莫比尔区域的人。他们计划联系并询问所有人，但在询问了约十五人之后，他们被召回了麦迪逊，原因是警局觉得他们不会有任何进展。

　　卢林和杜尔索表示了强烈反对。他们相信枪手就在那五十五个人之中，一旦和他搭上话，他们就能认出他。

　　"只需要和他当面对质，我们就成了。"当时已是一家私人侦探社

134　THE KILLERS SHADOW

负责人的卢林在 1984 年告诉《威斯康星州日报》，"我心里一点都不怀疑。"

1984 年 3 月 2 日周五，在一场新闻发布会上，麦迪逊警察局局长戴维·库珀驳斥了卢林的判断，说斯坦利·达文波特警探命令他们归队是因为他们没有找到任何具体的线索。

无论如何，约瑟夫·保罗·富兰克林此后继续杀害了至少十九个人。

自从富兰克林坦白了在威斯康星州犯下的谋杀案后，他在马里昂监狱的来访者名单一直在增加，因为他一直在坦白。

在最开始和鲁特及梅尔交谈的两天里，富兰克林还提到了一桩案子，说自己用炸弹袭击过田纳西州查塔努加的一处犹太教堂，时间是 1977 年 7 月 29 日的晚上，之前执法部门从未把这桩案子和他联系起来。当时的爆炸夷平了"和平之家"（Beth Shalom）犹太教堂，砖木结构建筑的碎片散落在整个街区。爆炸震碎了附近一家旅店的玻璃窗，惊醒了拉比迈尔·史蒂穆勒，当时他正在犹太教堂后的家中睡觉。根据美联社报道："目击者们声称天花板的一部分被炸到了空中，然后几乎完整无缺地落到了被炸毁建筑前方二十码的地方。"因为爆炸发生的时间，没人身亡或者受伤。

一开始，人们显然无法接受会有人故意炸毁一个敬神的场所，拉比史蒂穆勒驳斥了是炸弹导致爆炸的可能，那场爆炸在建筑中央位置留下了一个两英尺深的坑。

警方的炸弹小组专家则有不同看法。当他们检查了废墟后，在原先地板的下方发现了硝酸盐的痕迹，以及一截用来引爆爆炸装置的电线。一根长长的电线延长线显然被接到了约两百英尺外机场旅店外墙的插座里。警方的一名爆炸专家说这个炸弹是"高当量且非常精心制作的"。一名邻居说感到自家房子震动的时候，还以为有一架飞机坠毁了。

然而过了六年多，这起案子依然未能侦破。在坦白威斯康星案子的时候，富兰克林提到了自己关于爆炸物的知识——和抢劫银行一样，这项技能是他在犯罪生涯中掌握的——他开始回顾自己用炸弹试图或者成功杀掉的人数。

　　"并不是很难。但如果你对炸弹一窍不通，你会把自己炸成碎片。我放了五十磅炸药在那里，你知道吗？就在犹太教堂底下，然后接了一根线一直穿过草坪，连到了旅店那里。所以当我发现里面没有犹太人的时候，我就插上了插头，它就'轰'了！就那样解体了，哥们儿。爆炸成了大新闻，你知道吗？实际上，我是在俄亥俄州的时候才读到的新闻。"富兰克林说道。

　　这起案子进入了酒精、烟草、火器和爆炸物管理局的悬案卷宗，然后就一直留在了那里。但也许和麦迪逊警方的鲁特和梅尔分享故事让富兰克林更有谈兴了，他再一次打电话让警方前来马里昂和自己聊天。1984 年 2 月 29 日，距离鲁特和梅尔警探审问他刚过了不到两周，酒精、烟草、火器和爆炸物管理局特工乔治·布拉德利和查塔努加警方的调查人员查尔斯·洛夫到了。威斯康星调查人员皮尔森和史密斯排在他们后面。

　　他们的第一项安排是宣读他的"米兰达权利"，同时开始录音。"你同意在没有律师的条件下向我们提供一份声明吗？"洛夫问道。

　　"是的，我同意。"

　　"这次审问将和'和平之家'犹太教堂被炸案有关。"

　　"对。"

　　坦白的动机和弗林特枪击案一样——想要获得认可、缓解无聊，也许还结合了某种自我塑造；富兰克林现在无事可做，只能回忆回忆自己过去的生活。调查人员非常仔细地询问了富兰克林的筹划过程——他在哪里买的炸药以及买了多少；他是如何在晚上监控现场，以及如何在建筑下方找到了空间来放下五十磅的水凝胶爆炸物和五根雷管；他怎么在周围找到可以外接电源引爆炸弹的插座的；又怎么把电线从附近的旅店牵了过来；以及最后，他怎么打电话给犹太教堂询问他们什么时候会举行下一次"集会"，"假装我有兴趣参加他们其中某次集会一样"。他明确回答了调查人员们的全部问题。

"我在他们说有集会的那天回到了那里，呃，在我之前装的电线上接了另一根延长线，牵到了旅店那里。"

"在引爆炸弹后，你有没有待在附近，看看结果如何呢?"

"没，我就觉得应该走得越早越好。"

洛夫给富兰克林看了犹太教堂被炸毁后拍的照片，包括一张从上空俯拍的，叫他辨认周围的建筑。富兰克林似乎很有兴趣研究这张照片。"哥们儿，这是刚爆炸后的样子吗?"他问道。

"对的。"洛夫回答说。

"哥们儿！那棵树也炸倒了，是吧? 那家伙真的炸成粉了。"显然，他被自己的所作所为深深震撼了。

在我们对一贯手法和标志性行为的研究中，富兰克林犯罪人格的这一个方面让我大感兴趣。通常来说，杀人的方式要么是标志性行为的一个固有部分，比如丹尼斯·雷德的绞杀和精神折磨，以及劳伦斯·比塔克、罗伊·诺里斯、莱昂纳德·莱克和查尔斯·吴这些罪犯惯用的肉体折磨和恐吓；要么就是罪犯的一贯手法，比如制造炸弹的泰德·卡钦斯基。规律如此，枪手永远是枪手，炸弹客永远是炸弹客，绞杀犯则永远是绞杀犯。这些罪案的严重程度也许会加深，比如偷窥狂汤姆变成了强奸犯，或者大卫·伯科威茨从纵火变成了杀人，但他们通常会保留自己习惯的暴力种类。

富兰克林不一样。他似乎不在乎行动本身，而在意行动的结果，会根据情况选择方法。在他身上，最重要的标志性行为就是：杀死非裔美国人、犹太人和其他同他们有关系的人。但他的一贯手法则是流动的、可变化的。只要有机会成功抢劫一家银行，他就可以下手，并且从每次经验里学习，只为下一次更好，就好像棒球运动员会调整自己的站姿或者挥棒动作来提升击球成功率一样。他的使命始于炸掉马里兰州的一处私人住宅以及查塔努加的一座犹太教堂；但很让他失望的是，没有一次导致了人员死亡。从那一刻起，我相信，他决定自己的努力必须更直接一点。成为狙击手可算是他的人生巅峰，因为这是他幼年眼睛受伤后才掌握的一项技能，因此成了他选择的方式。讽刺的是，这个极端右翼的高中辍学生无意识地追随了弗朗茨·法农、让-保罗·萨特和马尔科姆·爱克斯这些左翼知识分子发扬光大的口号：不择手段（By any means necessary）。

"炸掉犹太教堂前，你在查塔努加待了多久？"洛夫问道。

"呃，我想想。嗯，实际上，我在那儿待了一会儿，我买了爆炸物然后离开了，之后又回去了。"就在此时，让人意外的是，富兰克林接着坦白了另一起炸弹案。"你知道吗，一开始我想的是，就在从查塔努加的店里买了那些爆炸物后，我去了马里兰，决定炸掉马里兰的一家犹太人，你知道的，刚好我在那里的时候。"

"那马里兰州谁家的房子被你炸了？"调查人员们追问道。

"一个叫莫里斯·阿米泰的犹太人：A－M－I－T－A－Y。"

"你怎么选中他的？"

"呃，就是有天我刚好在看《华盛顿邮报》，然后报纸上说到一个以色列说客在那儿游说啥来着，你懂的……所以，嗯，因为熟悉马里兰的罗克韦尔和银泉，我在那里住了很久，我明确知道那些地方在哪儿。所以我就去了那边，查了查他的姓名……就是过去，走走逛逛，你懂的，路过他的房子。他就住在街角，嗯，我踩了几次点。然后一天晚上我回到那里，把它给炸了。"

"和平之家"犹太教堂被炸前四天，律师、美国以色列公共事务委员会（American Israel Public Affairs Committee，AIPAC）执行理事莫里斯·J.阿米泰位于华盛顿郊区马里兰州罗克韦尔花谷社区的住房被一次爆炸损毁。这栋错层式的住房在凌晨三点二十的爆炸中遭到了严重破坏，但阿米泰以及妻子西比尔和两个儿子、一个女儿成功逃出，没有受伤；他们失去了八个月大的八哥犬林格，爆炸时它在一层的起居室里。住房窗户碎裂，远至五个街区外的房屋壁板都被震松了。"我都不知道能有人活着从房子里出来。"一名消防员如此评价道。

四十一岁的阿米泰曾是一名外交官，还是肯尼迪总统的前卫生、教育和福利部部长及后来的康涅狄格州参议员亚伯拉罕·里比科夫的外事及立法顾问。阿米泰表示自己一家均没有遭到过威胁，他对谁会犯下这样的罪行也毫不知情，但警方推测这次袭击同阿米泰被认为是为以色列游说的主要说客之一有关。调查人员们表示他们不清楚这次爆炸是为了杀死这家人还是只想要恐吓他们。

"没有人宣称对爆炸负责。"警方发言人菲利普·卡斯韦尔当时表示。在恐怖主义案子中，犯案的组织或者其他有着类似目标的人公开宣称对罪行负责并不是少见的事。

美国以色列公共事务委员会名誉主席 I. L. 凯南表示在自己看来，应对此事负责的人或者组织是"反以色列，或者反犹太人，或者支持阿拉伯的"。

让我感兴趣的是，在当时，一桩这种级别的案子被认为一定是某个组织犯下的，而不会是一个单独个体的行为。圣约信徒犹太兄弟会反诽谤联盟（Anti-Defamation League of B'nai B'rith）的全国主席波顿·M.约瑟夫表示了自己的震惊，并号召联邦调查局和警方要"派遣强有力的力量，好尽快将恐怖分子抓捕归案"。

警方与酒精、烟草、火器和爆炸物管理局特工判定爆炸是由炸药引发的，并且是用一根长达四百英尺的电线引爆的。一周之内，联邦官员就开始通过酒精、烟草、火器和爆炸物管理局的执法部门协助调查查塔努加和罗克韦尔之间的联系。酒精、烟草、火器和爆炸物管理局的一名发言人说在爆炸之后，"有台电脑在扫描我们所有的炸弹案，并标出了相似的地方。然后我们立即针对两起案子开始了调查"。

富兰克林画了一张阿米泰房子的平面图，向布拉德利和洛夫描述他决定在何处放置爆炸物：

"我怀疑可能是因为这个角落距离街道很远，你懂的，听不到街上的噪音，那房子的卧室就会在那儿，对吧？所以，我决定就选这里，炸掉这个角，对，这样能杀死更多人，你懂的，就是爆炸引爆的时候……但是我后来发现我搞错了……一个人都没炸死。炸弹把他们的狗炸飞了。"

当他们结束了对作案细节的审问后，布拉德利澄清道："尽管和我们聊了天，告诉了我们你的所作所为、你知道的事，但我们没有对你承诺任何东西，也没有承诺我们会就这些罪行在田纳西采取什么行动。"

"我不觉得这很重要，"富兰克林回道，"我甚至不觉得这是犯罪。我认为这是好事儿。"

当洛夫问他为什么选了查塔努加的那座犹太教堂，而不是纽约的某一座，富兰克林说："我对查塔努加比较熟悉，我还能在那里买到炸药。"我认为这个回答很有意思，因为这揭示了哪怕像富兰克林这样受使命感驱使的罪犯也会选择在基本的舒适区内犯罪。

在否认和拉里·弗林特枪击案有关后，他承认自己曾是那些我们有记录的所有极端右翼组织的成员，但接着解释了为什么会离开那些组织。"他们都被犹太人和同性恋控制住了，你懂的，还有联邦调查局的线人。实际上，是 ADL（即上文的反诽谤联盟）控制着这些组织。"尽管这和他之前给出的脱离组织的原因相比是一个不一样的解释，但对自己前同袍的蔑视是一以贯之的。更重要的是，我认为这显示了富兰克林日益严重的妄想。

他接下来的反应则坐实了他的妄想。洛夫问道："有没有任何人以任何方式协助了你？你有没有让任何人知道你将要干的事儿？或者有没有人鼓励你这么做？"

"有人和我一起？不，没有。我从不告诉任何人任何事。知道这些的只有我和上帝。这就是我一直以来的做法。我从不告诉任何人我做过的任何事。没有任何一个人值得我信任，你懂吗？所以，这就是我之前能够长期作案还没人能抓住我的原因。我从不告诉任何人任何事。"

"在一桩接着一桩的案子上，调查人员们表示富兰克林总能提供关键信息，提供那些不曾身处犯罪现场的人无法提供的信息。"美联社报道。

第十五章

几周之内，富兰克林坦白了数量惊人的罪行。面对这些新的坦白，田纳西州的反应是最快的。

7 月 12 日，在为期两天的庭审后，查塔努加刑事法庭陪审团只花了四十五分钟就判定富兰克林在 1977 年犹太教堂爆炸案上有罪。他用真名从查塔努加一家商店购买了爆炸物，交易记录上提取的指纹也同他的指纹匹配，这在法庭上构成了清晰可用的证据链。为他辩护的两名当地知名律师想要说服陪审团那则录下来的坦白不过是富兰克林众多谎言中的一个，目的是让自己离开马里昂监狱。法庭上由此呈现出一种诡异的情形，一方面是公诉方试图说服陪审团被告说的是真话，一方面被告的辩护律师则努力证明他是在说谎。

尽管他拒绝站上证人席，但在公诉人斯坦利·兰佐暗示尽管富兰克林对自己的定位是个硬汉，但其实不过是个懦夫后，他辩护律师的策略也算彻底失效了。公诉人告诉陪审团，富兰克林之所以被关在马里昂监狱的保护区里，是因为他害怕狱中的黑人囚犯。兰佐说道："他应该被和其他囚犯关在一起，这样他们才能测试一下他到底是不是真男人。"

这让富兰克林忍无可忍。他问道格拉斯·迈尔法官自己能不能反驳。法官同意了他的请求，告诉陪审团被告决定自己进行结案陈词。他的律师们可不太开心，我也不得不承认他的发言令人信服，至少在决定这次审判的结果上是这样的。

"犹太人控制着美国政府",富兰克林向由八名男性、四名女性组成的陪审团断言道,陪审团中有两人是非裔美国人。"他们控制了新闻媒体,他们控制了充斥着共产分子的政府,他们还控制了西方民主。我承认我炸了那座犹太教堂——是我干的。那就是撒旦的教堂。

"这个国家是由信仰耶稣基督的白人建立的,但他们已经被无神论者取代了。我只想告诉你们——让白人幸存的唯一方法是跪下来,向上帝祈祷,并接受耶稣基督才是自己的救星。"

事到如今,这些声明基本上算是把一切都说明白了,我们能轻松看到它们如何"帮助"陪审团做出了一致的判决。但对于我这样一个画像专家及分析师来说,它们提供了关于富兰克林性格的某些有趣信息。首先,他不是为了激怒这些陪审员或者让他们反对自己才说了这些话。他不期望陪审团放过他,尤其是其中的那两名黑人陪审员;无论陪审团怎么判,他已经要在监狱里待很久很久了。但他确实希望他们明白自己为什么会做那些事,以及为什么他为此感到骄傲。他想要自己的声明被传播出去——如果犹太人控制的新闻媒体允许的话——去鼓励其他人加入他的使命。所以,在古怪的妄想幻梦和如何让自己的信息被传播出去的逻辑思考之间,存在着微妙的心理平衡。

其次,很明显在他的妄想逻辑体系内,他真的相信自己是一名虔诚而坚定的基督徒。耶稣想要自己的追随者去猎捕犹太人和黑人吗?没有任何理智的人会这么想,但他说服自己,他是在执行一项由上帝指派的神圣使命,是耶稣在指示他要做什么。实际上,他从心理上也已经向自己灌输了否定的认知,即那些针对他的指控是错误或者邪恶的,所以他不需要对任何指控感到自责或者后悔。这也是将性作为动机的连环杀手用来非人化受害者用到的同一套机制。这源于共情的彻底缺失,以及仅有自己是重要的这一自恋想法。

他们疯了吗?不,在法律层面上没有疯。他们不过是真正的坏人而已。

迈尔法官就爆炸案判处富兰克林十五到二十一年的刑期，外加持有爆炸物的六到十年刑期。这些刑期会依次执行，尽管法庭上的每个人都知道这些判决不过是象征性的，因为不等富兰克林服完自己因盐湖城谋杀案而被判的终身监禁，就轮不到这些刑期。

但这种象征意义对于法官来说很重要。"犹太人已经被迫害了两千年，但无论中东还是爱尔兰发生了什么，这个世界都必须站出来表明我们不会容忍反人类的罪行。"他说道。

1986年2月10日周一，在戴恩县巡回法庭开始就麦迪逊谋杀案对富兰克林进行审判之前，他要求撤回在监狱里向两名警官做出的坦白。前一个月，威廉·D. 伯恩法官驳回了富兰克林想要撤回坦白的请求。但他同意富兰克林为自己辩护，前提是律师以及前州公共辩护人威廉·奥尔森从旁协助。

为了在戴恩县巡回法庭上就曼宁—施文谋杀案提起诉讼，区检察官哈尔·哈洛解释以富兰克林目前身负的刑期，他最早在1990年就能有资格保释出狱，寻求新的谋杀判决是为了确保他永远不会被释放。"让我惊讶的是，之前没有任何措施能保证他永远不会被释放。"

我很少对比真正的杀手和虚构的角色，但在某个方面——不是智商——富兰克林像是小说家托马斯·哈里斯笔下的汉尼拔·莱克特：按书中记载后者也被判了终身监禁，但大家依然惧怕他，惧怕他一旦出狱后会发生的事。富兰克林一次又一次证明了自己是一个充满仇恨的高效杀戮机器。

作为自己的律师，富兰克林对另一个全是白人组成的陪审团坚持说自己的坦白是假的，目的是为了离开马里昂监狱，他是从报纸上获知这些案子的细节的。"我只想从伊利诺伊州马里昂的联邦监狱里短暂出来一阵，因为里面的情况太残酷了。"

然后，他用上了第三人称来指代自己，"此案中的证据将会显示，被告并非该案的罪犯。除了坦白，他们并无其他证据，而被告现在表示坦白是假的"。他进一步宣称自己是遭到刑讯逼供才被迫坦白的，这对于任何一个听过录音的人来说都显得过于荒谬了。

法庭里设置了高级别的安保，富兰克林的双腿也被铐住，他坐在垂着桌帘的被告席上时，陪审团看不见脚镣。哈洛播放了坦白的录音，其中富兰克林描述自己顶着约翰·韦斯莱·哈丁的化名进了城，这化名源自著名的西部枪手和赌徒，他进城的目的是刺杀西蒙森法官，但后来在停车场枪杀了那对年轻情侣。

哥伦布俄亥俄州立银行的出纳约翰娜·卡伦·汤普森指认富兰克林就是 1977 年 8 月 2 日用一把 .357 口径的麦林牌左轮枪指着自己头的人，当时他从她工作的银行抢走了两千五百美元。在指认他的时候，她轻声哭着说："就是他。"富兰克林在自己的坦白里也交代了这起银行劫案，并将其定义为"从犹太银行家手里收缴现金"。曾经在威斯康星州犯罪实验室工作的弹道专家理查德·汤普森（和银行出纳汤普森没有关系）也确认了从曼宁和施文遗体里取出的 .38 口径子弹可能是经由这样一把武器射出来的。

强有力的证据由此处累积了起来。麦迪逊警察局警长理查德·瓦尔登就自己 1984 年 2 月 7 日同富兰克林的电话通话出庭作证。之后是坦白录音本身——录音内容让人不安，但同时对众人期盼已久的正义又是清晰的证据。当庭审第四天播出录音的时候，十二名陪审员和两名备选陪审员都听到了富兰克林的坦白和他充满仇恨的话语。

在周五上午的结案陈词上，哈洛将这起谋杀称为"一次冷血的处决"，并说道，"他因这么一桩恐怖、毫无人性、毫无意义、毫无必要的行为而有罪"，且这桩罪行是哈洛所见过的，"最像是为了乐趣而进行的杀戮"。他还说："他为自己的所作所为感到骄傲。他想要大肆谈论罪行。他已经压抑了太久了。"提到坦白录音时，他说它是"对一个出色完成的任务的骄傲回忆"。我的想法和他的说法完全一致。"正义已经苦候了九年。我恳请你们不要让它继续等下去了。"他说道。

坦白对于陪审团来说显然是可信的，后者仅用了两个小时就带着两项一级谋杀指控均有罪的判决回到了法庭上。"被告的暴力史、带来的恐怖以及实施的谋杀促使本庭采取一切必要措施让其永远无法再次杀人。"伯恩法官在宣布了威斯康星州法律规定的两个终身监禁判决后，做出了如上的声明。当他问富兰克林是否还有任何想说的话时，在判决宣布时没有流露出任何情绪的富兰克林回答道："没有，法官大人。"

之后，在旁边待命的辩护律师奥尔森的评论被《威斯康星州日报》记者森尼·舒伯特报道了，而我认为他的观察非常敏锐。他表示自己曾有一次在没有通知的情况下去监狱见了富兰克林，这让富兰克林非常手足无措。"他对我感到非常不安。我想，这家伙是在监狱里，他能做什么呢？但他很生气我打乱了他的日程。"所谓日程，奥尔森说，包括了冥想、祈祷和锻炼，以及阅读《圣经》。奥尔森还说他"很狡猾"，拥有"猎人一般的技巧"，"他不擅长抽象思考。在我们九岁、十岁的时候都不乏幻想，想要当超人或者独行侠。富兰克林从未走出这个阶段"。

这一切都是真的，但你无法否认富兰克林高超的犯罪技巧。尽管四散各处的目击者都认为他们曾目睹他出没在旅店里或者刚发生了枪击案的现场附近，但在所有他犯下或者被怀疑是他犯下的谋杀中，没有人真见过他手持武器、身处射击的地点、扣动扳机，或者实施任何具体的谋杀行为。要不是因为哈尔·哈洛提到过的事实，"他想要大肆谈论罪行，他已经被压抑了太久了"，那么这起案子就不会开庭审理。所以，在两个层面上，无论是行动本身还是想要谈论罪行的冲动，富兰克林还是最终敲定了自己的命运。

法庭之外，哈洛评论说："我反对死刑，但富兰克林先生让我的信仰遭到了极大挑战。富兰克林先生是一个直到他死的那天都存在危险的可悲生物。"

第十六章

　　从我为他做了最初那份画像以来，约瑟夫・保罗・富兰克林的罪行清单已经又显著增加了。对他服刑期间的表现做过研究后，我终于准备好和他第一次面对面了。

　　借助特勤局—联邦调查局的刺客性格联合研究项目，特勤局特工肯・贝克和我申请了一辆调查局公车，从匡蒂科开到了伊利诺伊州马里昂的美国联邦监狱。肯和我最初认识是他被特勤局派来参加联邦调查局在匡蒂科举行的警务研究员项目的时候。这是一个时长在九至十二个月的犯罪调查、分析训练课程，内容涵盖了审讯技巧、罪案调查及主动策略、诉讼策略，还有专家证人取证技巧。肯是有着优秀特勤工作背景的杰出特工，在完成了警务研究员项目后，他被永久地派驻到了我们的小组。还有一名来自酒精、烟草、火器和爆炸物管理局的特工格斯・加里同我们合作，这两人极大地扩大和提升了我们工作的范围和专业度。

　　我和特勤局的关系始于 1982 年。在做了富兰克林的逃犯分析两年后，当时的特勤局主管联系我，让我为一个自称为 C. A. T. 的人做一份性格分析，后者曾给卡特总统写过一份威胁信，而当时已经又写了好几封威胁信给里根总统。特勤局最关心的问题是这个人到底危不危险，毕竟其中一封信里附了张照片，显示他可以近距离地拍到一名纽约的参议员和一名国会议员。更令人担心的是，这些信件是从全国各地发出的，显示出 C. A. T. 流窜性很强，和富兰克林一样。

在我给出画像后，我们在《纽约邮报》上刊载了一则措辞审慎的广告；而 C. A. T. 也回复了，并以为自己是在回复一名报社编辑，回复中鼓励这位编辑打电话给他，并安排一次秘密会议。实际上，这个所谓的"编辑"是一名特勤局特工，我们培训他如何在电话上同未知嫌疑人交谈并引他出来。我认为他会从某处的公用电话打进来，比如中央车站或者宾夕法尼亚站，或者从某个大型图书馆里的公用电话上打进来。我们设置了圈套，并追踪了电话线路，同时诱使他保持通话，最终让特勤局和联邦调查局的联合小组得以确定他的具体位置，并在宾夕法尼亚站的公用电话亭将他抓获。小阿方斯·阿莫迪奥是一名二十七岁的纽约本地人，他因为这个世界没有对自己施以任何关注而心怀怨恨。他并没有任何特定的政治诉求。在庭审法官要求对他进行精神检查后，他被关进了精神病院。我不认为他会带来即时的危险，但你总得担心这样的人的原因在于，总会有生活压力变得比对死亡的恐惧还要大的时刻。

我们前去监狱途中的第一站，去见了一个使命感宏大得多的人。在去马里昂的路上，肯和我稍微往南走了一点，去了田纳西州摩根县的灌木山州立监狱。我们会面的对象是 1968 年 4 月 4 日在孟菲斯用狙击的方式刺杀了小马丁·路德·金博士的詹姆斯·厄尔·雷。我希望自己能说我们从他身上获得了大量的情报，但此时，距离金博士被害已经过去了二十多年，雷已经深陷在自己的妄想之中，我们无法确定他还能记住什么，我们显然也没法进到他脑子里去探究刺杀前的瞬间、刺杀的瞬间和刺杀完成后的时间。

总体上来说，我们已经发现了刺客型人格都有着某种程度的妄想和偏执，但还不至于发疯。他们会对特定种类或者族群的人感到愤怒，也会迁怒于任何有着和他们不一样信仰体系的人。但雷已经到了一个极端。尽管一开始承认有罪，但他现在已经撤回了自己的坦白，声称他意识到自己是不知情的受骗者，被卷入了刺杀民权运动标志性人物的阴谋之中。这些都不是真的，但我不能说我们可以从他身上得到任何有价值的洞察或者有用信息。不是所有的监狱探访都能如你所愿。

同样，我不知道同富兰克林的会面会如何进行，或者他会对我们做出何种反应。所以当我们驾车穿过肯塔基州前往伊利诺伊州的路上，肯和我聊出了一个策略。我们已经对他的犯罪档案进行了深入广泛的研究，读了我们能找到的所有新闻报道。我给肯的建议是我们把自己呈现为来自两个不同执法机构的特工，并对他的犯罪"成就"大为惊叹，想要知道他是如何做到长期以来都比我们更精明的。我们决定，相比采访其他连环杀手时通常穿的那种让对方放松并象征性缩小我们之间差距的休闲装，我们最好穿上黑西装。面对富兰克林，我们认为要有不同的方法。一方面正式装扮会反应出我们的权威性，同时我们还会让他在会面过程中占据主动。我们还会鼓励他向我们提问，或者暗示他想聊的话题。要去满足他脆弱但巨大的自信，让他感觉自己占据了优势，并且再次处在了掌控局面的位置上。

访谈刺客在某种程度上同访谈连环杀手、强奸犯和其他暴力犯罪者不一样。他们几乎总是把自己定位成受使命驱使的人，使命可能是政治方面或者社会方面的，也可能和个人紧密相关。举个例子，尽管大卫·伯科威茨同自己的受害者们均没有产生性接触，但他的罪行显然是对自己在性方面的自卑感受的补偿。除了杀掉那些建立了亲密关系的情侣这一动机，他的动机还包括了追求声名。通过在纽约全市制造致命恐惧，他获得了一种掌握了权力的幻觉。

在进行监狱探访的时候，我们一直努力让差旅的效率最大化，所以富兰克林不是唯一一个我和肯打算在马里昂监狱采访的、有着明显政治动机的杀手。我们还想见见被称为"加里"的加勒特·布罗克·特拉普内尔，他因为劫持航班、绑架和持械抢劫同在这所联邦监狱服无期徒刑。

　　放在一起看，特拉普内尔和富兰克林组成了一对几乎能在每个方面都形成对比的研究对象，除了两人都很擅长抢银行以外。特拉普内尔是我见过的最聪明的罪犯之一，大胆地说，就是我接触过的最聪明也最"有魅力"的罪犯，同时也是最有手段的。他靠行骗、抢银行和偷盗为生。他在加拿大抢了很多银行，在巴哈马偷了价值约十万美元的珠宝，还有一堆化名和假身份，同时和至少六名女性保持着婚姻关系。1978 年，他成功说服一名四十三岁的女性朋友芭芭拉·安·奥斯瓦尔德从圣路易斯劫持了一架直升机，迫使飞行员飞到了马里昂并停到监狱院子里便于救他，这也许是史上最大胆的劫狱创意。在降落过程中，飞行员艾伦·巴克勒齐，一名越战老兵，成功从奥斯瓦尔德手里夺下了手枪，并杀死了她，从而瓦解了劫狱计划。

　　他最臭名昭著的罪行也是让我有兴趣把他作为研究对象的原因。1972 年 1 月 28 日，洛杉矶，他将一支 .45 口径的手枪藏在手臂的石膏里，登上了一架环球航空公司的飞机。在前往纽约的飞行途中，他劫持了飞机，并给了一份清单：三十万六千八百美元现金（他在最近一场庭审中损失了这个数额的财产），释放被囚的黑人教授及政治活动家安吉拉·戴维斯，以及由理查德·尼克松总统为他签发的正式赦免令。

　　当飞机降落到纽约肯尼迪机场后，特拉普内尔释放了九十三名乘客，但扣留了机组成员以继续谈判。他威胁如果自己的需求得不到满足，就会把飞机撞进候机楼。八个小时后，他同意换一批机组成员并给飞机加油。在换人质的时候，联邦调查局的一个小组装扮成地勤人员登上了飞机，成功开枪击中了特拉普内尔的手臂。在被带离飞机的过程中，他再次重复了自己关于释放安吉拉·戴维斯的诉求。

　　对他的第一次审判以陪审团未作出裁定而结束，原因是其中一名陪审员相信了他患有精神病，该次辩护的核心是他有多重人格。他在第二次审判被判有罪。

当我们快要抵达马里昂的时候，肯和我预期会见到两个有政治动机但位于政治光谱两端的罪犯。特拉普内尔甘冒巨险以求让戴维斯博士获释，这其中的风险甚至比富兰克林每次枪杀黑人受害者的时候都要大。但我无法搞清楚特拉普内尔提出这个要求的原因。我从他的背景中无法找到任何同左翼、民权或者激进主张有特别关联的东西。谣言说他对戴维斯有着迷恋，但那完全不是他的性格。所以，他真正的动机是什么？我们想要看看特拉普内尔和富兰克林到底是不是有类似的性格但怀着相反的使命。如果是这样的，那我们就能获知关于受使命驱使的犯罪人格的重要信息。

马里昂监狱是由大量乏味建筑组成的一个大型综合体，两条平行的围栏和围栏两端的建筑构成了一个闭合的空间，四周环绕着一条道路。监狱地处从周围森林中伐出的一块绿地上。进出通道恰如其名地被称为"监狱路"。我们把车停到了正门外的停车场，然后登记入内。望着一排建筑并想象它们背后的监狱院子很是有趣，会让人好奇特拉普内尔和富兰克林想了多少种方法来逃离此处的禁锢。

第十七章

我们见到富兰克林的时候，他依然被羁押在位于地下的保护区 K 区里。经由一条从我和肯等候的小房间里能看见的、安着金属扶手的楼梯，他从囚室里走了上来。你能听到下方传来的监狱的声响。有两个联邦调查局特工在监狱里的消息已经传开了。我们很惊讶富兰克林是独自上来的，没有守卫押着他。

我们会面的房间有着米白色的墙，窗户上装着铁条，一张桌子周围环绕着几把塑料折叠椅。肯和我穿着我俩的黑西装。富兰克林戴着厚厚的眼镜、穿着牛仔裤和一件蓝色的监狱衬衫。我记得他在过去多年里留过长短不一的浅棕色头发，而现在他的头发又长又乱。他似乎异常无精打采，因而很感激有两名联邦特工来这里见他。我们请他坐到椅子上，但他保持着站姿，一直站完了整个会面。

我们不是来审问他或者要他澄清任何案件的，但真能这么做的话我会很开心的。我们来这里是为了更多地了解他的脑子是如何运转的，以及我们要怎么应用到对刺客、狙击枪手及类似罪犯的研究中去。如果你认为这会像是一场庭审中的交叉质询，那显然不是。如果你想象这会像是克拉丽斯对质汉尼拔·莱克特，那也不是。计划是要让对话保持平静而轻松。你不会想让气氛变得剑拔弩张或者打他的脸，因为你不想要他因为被激怒而编造出任何虚假回忆。那对于我们的目标来说有害无益，我们的目标就是想要搞清他真正的感觉和动机，以及它们是如何和罪行本身相互关联的。大部分案例中，我们面对的是那种德国犹太裔哲学家汉娜·阿伦特在报道 1961 年耶路撒冷审判阿道夫·艾希曼时所说的"平庸之恶"。无论在个人层面上，我的情感获得了多大的满足，我也从未在这种监狱会面中表现出指责或是愤怒以及道德上的高人一等——如果采访对象变得过于紧张了，那我就无法达成目标。

我们有几个目标，其中一个就是看看富兰克林同我针对他做出的最初分析有多匹配，并更深入地理解他的真实动机。九年前的 1980 年，当我做出逃犯分析的时候，画像和行为分析还是个新的领域，是试验性质的。坦白说，我有很多地方都是猜测的。现在，随着项目根基日益稳固，还有一整个专家团队同我合作，我想要看看自己从整体上以及在不同案例里，做对和做错了什么。

我们知道在富兰克林开始他的狂暴杀戮之旅前，已经脱离了之前参加的各个右翼组织，原因是他觉得后者光说不做。但我们真正想要明确的事之一就是具体在何时何地，他开始了那种危险的行为。他生命中的诱因事件都是什么？他到底筹备到了何种程度？他做了多少计划？以及每次犯罪的时候他脑子里想的是什么，还有犯罪后的几小时、几天里又想了什么。就我所知，他从未对任何不是自己犯下的罪行宣称负责，因此我至少能确定可以从他这里获得可靠的事实。

我无法给出我们同富兰克林交谈的逐字稿，因为在我们的第一次罪犯会面后，也就是同埃德·肯珀的会面后，我们就停止了录音。和审问不同，你在审问中是去寻求证实事实、驳斥谎言，而狱中采访则更主观和宽泛，聚焦在情绪和情感上，我们希望交谈对象去自由地思考和回答，不因为担心他们所说的话会被用来针对自己而有所保留。这对于富兰克林这种妄想型的人来说尤为重要。

无论他们因何入狱，或者他们的刑期有多长，大部分囚犯都有着某天能获释的模糊希望，不管出狱后是走上正道还是再回到犯罪生涯里。所以我通常会给出一些能促进配合的鼓励，比如，"我们不能保证任何事，但通过参加这个，你能帮助执法部门去理解有关情况，我们也会向典狱长及其他官方机构表明你诚实且直白地回答了我们的问题"。这对于富兰克林这样的人来说会是特别有效的一招：我们通过研究他的背景知道他曾经想当一名警察，所以试着让他觉得自己在这事儿上像是一个"搭档"。

通过话语和肢体动作，我试着表明我们采取的方法是和蔼、不预设立场的。如同在人质劫持谈判中，目标是倾听对象说的什么，然后重复他说的内容并解释他说的，让对方知道你们是在同样的频道上。如果你让他们听到了你理解的他们之前所表达的内容，就能在建立信任上迈出一大步，确保你获知正确信息。

富兰克林表现得很礼貌，甚至近乎友善了。一方面，这并不让我感到意外。如果他在处理"具有挑战性的"人际交往时表现得阴沉寡言或者充满威胁，没有搭车客会上他的车吧。同时，他也显得很谨慎，双眼不停地在肯和我之间来回扫射，试图把我们掂量清楚。这和我读到的，警方警探们及酒精、烟草、火器和爆炸物管理局特工们对他的描述形成了鲜明对比；在后者的报告里，他一开始就表现得很直白。我认为不同之处是因为在那些时候，是由他主动发起了会面，所以他感觉自己掌控着局面。但这次是我们申请同他交谈，他并不知道我们的目的何在。

他一边保持着站姿，一边用开玩笑的语气问我是不是一个打入了三K党内部的联邦调查局特工，因为他曾表示三K党里的联邦调查局线人可能比真正的成员还多。

一旦向他明确了我们已经深入研究过他的背景和档案，他更放得开了。我们解释了刺客研究这个项目，表示既然他是如此成功且犯案不少的杀手，我们认为把他纳入项目是很必要的。他点了点头，似乎很欣赏这样的认可。这个策略通常在这种自大杀手身上最好用，对那些自认非常重要的罪犯最好用，而富兰克林显然就是这种情况。

我在监狱会面中采用的技巧是基于我对谈话对象的了解，再告诉他我理解的有关他的情况，看他如何反应。我花费了如此多时间和精力去研究他们生平这一点，通常会让谈话对象感到高兴，同时也会让他在和我们的互动中就自我形象做出准确的定位。

我回顾了他早期的生涯以及和父母的关系。我说我明白他一开始是个好学生，但后来对上学失去了兴趣。他对运动队或者课外活动不是很有兴趣，基本上独来独往。他听得多说得少，这让我们意识到我们的方向是对的。

想要试试自己能多么深入到刺客的视角，我们开始问他是不是知道卡特总统在 1980 年 10 月的时候会在他当时身处的位置附近举行一次竞选活动。他承认自己知道这事儿。但当我们问他，考虑到他给之前还是总统候选人的卡特写过的那封信，无论他是不是真计划要刺杀他，当时他似乎已经放弃了这个可能。富兰克林表示，他不是没想过要远距离刺杀一位总统，就像亚瑟·布雷默一样，但在肯尼迪总统遇刺后，想要干掉一名总统变得过于困难了，他显然不认为自己能够从选定的狙击地点完成这样一次刺杀。他表示自己不认为卡特总统重要到值得牺牲自己的生命，哪怕他有机会带着枪靠到足够近的地方。

那并不意味着他从任何种族主义或者反犹太思想中抽身而退了。正如他在之前和调查人员会面时表现出的一样，他完全就认为自己的这些观点是理所当然的。他唯一的遗憾是未能引发全面的种族战争，尽管他也意识到自己已经激励到了其他有类似想法的人。

让我们俩震惊的是富兰克林对于自己的信仰有多坚贞，以至于他对此毫无愧疚。他还对于自己受不受欢迎或者大众如何看待自己漠不关心。不是说他对那些和自己有着一样想法的人反应冷漠：他显然视自己是那群人的英雄，想要获得他们的肯定。更重要的是，他明确表示他感觉自己实际上是在为他们写下用来效仿的剧本。这对于一个不断杀人的凶手来说可谓罕见。他们要么只想满足自己的黑暗幻想且逃脱法网，要么像是大卫·伯科威茨一样想要获得昭著的恶名，以及通过散布恐惧而造成拥有权力幻觉。在想要影响到谁这一点上，富兰克林的想法有着非常明确的不同。因此我也会把他定义成一个深思熟虑的人，至少面对那些让他感兴趣的事的时候是这样。

我问他关于弗农·乔丹的枪击案，他从未承认犯下了那桩案子。我回顾了印第安纳的情况并描述了我对案子进展的看法。在回答的时候，他笑得像是《爱丽丝漫游奇境记》里的柴郡猫，带着我只能定义成骄傲的表情回问我："那你觉得呢?"我耸了耸肩，暗示他继续。"我只想说正义得到了伸张。"他说道。我探查到了真正的内心冲突。当我和肯事后聊起这一幕的时候，我们坚信富兰克林害怕要是自己承认了这桩案子，就会在监狱里传开，黑人囚犯们则会想办法干掉他。

另一方面，他轻松承认是因为拉里·弗林特刊发了跨种族情侣的色情内容而枪击了后者。他明确表示，尽管有着坚定的基督教信仰，但他并不反对色情内容——他实际上是个很活跃的消费者。但当看到画册上刊载了跨种族情侣的内容，他气炸了。

一开始，他去了位于俄亥俄州哥伦布的《好色客》总部，并在当地电话黄页里查明了弗林特的住所和办公室地址。但当他到那里的时候，发现弗林特去了佐治亚州就淫秽指控出庭受审，还和吉米·卡特总统那个传福音的妹妹鲁斯·卡特·斯泰普尔顿待在一起。我们在会面前做过调查，发现他俩真在一起过，而且斯泰普尔顿一度还当过色情演员。富兰克林开车去了她的住所，但并没有看到弗林特的任何行迹。

之后在亚特兰大，他得知审判会在劳伦斯维尔进行，所以在地图上查明了地点。当看到两地距离不远时，他直接开车去了那里，住进了一家旅店，开始监控法庭，寻找一个可供狙击的好位置。他读到弗林特喜欢在 V&J 餐厅吃午饭，所以在餐厅和法庭之间走动，找合适的狙击位置。富兰克林在附近找到了一座废弃的建筑。随后他从那里扣动了扳机，并认为这一枪足以杀死弗林特，因此当他知道弗林特活了下来后很是失望。他告诉我们自己甚至考虑过去医院把他干掉，但因没法找到安全的逃离路线而作罢。

他详细描述了自己是如何计划狙击刺杀的，如何提前试着把每一个细节都具象化出来，就好像演员或者舞者在登台演出之前那样。他说自己会试着想到、计划好每一种可能情况的后续措施，比如如果一个警察偶然出现在枪击现场或者听到了枪击怎么办。他总会把多条逃离路线规划好，并知道自己要如何处理武器。要是只能伤到一个人，他会觉得这次任务失败了。

在很多次采访中，那些非言语线索和采访对象口中的内容在重要程度上不相上下。当富兰克林站在我们面前时，他会演出他所描述的内容，展示他用到的技术和搏斗技巧。我很确信他认为自己给我们留下了深刻的印象，但当肯和我对视的时候，我们必须控制自己才不会因为他荒唐的滑稽动作而笑出来。我不停提醒自己他正骄傲地表演着自己杀害无辜人类的技巧。

这些会面对于我来说一直都很有趣，富兰克林这次也不例外，无论采访对象如何躲闪或者宣称不记得自己生活中的某些特定信息，甚至忘记了一整段人生时，但每当在描述罪行本身时，一旦他们把自己带回了当时的那种精神状态，他们就能回忆起每个微小的细节。他们也许不怎么记得受害者的反应，除非后者的反应是关键部分，但他们经常可以复述出犯罪过程中做出的每一个动作。富兰克林符合上面的每个描述，他能告诉我们具体的位置，回忆起他驾驶的汽车，如果下车了，是在何时下车的，还有他使用的武器型号以及子弹的口径和他为了打出最高效的一枪而瞄准的位置。

当我让他谈谈达雷尔·莱恩和丹特·伊万斯·布朗这两个辛辛那提男孩的谋杀案，并把他的心绪又带回到那座他透过瞄准器俯视两名男孩的铁路桥上去时，他以一种漠不关心、就事论事的态度应付着我。他能够再现自己扣动扳机执行每次枪杀的具体时刻。是的，他当时期望能干掉一对跨种族的情侣，但当看到那两个男孩走来的时候，他认为至少这是一次性消灭两个黑人的机会。

我仔细听着，想看自己是否能够探测到一丝后悔，后悔被害者是如此年轻，以及这两个家庭的悲伤是多么难以想象。我的确认为富兰克林带着一点点轻微的后悔在回顾这件事儿，但是在我看来，这点后悔甚至还不至于让他为此失眠。

最启发我的不是他回忆起的细节，而是他回忆这些细节时的态度：其中既没有欢欣也没有懊悔。如果他谈论的是开了五枪才打死一个人，那他谈论的感觉就好像是一个专业棒球运动员在描述自己昨天比赛中五次挥棒才击中一球一样。一方面，他对自己的种族主义表现得直接又充满激情，还淡定地表示他感觉白人正面临存亡危机，但他对于罪行本身的描述则完全是程式化的。

当我们提起在麦迪逊对曼宁和施文的随机谋杀时，他转移了话题，开始给我们讲自己是怎么计划要杀西蒙森法官的。但当我们把对话引回到东城商场停车场的时候，他承认当时脾气失控了，因此偏离了最开始的目标。他承认对他来说这是个愚蠢的行为，但也很幸运地跑掉了。他一直把话题拉回到西蒙森身上，说自己多仔细地谋划了那一次谋杀，甚至细致到了他能够准确认出对方，因而不会错杀别人。大部分暴力罪犯都充满了矛盾，这些观察能帮助我们描绘出富兰克林犯罪动机中有预谋和无预谋的部分。当他能够保持自己高度系统化的信仰体系不受干扰时，他就是个很有组织的罪犯。但当他一点就着的脾气被触发了，哪怕他能够回到那个信仰体系去针对自己愤怒的对象，他犯罪人格里有组织的那部分也会突然消失。哪怕他自己承认枪杀停车场的那对情侣是欠考虑且高风险的，他讲述这件事儿的方式也显然觉得是这对情侣碍了事，因此要承担他无法完成任务的责任。但同时，他似乎也在暗示能为世界多除掉一对跨种族情侣，至少也是一种成就。

这不仅仅是他个人被黑人和白人交往这件事给冒犯到了。他的终极恐惧是他们会交媾，这也是他对于《好色客》反应这么激烈的原因。"种族融合会导致白人的灭绝。"他说道。从他的语气以及放松的肢体语言里，我们得出这是一句他经常引用的话。实际上，我已经感觉到那些种族主义的宣言和话术是他的某种防御，某种保护他不会滑入到让自己自卑境地中的方式。

和很多因为性而非使命感成为连环杀手的人一样，富兰克林告诉我们他一直在寻找目标，一直在狩猎。这能够解释他行为的连续性，无论是查塔努加炸弹案这样详细计划的案子，还是麦迪逊东城商场停车场这样仅仅因为他前面的车开得不够快就开枪的案子，以及在辛辛那提因为找不到跨种族情侣可杀而随机杀了两名还是少年的表兄弟的案子，都是如此。关键在于，每起案子里，他都准备要剥夺一条生命，他为送上门来的机会做好了准备。

他和典型连环杀手之间的区别在于，比起后者会回到犯罪现场、抛尸地点或者从受害者身上搜集纪念品，总之就是想要展示权力、获得犯罪的满足和愉悦的行为，富兰克林一旦扣动了扳机或者引爆了炸弹，他就算是完成这次犯罪了，并已经开始考虑下一次了。

在我接触过的捕食者类型罪犯中，一贯手法和标志性行为的区别非常重要。一贯手法是罪犯用来完成罪行的方法，比如带一支枪和一张纸条去他打算抢劫的银行。而标志性行为则是他在犯罪过程中用以从精神上满足自己的行为。比如，对"BTK绞杀者"丹尼斯·雷德来说，标志性行为就是捆绑以及亲眼看着受害者慢慢死去。

这就是为什么富兰克林对自己手法的描述对我极具启发性。我必须要说，他犯罪生涯的一个方面和我们对任何未知嫌疑人做出的分析都无法匹配，那就是他既用到了枪支，也用到了爆炸物，以及他既针对非裔美国人也针对犹太人。这非常不寻常，也许导致了被我们称为关联盲区的情况——不能将两起或者更多案子联系起来并将其归在同一人名下，无论这人我们已经知道，还是尚为未知嫌疑人。一旦我们得以审视富兰克林的案件和背景，这一切就都说得过去了。在眼睛受伤后，他把自己训练成了射击高手，这也让他成了一个技术高超的狙击手。而通过让自己沉浸在纳粹和极端右翼资料中，他学会了如何制造基础但够有效的炸弹。所以，一贯手法对他来说无关紧要，重要的是如何高效地杀掉自己的目标。我想不到还有其他连环杀手能够符合这个描述。通常来说，一旦他们找到了一种适合自己的方式，他们就会坚持使用。当然，如果杀戮的手段还是标志性行为的一部分，那更是完全不会改变了，尽管也许随着时间的推移，手法会轻松地变得越来越精密。

然而，富兰克林不是"智能炸弹客"西奥多·卡钦斯基，后者需要通过制造复杂精美的炸弹并邮寄给精心挑选的目标来展示自己的智商。富兰克林远没有如此讲究。他不得不在现场用炸药和雷管拼凑出炸弹，还得在现场引爆。他不去思量谋杀方式的"艺术性"，只考虑结果。

当我们问他如何选择用枪还是炸弹来袭击一个特定目标时，他真没有答案。他说炸弹有可能杀掉更多的人，这正是他在查塔努加犹太教堂爆炸案里所期望的，但没有解释为何自己选择炸掉莫里斯·阿米泰的住所，而不是藏着等他露面后开枪射击。我们怀疑这可能和他刚引爆了一个炸弹有关，因此他对再次使用炸弹感到安心。

随着富兰克林进一步解释，似乎可以归结为看他在某一刻能拿到什么，在某些地方爆炸材料比其他东西更容易获得。换句话说，和西奥多·卡钦斯基这样一个有着天才级智商并为自己制作炸弹手艺而骄傲的人不同，对富兰克林来说，枪和炸弹都是他的一贯手法——是达成目标的方法。这样多变的一贯手法和他的组织能力没有一点关系；

这不过是符合了他的标志而已——袭击黑人、犹太人以及反对种族融合。

他在其他方面也很实际。他告诉我们自己绝不会在打算进行谋杀的城镇里抢银行，反之亦然。他知道大部分银行都有视频监控系统，哪怕他一贯会乔装打扮，也不能冒因为目击者和监控视频而被同两起罪案联系起来的险。

不像雷德，甚至也不像卡钦斯基，富兰克林不会对行动本身充满幻想：行动不是能让他兴奋的部分。相反，是使命让他兴奋，所以他的工具是一支枪还是一堆雷管或者其他爆炸物，这一点都不重要。只要这些东西干掉了他的敌人，他就满意了，就能继续下一桩了。

尽管如此，我在听他说的时候也感觉到，这不是一个完整的解释。随着他从一个地方奔袭到下一个地方，他经常载上搭车客；但只搭少女和年轻女性，其中有些人是妓女，但大部分不是。当我问他这件事儿的时候，他重复表明自己是想要保护她们远离危险，尤其是黑人捕食者的危险；尽管讽刺的是，他自己可能正是那些人在和他相处时所能遇到的、世上最危险的捕食者。

我们一边听他说一边分析他，我们意识到富兰克林是一个和我们不相上下的画像师。每次他选中某个女性的时候，他都会执行自己的分析流程，通过问问题引出他感觉会和自己的"工作"有关的信息。他明确表示自己是一个义警，他同时也在进行受害者分析，和我接手一个案子时一样。不同之处在于，我是在罪案发生后分析受害者，试图搞清楚当时她遇到了什么样的风险，以及是什么让罪犯选择了她来实施犯罪。从另一个方面，富兰克林则拥有战略优势，让没有警觉的年轻女性上到他车里，并在他决定后者是因自己而获得救赎还是成为自己的受害者之前，拥有对后者的控制权。

在分析他的冲动性和组织性时，这些对搭车客的谋杀也不应该同东城商场停车场谋杀案混为一谈。尽管每次载人都是随性的，这其中的方法和犯罪意图则不是。他也许因为她们的长相而停车搭人，或者凭当时的感觉；但在那个年轻女性进到车里后，他打算做的都已经计划好了，他也知道了要把她放在自己的道德天平的哪一边。

再或者，在更符合性心理学的语境里，他之所以搭载这些女性是因为她们让他产生了兴趣。之后，像是一个严厉但充满爱意的父亲或者占据主导地位的人，他可以决定她们是该获得奖励还是惩罚——在这里，就是生或者死的区别。从这里，他回到了我对于连环暴力捕食者型罪犯的通常认知之中。我们已经知道，他和自己的兄弟姐妹遭到过严厉的生理和心理惩罚，经常还是在他们并没有意识到自己做错什么的时候。而面对这些女孩和年轻女性，他重演了自己父母的角色，再现了自己的童年创伤，只不过程度要高得多、后果也致命得多。他对于品行不端的终极定义就是种族融合。所以，要是他发现其中一名女性涉足其中，那去惩罚她就是他的特权和义务，无论她自己有没有意识到做错了什么。对于几乎所有的连环杀手，哪怕性的元素在罪行中只是次要的，拥有惩罚受害者的权力这一点都是一个巨大的动机以及能诱发犯罪的刺激。

尽管他不会向我们承认，我怀疑他在主动开车找寻女性搭车客，并暗中希望她们和黑人男性发生过关系，这样他就可以给予对方自己定义的规训和正义。

我们发现家庭对于几乎所有的捕食者型罪犯都有着巨大的影响。他们会成为什么样的人以及会做什么事都深深根植于家庭之中。随着我们追溯到他的成长阶段，富兰克林显然过得非常凄惨。除了父母双方的体罚，他描述母亲如何坚持他和弟弟戈登每天要直接从学校回家，如果愿意可以坐在沙发上看电视，但不能在外面和别的男孩玩闹。尽管这本身不是暴力行为，但显然是一个不稳定的女性在显示自己极端的控制欲。富兰克林告诉我们他认为这阻碍了他的情感发展。我不会反驳这一点。频繁召妓，和那些你无需用魅力征服的人性交，是情感发展受阻的成人男性常见的表现。他还提到自己的母亲曾说她的母亲以前会打她。不幸的是，这并非什么罕见的模式，正如我们知道他也开始殴打自己的第二任妻子阿妮塔一样。

在某一刻，他说他曾见过自己母亲在德国的家族的照片。里面的年轻男孩们穿着希特勒青年团的制服。我们能从他犹豫的话语以及绷紧的身体上看到他对于自己家庭的矛盾看法通过这个事实给进一步搞迷糊、搞复杂了。他讨厌自己的母亲，对父亲也不太喜欢，所以一方面他一直不喜欢父母的家族，但在另一方面意识到自己来自一支纯种雅利安人给了他一种对血缘的骄傲，并强化了他的使命感以及履行自己纳粹使命的目标感。

富兰克林对童年事故的记忆非常清晰。当时一家人住在新奥尔良。尽管之前他口中的事故原因在 BB 枪和不幸从自行车上摔下两种说法间轮换，但他告诉我们真实发生的是，当时他和戈登在后院玩，试着把一根弹簧从一扇旧百叶窗里拔出来。他们两人各持一端，当弹簧突然弹出来时，正中了他的右眼。如果是 BB 枪导致的事故，我之前已经在理论上分析了他对于精准射击的痴迷也许是一种心理上的弥补，想要掌握并控制那个伤他如此之深的物件。但当得知真相后，我不得不放弃了这个理论。

他说，被打到眼睛的瞬间，他立马感到一阵剧痛，视野里全是红色。他被紧急送往慈善医院，在那里的病房里躺了一个星期。当他出院的时候，他告诉我们，其中一个医生告诉他母亲一定要在某个时间后带他回来做恢复视力的手术。她一直没有带他回去，等他大到可以独自处理这事的时候，被告知因为眼球上的瘢痕太多，已经导致白内障了。

他告诉我们，在狱中的时候，他有时会幻想杀死了自己的母亲。当我们问他是不是觉得自己谋杀别人是为了转移对母亲的愤怒，就好像埃德蒙·肯珀所做的一样，他说他认为那可能真是原因之一。

这正是我一直追寻的线索之一。几乎总有一个诱发事件或者一系列的诱发事件结合了别的催化剂，最终导致了犯罪和暴力。我们判定查塔努加的"和平之家"犹太教堂炸弹案和马里兰州阿米泰住所炸弹案是富兰克林最初的杀人尝试，尽管每一桩都没能成功。然后停车场上的那桩案子让富兰克林从愤怒和仇恨变成了敢于对眼前的受害者动用致命手段。但就眼睛受伤的原因来看，这显然没有导致富兰克林选择成为枪手这一补偿性行为，却强化了他对自己母亲的厌恶和恨意，这在其后需要释放的渠道。要不是因为她，他似乎想告诉我们，他的眼睛就能被治好，他就能加入军队或者在执法机构获得一份工作，那他就无需在之前的案子里去寻找自己渴望的权力了。

当然，这本身是一个过于简单的答案，也并不能解释他对非裔美国人和犹太人的炽烈恨意，但这的确可以在很大程度上解释"先天和教养"这个难题——这也是我们在针对犯罪人格的研究和分析中一直在处理的问题——这也适用于富兰克林。考虑到他的先天心理以及家庭教养和环境的影响，特别是他对母亲施加的虐待和忽视的看法，就好像是先天给枪上了膛，而教养扣动了扳机。

人们有很多方式来展现糟糕的成长环境和家庭教养。当我在1970年代刚开始做这类研究的时候，我们因为几乎所有连环杀手都是男性这一事实而大感困惑。的确，男性体内充满了睾酮，这被认为能导致攻击性；以及男性通常更强壮，相比女性，在进行性侵犯的时候更具生理优势。但当我们想到女孩子们也许和男孩子们一样频繁地遭遇糟糕家庭环境时，我们不禁好奇是不是因为女性比男性更能够压抑自己的愤恨、怒气和厌恶，或者仅仅是因为在同样的遭遇下，她们受到的伤害更小？但这点似乎不太可能。

正如之前讲到的，我们发现女孩们同样会受到影响，哪怕程度不比男孩们更深。但和男孩们不同的是，随着她们长成女人，她们更倾向于内化自己受到的虐待；相比发泄到他人身上，更容易发泄到自己身上。这会以自残或者有害行为的方式展现出来，比如卖淫、毒品成瘾或者持续地和虐待她们的男性交往，因为她们成长过程中会一直感觉自己不配被更好地对待。

富兰克林遵循的是男性的行为模式。相比内化自己的愤怒，他选择了将其外化，首先是寻找有着同样信仰的人和组织，然后自己行动，把自己定义成一个实干家。值得指出的是，沃恩家四个孩子都在自家父母手里受过罪，两个男孩成年以后都一直深陷问题之中，而两个女孩则在长大后过上了相对正常的生活，基本从那种吞噬了她们兄弟的仇恨和偏见里解脱了出来。

我们一直在试图把发展过程中的点连成线，而富兰克林则用自己接下来的回忆为我们确定了一些结论。在我们研究的众多捕食者型罪犯中，富兰克林对执法部门有着矛盾的看法。他说自己成长过程中的英雄是牛仔和杰西·詹姆斯这类的法外之徒，是那些强壮勇敢、自行其是的男性。哪怕已经成年了，他表示自己也频繁地戴着一顶牛仔帽。他也喜欢警徽、制服和枪支代表的权力和英雄主义。少年时，他希望自己长大后能当一名警察，就像自己的叔叔一样。十七岁的时候，他说母亲和一个当地警察聊天，说到自己儿子想当个警察。但那名警察告诉她，很遗憾那是不可能的，因为一个有一只眼睛失明的人是无法入选的。富兰克林说这成了他梦想的终结。不管是不是巧合，这之后不久他就从高中辍学了，并和十六岁的博比·路易·多尔曼结婚，然后加入了美国纳粹党。在此前的几年中，他就已经读过了《我的奋斗》。

这是一个充满了愤恨、怒气和仇恨的年轻人，他不得不为这些情绪找个出口。这样一个人会成为什么类型的罪犯，大部分的决定因素就是他成长那几年的生活条件。在富兰克林这个例子里，他有不自信又暴虐的父母，结合家庭的凄惨贫穷，还有他长大的黑鬼南方①肆虐

---

① Jim Crow South, Jim Crow 是对黑人的蔑称，源自曾流行于棉花种植园中一首歌曲的黑人角色名字。——译者

的种族主义和种族歧视，以及他受到的希特勒和纳粹思想的影响，所有这些叠加在一起，最终让小詹姆斯·克莱顿·沃恩长成了那样的一个成年人。

他明确表示自己在高中就已经加入了纳粹党，原因是他接受了他们的思想。他独立以后才加入三K党。但他向我们重复说明，他没有在三K党里待太久，因为他确定联邦调查局的线人已经渗透进了组织，且其中很多人在他看来不过就是一堆和他父亲一样的酒鬼。

我向富兰克林解释，性捕食者通常会用暴力的色情内容来煽动欲望并刺激行动。他有没有用任何类似的东西来刺激自己？有的，是白人至上主义者报纸上那些详细描写黑人对白人犯下的暴力罪行的内容。每次他一读到就会暴怒，并决定要做点什么。

在他青少年时期就进行干预能不能改变他并避免如今的后果呢？有这个可能，如果有人向他施加了不同于纳粹主义和种族仇恨的积极影响，同时也能有一条脱离贫困以及摆脱绝望的清晰路径的话。不幸的是，这是一个相当苛刻的条件。这意味着，最起码，要能将他带离他的家庭环境，哪怕不离开有种族主义倾向的南方，至少也要把他置于一个年长权威角色或者导师的影响下，后者能够向他展示另一种生活，让他在个人层面和非裔美国人产生有意义的交集。当然，在这个地区长大的绝大部分男性和女性都能摆脱曾无处不在的种族主义，但富兰克林在太多方面都受到了太深的伤害，这已经不是靠自己、经由正常的成长就可以完成的事了。他的种族主义是他赖以为生的东西，因为几乎没有别的东西可以给他带来身份认同和目标，也没有别的东西可以用来归咎他的失败。关键在于，大部分在暴虐、贫穷和充满敌意环境里长大的男性并不会成为罪犯。但我们很少看到连环杀手或者习惯性暴力罪犯来自那种在我们眼中普通而健康的成长环境。

和很多连环杀手一样，富兰克林崇敬他之前的罪犯。他承认自己是从查尔斯·曼森那里获得了发动种族战争的想法。当我提到我在圣昆廷采访过曼森后，他兴趣陡增。他想要知道曼森真人是什么样的。我说我很惊讶他个子那么矮，但他显然有一种用自己的表情、话语能力和肢体语言攫取关注的能力，就好像富兰克林通过无休无止的射击练习来补偿自己的眼睛问题一样。

我对富兰克林描述曼森如何爬上椅子，坐在椅背上，以便自己可以居高临下看着鲍勃·雷斯勒和我。他甚至还劝说鲍勃把自己的墨镜给了他，这样他就可以告诉其他因犯自己成功地骗到了一个联邦调查局特工。你也许会认为富兰克林和曼森这样一个反主流文化的人没有什么共同点。但富兰克林承认他视曼森为偶像，尤其是后者让追随者执行命令的能力，这是富兰克林知道自己无能为力的。让别人出头去杀掉你暗示的对象，对他来说是终极的力量，但富兰克林知道他能唤起追随者的唯一希望是把自己的暴力犯罪作为例子。他似乎仔细研究过曼森。他说和自己的不同之处在于，曼森的策略是干掉一帮有钱的白人，然后怪到黑人头上；而富兰克林更直接——他不过是尽可能多地杀黑人而已。在我们采访了曼森后，我确信要是他真实现了自己当摇滚巨星的梦想，那塔特和拉比安卡谋杀案就不会发生。我甚至从来都不相信他对在给"家人们"布道时说到的种族战争会有任何兴趣。那不过是一个让他们能专注的方便手段而已。曼森也永不可能去追求孤独的杀手生涯，这完全不是他的目的。对于曼森来说，一切都和被认可有关，他要靠别人的努力来过活并让自己凌驾在众人之上。

但富兰克林则对种族战争是认真的。他期望其他的白人至上主义者能看到他所做的，哪怕他们不知道他是谁，但会去模仿他的行为。实际上，最让他烦躁的事似乎是他不像其他连环杀手或者刺客一样有名或者臭名昭著，而这些人的成就在他看来和自己完全不能相比。哪怕有了那么多报道，他也感觉媒体没能真正体会到他使命的重要性。很多以性为动机的连环杀手会把自己和别人相比，既比较名气也比较杀人的数量。比如"BTK 绞杀者"丹尼斯·雷德就不认为自己从媒体上获得了应有的关注，因而嫉妒"山姆之子"获得的报道数量。富兰克林既不自夸，甚至也没有特别地思考过。似乎这对于我们来说应该是显而易见的，他本就是这样的。尽管他对和自己有关的万事万物的认知都不稳定，和对自己使命的看法截然相反，但这显然是他这一轮坦白的动机之一，他觉得自己没什么可失去了。

他还很失望的是，在自己加入三K党的初期，大部分种族主义者最后都是只说不做。他说起的这点成了我们最关注的心理因素之一。对联邦调查局和特勤局来说，需要在什么时候开始担心仇恨思想有可能转变为暴力行为，这一问题至关重要。和大部分连环杀手不同，后者通常会在真正开始实施犯罪前很多年就已在幻想和性有关的犯罪行为了。而像富兰克林这样的人带来了一个令人恐惧的领悟，他距离行动可以只差一次对话或者一份宣扬仇恨的小册子。他抱怨的每一句话或者暗示的每一点都证明了我最初以及现今对他转变的推测。

暴力倾向源于他固有的人格以及脑子里控制着执行功能的部分正发生的一切。因自己的失败而产生的敌意、懊恼、愤怒和仇恨推着他突破了边界，沦入暴力的世界。就我对他这个案例的研究和分析看来，目标——非裔美国人和犹太人——不过是他暴力冲动的借口和释放的出口。恐怖分子们也许会对自己的使命有非常虔诚的理解，但我迄今仍没有见过或者研究过一个没有深层次心理缺陷以及不是想要证明自己价值而采取了行动的人。这正是恐怖分子领导人和军师们学到的，用来认出并招募自杀式炸弹袭击者、枪手和劫机犯的方法。这意味着，如果富兰克林成长背景中的一切保持不变，除开他受到的纳粹思想和种族主义影响，我也认为他还是会变成一个杀手，只不过会有其他的目标。暴力对于富兰克林这样的人来说成为了终极的满足和终极的自我认可。

我观察到富兰克林和其他恐怖分子及刺客之间主要的不同在于，他不是自杀型罪犯，也没有殉道者情结。他冒的所有风险都是经过算计的。在他细心计划中的一个关键部分就是如何离开现场或者怎么逃脱。每次犯罪都会做计划，这是大部分刺客都不会考虑太多的。他们载入史册的行为通常也是他们的结局：要么终结了自己的生命，要么被剥夺了自由，但他们坚信这会奠定自己在历史上的地位。富兰克林没有这样的打算。所以当我提起他在肯塔基州佛罗伦萨第一次被捕的时候，问他是否有后续计划，或者在别的地方存着钱、衣服及别的东西时，他说没有。当晚他并没有计划要犯罪，所以他没有准备逃脱计划。

这是常见于重复犯罪的人身上那种有组织和无规划的混合状态以及矛盾的完美例子。他们认为自己是理智的，并会筹划如何犯罪；但当他们没处在那种状态下，则会在自己的情绪和冲动面前变得脆弱不堪，和我们一样。当富兰克林看到自己的车被堵在旅店停车场，他很生气，又担心在有需要的时候无法开车逃离。当时他就决定要投诉，他说自己甚至根本没想到车里还有枪，因为他不觉得会有人往那里看。

从佛罗伦萨警察局逃脱的过程相当有技巧，显然也是抓住了机会，和他从犹他州大都会司法厅那次短暂逃脱如出一辙。但两次逃脱都没有计划，富兰克林的即兴技术水平也就到此为止了。

这让我们开始询问他逃亡途中的经历。显然他很需要钱，我想要测试一下我的理论，即为什么他没有试着去抢银行，这可是一门他很自信的技术。他的回答验证了我的全部推测。他知道自己是被大肆搜捕的人，全国的警察局都在找他。银行装有监控，哪怕他乔装打扮去抢银行，警方在他逃掉之前抓住他也是轻而易举的。在之前一次抢银行的时候，他也曾遇到装钱的袋子里被安放了防盗爆炸染料包的糟糕经历，他不想再次冒险。

那他考虑过其他形式的抢劫或者盗窃吗？大概想过，他说道，但显然当时他与生俱来的妄想状态已经达到了相当严重的程度，他承认自己当时脑子也不是很清楚。他想要回到亚拉巴马州家里或者南部某个地方，他表示自己有点绝望了。他之前已经卖过了血，知道能从中赚点快钱。

他有没有想到在血液银行的时候容易被抓住呢，即使他用的是假名？他看着我们，表情似乎在说我们什么都不懂。当然，等被关在监狱里再去考虑这一切后会觉得确实如此。但当你在逃亡路上，陌生人投向你的每一道目光都可能成为警方的线索时，你没法想清楚。他当时已经穷途末路了。尽管他嘴上没有这么说，但他暗示自己正在飞速地崩溃。他需要一点钱来重振自己，找一个比庇护所好点的地方休息，想清楚自己接下来的行动。他具备超高的流动性，但他需要一些钱才能上路。

正如之前同执法部门的交谈一样，他描述了自己仇恨信念的细节，很明显我们无法对他的想法有丝毫改变，正如他也没法改变我们的一样。这种他沉浸其中的妄想偏执状态，这种犹太人邪恶地控制了政府所有的机构及商业，这种黑人是犹太人无知的马前卒并在某种程度算不上人的妄想和偏执，在他自己的价值结构里显得逻辑自洽，他也不打算去破坏这个结构。这样的一个人，你越试着去说服他们看清自己思想中切实存在的不合逻辑，他们的反驳可能越虚弱且越杂乱，但是他们会牢牢抓住自己的信念，因为改变自己的信念意味着承认自己的自卑。实际上，富兰克林将自己被捕前历时三年的谋杀和逃窜经历类比成了耶稣在被捕和受难前的三年布道，这个类比他也告诉了其他人。他坚定地相信自己是在执行上帝的命令，声称上帝如果想要各个种族融合，那他会只创造一个种族。他用这个说法来为自己的目标正名。

我们唯一一次突破富兰克林的保护壳是在提到他的女儿洛丽时。她出生于富兰克林四处流窜杀人的几年里，当时应该已经十岁了。我们知道他入狱以来就没有见过她，他也说前妻不让女儿和自己联系。

当他谈起她的时候，他确实显得充满了依恋，这是在他描述自己杀过的所有人时不曾发生的一幕，包括那两个少年。

从这个方面我发现他是典型的连环杀手。在他看来，他杀掉的受害者们不过是非人的物件，可以被完全物化。他自己的家庭成员才是真实的人类，投射了他真实的情感。尽管在孩子即将出生之前他就抛弃了洛丽的母亲，但随着富兰克林年岁日长，也许在情感上更脆弱了。这个孩子不再是一个面目模糊的婴儿，而是一个真实的十岁小姑娘，他未能成为她生命一部分而带来的悲伤是明显能够感觉到的。他似乎怀有这样的幻想：要是他陪着她，那他就可以是一个优秀且很支持女儿的父亲，而不会像自己父母对待儿时的自己那样对待女儿。

显然，在他身上，天生的人类情感不过是自恋以及缺乏共情的另一种体现。这不是真的关心洛丽没有父亲陪伴，而是在于富兰克林没能获得当一个父亲的机会，这本该是他应得的权利。所有一切都是要关于他的，而无关这个小姑娘是否会带着自己父亲是一个种族歧视的连环杀手的耻辱长大。

我们随身带着一个相机，这是我们进行监狱探访时的一贯做法。他让我们给他拍了几张照片，好寄给自己的女儿。然后他站到了房间中间，摆出了一系列武术和健身的动作。一开始，我认为他是在装模作样地开玩笑，但他看上去一本正经：这正是他想要尚未长成少女的女儿认识到的自己。第一次，也是唯一一次，我几乎有点可怜他了。

第十八章

　　回旅店的路上，我们在一家酒水专卖店买了一瓶朗姆酒和一打可乐。等我们回到我的房间，再从旅店走廊的制冰机里取来冰块把冰桶盛满，打开朗姆酒和可乐，就开始填写两份采访表格。我在采访过程中从不做笔记，因为这会让采访对象分心，也会消弭掉我们之间关键且强烈的联系。所以，一旦当天的采访结束，我们就会试着从脑子里把记得的一切都"下载"到纸面上。我已经到了这样的一种程度：一旦从某个囚犯那里听到一个重要的回答，我就已经在脑子里遣词造句并决定如何填写表格了。在富兰克林这里，我们会把记得的内容先聊出来，然后由肯来填写。

　　我们首先处理的是特拉普内尔。

　　比起富兰克林，特拉普内尔更想要戏弄我们，只同意以第三人的视角来推测自己的罪行，好像他是在讨论别人一样。这让我想起了泰德·邦迪和调查人员之间的互动。特拉普内尔向我们炫耀自己能假扮 DSM 中的任何情况，厉害到足以骗过精神病学专业的法医。而当我们说，"好几个精神病学家出庭作证，都证明你是疯的"，他咧嘴一笑后回复道，"我有什么资格去反驳这些杰出的专家呢？"

　　我们争论如果他是个逃犯的话我是否能够抓住他。我告诉他我知道他会脱离和家庭的一切联系，因为联邦调查局会去查他们，就好像他们查富兰克林一样。但我也说我知道他父亲是一个军衔很高的海军军官，他爱着也崇拜着自己的父亲，想要效仿他。加里的犯罪行为是在他父亲去世后才开始的。我告诉他我会让特工们在圣诞节的时候去阿灵顿国家公墓盯梢，那时候也是他父亲的生日和忌日。

我能看到他的表情变了，不自觉地，他露出了一个讽刺的笑容。"你逮住我了。"他承认道。

然后我提到了"释放安吉拉·戴维斯"这个要求。他又笑了，告诉我们他献身于黑人解放事业，想要更正自从非裔美国人作为奴隶被带来那一刻起，对他们所犯下的错误。但这一切似乎显得过于油嘴滑舌，且像是排练过的。最后，随着我们不断对他施压，他承认了真实的动机，就好像大卫·伯科威茨最终承认邻居的狗命令自己杀人是个彻底的谎言一样。

特拉普内尔说了一些类似这样的话："我知道劫持那架飞机风险很大，也许不会成功。要是真没成功，并且我被抓了，我的刑期肯定短不了。我知道那种硬核的联邦监狱是个什么样子的，所以我想如果黑人老大哥们觉得我是个政治犯的话，我就应该不太会被捅死或者在洗澡的时候被人干屁眼吧。"

所以这才是原因。无论这个想法多么有悖常理，我对他犯罪水平的敬意依然蹿升了。这个人有意识地在为自己铺后路。

这后来成为了我们对劫持谈判员培训中的一个要点，我自己也曾是其中一员。任何时候当谈判对象提出了一个看上去毫无由头的要求或者声明时，其本身可能是经过仔细考量的。它可能意味着谈判的状态已经变化了，而你现在已经接近谈判的尾声了。罪犯在自己的脑子里已经迈向了下一步，而谈判员应该顺势而动，这能够避免很多的暴力事件。

如今，把这个思路和富兰克林的做法进行比较：后者会详细计划，以期成功施行犯罪行为，也提前搞清了逃离城镇的最快路线，还会扔掉作案凶器，换掉汽车，并通过假发、伪装和不同的头发长度来改变自己的外貌；但他没有考虑的是，如果被捕入狱了要怎么做，除了逃狱这个想法之外。他对黑人的强烈恨意阻止了他对同监狱黑人囚犯进行任何形式的妥协。因此在被关进马里昂监狱的第三天，他就几乎被那些清楚他那令人反感的名声的黑人囚犯给杀死，而特拉普内尔几乎算是毫发无伤。

实际上，特拉普内尔对富兰克林充满了鄙视。当我们告诉他我们要去采访富兰克林后，他感觉受到了冒犯。"你们在这儿跟我聊天后，还要去浪费时间和那个种族歧视的笨蛋聊天？"

当肯和我坐在旅店房间里，把注意力转向富兰克林的时候，我们都同意对他的性格和心理状态已经有了相当完整的了解。我在逃犯分析里推测并列出的几乎所有重要元素都被证明是准确的：他对自己逃亡几周的描述也确认了随着压力升高，自己被迫进入了一种脆弱的状态。实际上，他天生的心理状态，失能、暴虐而充满忽视的成长经历，所处环境中的社会习俗和偏见，以及他为补偿自卑而受到极端组织的那种吸引，外加还受到了充满仇恨的宣传资料的定期强化，所有这些结合起来，就已经把他的生活轨迹给敲定了。

但我们还总结出——肯从安保工作和预测危险的角度，我从自己利用行为线索来侦破犯罪及确定罪犯的经验出发——像这样的一个人，是非常难抓捕的，还是更难预测的。

一如肯所说的，当你在调查那些要么倡导、要么支持暴力的极端组织时，你要如何确定这帮混蛋中的哪个人会真的变得暴虐呢？你要如何找出那个特定的对象呢？似乎没有任何特定的行为特征可被用来找出这些人。

当还是三 K 党和纳粹党成员的时候，富兰克林的看法很对，这些组织里确实充斥着线人。但就我所知，没有一个联邦调查局的线人曾经报告过富兰克林或者暗示过他会自己行动，开始杀人。在我所了解的范围里，他的名字从未出现在任何一个线人的汇报中。

试图改变富兰克林这样一个成人的想法，我们总结道，基本上是不可能的。首先，你必须得想出替代他原本想法的东西，那需要彻底的浸入式努力，就好像军队在基本训练中用来击溃一个新兵，然后再把他重塑出预期的态度和面貌会用到的手段一样。这对富兰克林这样的人来说是不可能的。不仅是因为他不愿意，还因为不存在机构或者机制来执行这一过程。富兰克林的恨意是让他活下去的依靠，是给了他生命方向的灯塔。除了我们之前提到的早期高强度介入这一思路，我们没有办法把他这样一个成年人转化成一个有用、有创造性并对自己有着积极认知的社会成员。

　　因为这很难实现，所以我们判定刺客研究在整体上来说，以及从我们对富兰克林的采访单独来看，行为科学并没有失败，也没有对这个问题投降。这是对研究成果的再次确认。从特勤局的安保需求角度来看，如果你无法一直预测出威胁将从何而来，那最好加强对要保护对象的安保。比如，在四十、五十和六十年代，总统及其他高官乘坐敞篷车经过两旁站满人群、竖着建筑的街道是很常见的。在经历了1963 年 11 月 22 日约翰·F. 肯尼迪总统在达拉斯街头遇刺的恐怖悲剧后，特勤局马上就判定在那种情况下是无法保护总统的，因此这样的做法就被废止了。一个政治人物不得不同大众隔离开，这是个耻辱，但这也是我们必须面对的现实。

　　这不意味着特勤局会停止追踪威胁安全的线索。这不过意味着额外的安保措施是必须的。

　　作为一名联邦调查局特工，我的需求和目标有点不一样。一方面我很乐意在袭击开始前就排除潜在的伤亡，但这并非我们的主要职能。联邦调查局是调查局，而不是预防局。我们总说如果在执法中你要依赖我们来解决社会问题的话，那就已经太晚了。我们在行为科学方面的研究方向是为了每当罪犯犯事后，能学到更多如何抓捕他们的东西；理想的情况是，在罪犯下次犯事之前就抓住他们。从这一点来看，对富兰克林的采访是有成效、有启发的。

约瑟夫·保罗·富兰克林为我们定义了另一种类型的连环杀手以及另一种刺客性格。和我们研究的其他罪犯相比，他出身于类似的——如果不算是更糟糕的——那种背景，但他的罪行并非主要是以性作为动机。尽管他显然也是在补偿自己的自卑，他并不是主要想寻求荣耀和历史地位，而是要基于自己的幻想改变社会，方式是通过自己的行为和将自己作为别人的榜样。他会计算风险，他不想被抓住，也没有殉道者情结。尽管他的想法非常骇人，但他真心地相信自己的所作所为是受到信仰驱动的。他衷心相信计划和运气的结合是期望他达成使命的上帝的手段。他顶着一系列的化名、假身份、伪装，开着不同的车，用着不同的武器，住着不同的地方，在全国自由流窜。他没有局限在一种杀戮方式中。大部分罪行都是远距离犯下的，因此在谋杀现场几乎没有物理或者行为上的证据，犯罪现场调查不得不大大扩展开。因为所有这些原因，除非他自己犯了错误，否则这样一个人是很难被抓到的。同样难以判断的是，还有谁会成为下一个约瑟夫·保罗·富兰克林，从人群中冒出来。

幸运的是，并没有太多像富兰克林这样专注一心、灵活多变、擅长流窜且足智多谋的杀手。但也许这个采访里最重要的结论是，在多起案件是否存在关联和犯罪手法辨识方面，我们需要拓展调查的边界；在罪案发生的区域，我们需要同执法机构进行更全面的协调合作，去分析和对比证据及报告；当一个这样的未知嫌疑人在作案时，我们需要规划主动策略好让他采取一个能让我们辨识出他的行动，并让他身处在巨大压力之下，尽可能地迫使他行动。

我们并不是唯一对富兰克林保持了兴趣的人。

1980年代中期，在富兰克林基本上停止坦白罪行后的很多年里，依然有未能侦破的谋杀案围绕着他——在这些案子里，他只是嫌疑人。这其中的一起案子终将和他的命运息息相关。

1982 年，几乎是富兰克林刚被关进马里昂监狱后，圣路易斯里士满海茨警察局的队长李·兰克福特就开始给他写信，想要和他谈谈 1977 年发生在"以色列和平联盟"犹太教堂的枪击案。当富兰克林最初在盐湖城被起诉的时候，兰克福特就已经在追踪这起案子了。案子呈现出的细节让他联系了华盛顿的司法部，看他们是否有可以分享的卷宗。在他查阅了那些卷宗后，所有证据都指向富兰克林，他就是那个犹太教堂枪击案的枪手，但并没有明确的证据。兰克福特需要的是一个坦白。

因此，他开始自己和富兰克林联系，一开始是给他寄点小钱用来买监狱小卖部里的东西，还有供他解乏的杂志，试图建立某种和睦关系。终于，他驾车一百二十五英里去了马里昂，出现在了监狱里，要求见富兰克林，但后者拒绝了。

但兰克福特从未放弃，多年来一直在调查此案。他每周都和杰拉德·戈登的母亲通话。在 1988 年被任命为警察局局长后，他把关于这个案子的一大盒卷宗搬进了自己的新办公室，继续试着为检察官提供他们口中就发起戈登谋杀案诉讼所需的证据。他从未停止和富兰克林见面的尝试。"我想要和那家伙面对面坐下来。"他告诉《圣路易斯邮报》。

1994 年 10 月，富兰克林联系了联邦调查局，说自己就是快十七年前发生的"以色列和平联盟"犹太教堂枪击案的凶手。联邦调查局把信息传达给了里士满海茨警察局。兰克福特在两年前已经以警察局局长的身份退休了，但没人比他更欣慰他们也许终于能结案了，他终于能够履行自己多年前对杰拉德·戈登的母亲做出的承诺了。他甚至去了一趟得克萨斯州的欧文，去看了看那家富兰克林买来复枪的商店。富兰克林当年抢了一家俄克拉何马市的银行，携款逃离过程中，袋子里的蓝色防盗爆炸染料包炸了。富兰克林将两张一百美元的纸币塞进了自己的袜子里，以为脚汗能够让染料褪色。枪支商店的店主告诉兰克福特，富兰克林用两张从鞋子里抽出来的皱巴巴湿乎乎的百元大钞买下了那支来复枪。

警探理查德·日瓦弗和约翰·雷恩在接下来的那个月里也去马里昂询问了富兰克林。"他说他想要清白的良心。那是一次平静、近乎随意的对话。他没有表现得自大。但他还是个种族主义者。"日瓦弗说道。

一方面，富兰克林选择此时坦白让人惊讶，另一方面他似乎也有自己的理由。1983 年和 1984 年的时候，富兰克林联系佐治亚州、田纳西州和威斯康星州的有关部门时，他从没提过这起案子，哪怕调查人员怀疑他是重要的嫌疑人。其中一个可能的原因是密苏里州是有死刑的，正如他所说的："不是很着急被送进毒气室。"

那过去的十年里，发生了什么变化呢？

首先，他说自己做了个梦，梦里他被要求坦白，而对《圣经》有着极其虔诚信仰的富兰克林对预兆笃信不疑。在另一个更实际的层面上，尽管他依然被关在马里昂监狱的保护区 K 区，富兰克林坚信黑人囚犯和狱卒都想要杀死自己。哪怕被判死刑，他也觉得比起留在马里昂作为众人的目标要好；自己能在一所州立监狱等待正义之轮缓慢转动的过程中活得更久一点。

还有第三个促使他此时坦白的原因：1994 年，富兰克林的父亲詹姆斯·克莱顿·沃恩死于密西西比州比洛克西一家精神病院。

在被提起诉讼之后，富兰克林被从马里昂转移到了圣路易斯县监狱。从时间顺序上看，里士满海茨的案件是他第三起已知的谋杀案，排在两个月前东城商场停车场的小阿尔方斯·曼宁和托妮·施文谋杀案之后。但从很多层面上来说，这是他最典型的罪行——精心谋划的远距离狙击作案，且没有特定的目标，只有针对一整个族群的普遍恶毒仇恨。这似乎对富兰克林自己来说也是最重要的一次致命暴力袭击，代表了他对生命的观点以及人生目标的看法。有的时候，不管执法机构付出何种努力，也无法预判谁是凶手，或是经由一起什么样的罪行最终让罪犯伏法。

我怀疑，到了最后，"以色列和平联盟"犹太教堂谋杀案对于富兰克林的心理实在太过关键，即使密苏里有死刑，他也无法克制地要宣称这是自己犯下的案子；这股冲动过于强大了，他在每一次坦白时给出的其他所有理由，包括想要离开马里昂监狱这个理由，在我看来，都是次要的。

距离他在圣路易斯出庭受审还有两年多的时间。与此同时，1995年4月20日，查塔努加警探蒂姆·卡罗尔接到了圣路易斯县监狱一名社工打来的电话，说一名囚犯想要坦白一起陈年旧案。

1978年7月29日夜里，二十岁的威廉·布莱恩特·塔特姆在一家必胜客的停车场遭遇枪击身亡。他十八岁的女友南希·戴安·希尔顿受伤。一般用中间名布莱恩特的塔特姆是查塔努加田纳西大学的大三学生，是一名黑人。在必胜客工作的希尔顿则是白人。他们计划在11月成婚。卡罗尔清楚地记得这起案子。这是当年查塔努加唯一没有破获的谋杀案。

富兰克林说自己对此案负责，要求卡罗尔来见自己。卡罗尔问他为什么现在决定坦白了。富兰克林说他想要成为身负最多死刑判决的人。这个回答和我从采访中获知的信息吻合：他还是渴望被认可，依然会把自己和其他知名连环杀手进行比较。

卡罗尔同意去监狱见他，并于五天后和麦克·马蒂斯警探一同抵达。当富兰克林被带到会议室的时候，他的头发剃掉了，他看见马蒂斯后就要求后者离开房间。富兰克林说自己之前从未和马蒂斯交谈过，因此不信任他。为了获得坦白，马蒂斯同意离开。

"我当时在执行搜寻和摧毁支持种族融合的人的任务。"在描述自己如何发现并跟踪那对情侣的时候，富兰克林这样告诉卡罗尔。他把车停下来，在附近找了一丛高草，位置距离希尔顿那辆1974年的福特野马汽车不远。十分钟后，那对情侣从餐厅里出来。富兰克林用那支 12 号滑膛枪瞄准并扣动了扳机。他射中了塔特姆的胸口，弹片撕碎了他的心脏和一只肺。希尔顿身体右侧被子弹击中。

"要是他没有打电话，那这个案子可能永远都破不了。他的来电只是让我们知道就是他干的，而不是要说，'对不起，是我干的'。他没有忏悔。"美联社援引卡罗尔的话。

1996 年 3 月 1 日，大陪审团判决富兰克林犯下了谋杀罪。当田纳西州汉密尔顿县刑事法庭的一名法官宣布明年宣判的日期后，富兰克林评论说："挺好。"

公诉人表示为了保险，他们会再寻求一个死刑判决。

第十九章

在等待密苏里州作出判决期间，富兰克林再次开口坦白了。

1995 年 11 月，他向一名《圣路易斯邮报》的记者承认是自己枪击了弗农·乔丹，但没有透露细节，也没有再多说一句。次年 4 月，他向《印第安纳波利斯星报》记者 R. 乔瑟夫·杰拉登详细描述了一切，报道被刊载于 1996 年 4 月 7 日出版的报纸上。报道中他说自己一开始计划杀掉芝加哥的民权领袖杰西·杰克逊，但当知道乔丹会在韦恩堡讲话后，把注意力转移到了后者身上。

他透露在当时的黑暗中，他不确定瞄准镜里的人到底是不是乔丹。但既然那是个和白人女性在一起的黑人男性，那也就是他的首要目标。

富兰克林同时也承认了 1980 年 1 月发生在印第安纳波利斯的连续两名黑人男性谋杀案是自己所为：受害者叫劳伦斯·里斯和莱奥·托马斯·沃特金斯。"我喜欢印第安纳波利斯。我在那儿过得不错。警察们不喜欢我干的事儿，但我在那儿过得不错。印第安纳波利斯的小巷子是狙击手的理想地点。"富兰克林说道。他还表示自己是在没有看到关于第一起案子的任何新闻报道后，才决定要做第二起案子。这再一次证明了他和非常多的杀手一样，会跟踪媒体对自己罪行的报道。

在沃特金斯被害之后，两起案子都上了新闻。此时他说自己毁掉了行凶用的来复枪，并把碎片扔到了不同地点。

在同一周的《印第安纳波利斯星报》周日版上，杰拉登根据对我的电话采访写了一篇文章，试图回答是什么让一个人成为了连环杀手。他引用了《罪案分级手册》中富兰克林作为政治极端分子施行凶杀的部分，然后详细描写了我提出的关于受虐或遭受忽视的成长经历对特定脆弱性格的影响。

"富兰克林觉得，身为一个成人，自己不应该被剥夺寻获归属的权利，也不应该被剥夺童年时不曾获得的特别关注。关注的缺乏以及由此产生的卑微感促使他采取了某些特别方式来赋予生活价值并传达自己生命的核心主题：清洗美国。"杰拉登原文引用了我说的话。

"富兰克林决定，要用鲜血去写就，自己传递的信息才会被重视。"

当记者们联系弗农·乔丹遇袭案的三名陪审团成员并告知后者富兰克林承认犯罪后，他们表示自己并不惊讶，但除了合理的怀疑之外，联邦检察官未能提供足够证据来给他定罪。

在这些坦白之外，富兰克林还承认了一起别人已认罪的密西西比州的案子。1979 年 3 月 25 日周日，上午九点半左右，两个在密西西比州杰克逊一处自助洗车点洗车的人发现了一具非裔美国男性的尸体。经由当地警方鉴定，死者名叫约翰尼·诺伊斯，二十五岁，就住在附近，尸体躺在受害者的车子旁边。他被一发子弹击中了胸口，显然当时他正在擦干自己的车子。诺伊斯是八个孩子里的老大，是杰克逊州立大学的学生，立志在大学毕业后当一名医生。他最近刚刚离婚，有两个年幼的女儿。

他的母亲艾玛在儿子没来自己位于约九十英里外的哈伦代尔家中吃午饭后，意识到出了问题。她当时准备了鲶鱼，那是他最喜欢的菜。

约翰尼在杰克逊的妹妹打电话向母亲传达了这个可怕的消息。

警方无法判定凶手的动机。他们没能找到凶器，现场没有目击者，也没有嫌疑人。

案子一直悬着，直到 1984 年都没有任何重要线索，直到被关押在得克萨斯州乔治敦一所监狱的亨利·李·卢卡斯，一名来自弗吉尼亚州布莱克斯堡的四十二岁流浪汉兼连环杀手开始坦白遍布全国的数百起谋杀案。执法人员们纷纷赶去，想看看是否能够解开任何一桩自己手上的悬案。

杰克逊警探戴维·方德伦就是其中一员。他前往得克萨斯审问卢卡斯，后者声称在杰克逊犯下了三起谋杀，包括诺伊斯一案。卢卡斯说自己是在沿 20 号州际高速驾车南下经过密西西比的时候看到了诺伊斯，地点是州际高速靠近 80 号国家高速和山谷街的位置，正是洗车点所在的地方。他告诉方德伦自己用一把 .357 口径的麦林牌手枪射杀了诺伊斯。

当方德伦带着这一信息回到杰克逊时，这个故事似乎是可信的，警方也准备结了这个案子。他们通知了艾玛·诺伊斯，表示他们快要结案了。但他们调查得越深入，卢卡斯的故事就显得越不合理。方德伦能够确定谋杀发生当天卢卡斯在别的地方。谚语"盗亦有道（Honor among thieves）"看起来适合这个情况，尽管每个人可能对这句话有自己的理解。卢卡斯和富兰克林一样，都有一个酗酒成性的父亲，并在童年的一起事故里重伤了一只眼睛，生命中大部分时间也都在四处流浪。他谋杀的人数大概在三到十一个之间，尽管他宣称对超过一百起命案负责，动机大致是结合了无聊和对于恶名的渴求，毕竟他的人生中并没有其他任何成就。富兰克林尽管也算是个底层人，却对自己的罪行有着某种诚实。对执法部门来说，主动提供或者非强迫得来的坦白很常见，警探们的一部分工作就是从虚假的坦白中分辨出合法真实的。这就是为什么对一个嫌疑人所知越多越好，这样警方才能去判定他的可靠程度。尽管富兰克林在操纵体制，并经常否认早前给出的坦白，但我从没发现他会对不是自己犯下的罪行负责。

案件一直僵持到了 1996 年 5 月，此时富兰克林从密苏里监狱的囚室里放出了消息，宣称也对此案负责。杰克逊凶案警探查克·李调查了他的声明，说富兰克林给出的细节只有凶手可能知道。"我们确信，区检察官办公室也确信他就是凶手。"李告诉杰克逊的《号角纪事报》。

他和区检察官讨论要不要去密苏里审问富兰克林。当时方德伦刚审问过卢卡斯，但他们认为没必要再开启一桩案子的法律程序，决定直接结案，并向诺伊斯家转达这个他们已经等了十七年的最终消息。艾玛·诺伊斯在 1997 年 11 月去世，去世前她知道是谁杀了自己的儿子。

对谋杀杰拉德·戈登一案的审判开始于 1997 年 1 月 27 日，周一，距离案发已经过去了将近二十年。人称"道格"的道格拉斯·J.赛德尔负责起诉。富兰克林选择自己辩护，公共辩护律师卡伦·克拉夫特和理查德·肖尔茨从旁协助，但他不允许他们干预或者反对自己向赛德尔的证人提出的任何问题。陪审团全由白人组成，且全是男性。富兰克林坚持要排除女性陪审员，因为她们比男性更有同情心，会更不愿意施加自己要求的死刑。

尽管富兰克林已经亲口承认杀了杰拉德·戈登，还伤到了威廉·阿什，检方依然展示了仔细制作的时间线来说明富兰克林怎么用在小石城抢银行得来的钱在达拉斯买了那支 .30 口径的 6 号来复枪，并且一开始就打算用它来杀犹太人。他考虑过中西部好几个地方，最终因圣路易斯有最大的犹太人社群而作出了决定。他在电话黄页里找到了"以色列和平联盟"犹太教堂以及其他几个犹太教堂，然后开车走了一圈挨个观察，最后因为容易开上高速逃离而选定了对象。

在枪击案中失去了一根手指的阿什，以及当时在犹太教堂停车场上离杰拉德·戈登不远、被另一颗子弹擦伤的史蒂芬·戈德曼，都出庭作证。这是他们第一次亲眼看到富兰克林。

每天坐在法庭里旁听的人中有理查德·卡利纳，当时他三十二岁，已婚，有两个小孩。杰瑞·戈登被杀时，正是刚参加完理查德的受诫礼离开时。从那天起，从他口中自己失去纯真且"整个人生都在几秒内被改变了"的那天起，卡利纳的整个二十至三十岁期间都在接受心理治疗，应对自己遭受的创伤后遗症。

检方为陪审团播放了一则采访富兰克林的录像。采访中富兰克林谈到犹太人时，说道："我相信是他们造成了世界上所有的邪恶，无论是直接的还是间接的。"

当日瓦弗问他是否为自己任何的行为感到抱歉时，他回道："我只是遗憾它们不是合法的。"

"什么不合法？"

"杀犹太人。"

身穿橘色囚服、黑色高帮运动鞋上方铐着脚镣的富兰克林交叉质询了检方的证人，但没有召唤任何自己的证人出庭，甚至没有进行任何辩护。

"这是一起提前谋划、精心实施的屠杀，并且他还希望自己能杀掉更多的人。"赛德尔在结案陈词中说道。富兰克林既没有进行开庭陈诉，也没有做结案陈词。

1月30日周四，陪审团在不到四十分钟的讨论后就作出了判决，一起是致死杰拉德·戈登的一级谋杀，以及两起一级侵犯人身罪。当判决宣读之后，富兰克林冲着陪审团竖起了大拇指，无声地说："好极了！"

第二天，陪审团重回法庭来决定量刑。赛德尔首先对他们发言，说道："这一行为绝对是变态且卑鄙的。而因为这一行为，有三个小女孩在成长过程中失去了父亲，她们再也无法由父亲陪着走上婚礼的红毯。死刑是唯一合理的回应。"

当轮到富兰克林的时候，他看着赛德尔说道："他刚说的都对。就在我到了这里，被关进圣路易斯县监狱后不久，我和一个囚犯聊天，他告诉我：'你知道吗，富兰克林，要是他们不判你死刑，你应该再杀个人，确保他们下一次处死你。'

"我想了想他说的，是的，我觉得要是你们没有投我死刑，那会是将要发生的事。我已经有六个连续的无期徒刑了，外加别的刑期。要是你们不判我死刑那就是笑话了。所以这是我的全部请求。我没什么要反驳的。谢谢你们，我说完了。"

他们讨论了一个小时多一点，决定罪行符合判处极刑的法律要求。他们同时还就另外两人的枪击案建议了两个无期徒刑。死刑会优先于富兰克林已因麦迪逊和盐湖城谋杀案而在服的六个无期徒刑。

根据法庭记录，在决定是否判处死刑的时候，"陪审团找到了三个法定的严重情况：1）富兰克林身负大量因严重侵犯人身而被判刑的历史；2）经由谋杀，富兰克林有意识地在公共场合使用对多人的生命均有威胁的武器，针对多人制造了致命危险；3）所涉谋杀均令人愤怒或是肆无忌惮的邪恶，让人震惊、毫无人性，代表着思想的彻底堕落"。

2月27日，罗伯特·J.坎贝尔法官正式宣布了判决。3月10日，富兰克林的公共辩护律师提起上诉。1998年3月10日，密苏里最高法院维持了原判。在狱中待了近二十年后，富兰克林面临了死刑，这都是因为他的主动坦白。

"以色列和平联盟"教会感谢李·兰克福特对正义不懈的追寻，以他的名义在以色列种植了一片树林。

当被记者要求评论时，就东城商场谋杀案起诉了富兰克林的区检察官哈尔·哈洛和富兰克林原本打算在麦迪逊刺杀的法官阿奇·西蒙森都表示，他们不赞成死刑，但对富兰克林提不起什么同情。

他最终还是实现了自己的目标之一：在 2 月 27 日正式判决下来后，他被转移到了密苏里州米纳勒尔波因特的波托西矫正中心。他不会回到马里昂了。

第二十章

好几个我帮助抓捕和分析的致命捕食者型罪犯都被判处了死刑，而每次有人被判死刑时，我都会思考自己对这一终极刑罚的感觉。我从不认为死刑是"合法谋杀"，因为这个等式忽视了受害者和施害人之间的关键区别，我认为这其中有着道德的空白。尽管我不认为死刑适合所有罪犯，甚至大部分的谋杀犯都不适用于死刑，但对我经常面对的那种怪物来说，我认为这个社会如果要想表明不会容忍这种行为的话，死刑基本上算是道德的。

对我来说，约瑟夫·保罗·富兰克林绝对属于这一类人。他为了自己邪恶的目标，为了提升自我形象，摧毁了男性、女性甚至小孩的人生。在我看来，他已经放弃了获得任何慈悲的权利；至于他身故后是不是有任何慈悲在等着他，这已经不是我应该考虑的事了。

但是，每当你在思量一个人生命的终结时，这是，也应该是一次让人警醒的经历。每当"我的"一个谋杀犯被宣判了死刑或者面临不可避免的死刑结局时，我都有一套自己的仪式。我会去办公室，抽出他的卷宗，坐到桌子后。我会盯着犯罪现场的照片看。我会回顾法医的验尸报告，还会阅读警探的报告。我会试着去想象每个受害者在死亡时刻所经受的一切。我最后的想法总是关于受害者的。

但当刚开始思索我和这个杀手的相遇带给我的影响时，富兰克林展示了他能有多么作恶多端，或者在我看来多么以自己造成的毁灭和破坏为荣。富兰克林被判了死刑，但他依然打算继续承认自己犯下的每一桩谋杀。我还没法结束对他的心理分析。

在戈登谋杀案审判之后，富兰克林再次联系了媒体。1997 年 3 月，他接受了在多家电视台播出的电视节目《内部版本》的采访，当时他还被关在圣路易斯县监狱里。富兰克林说是自己杀了雷蒙德·泰勒，这名二十八岁的黑人男性是弗吉尼亚州福尔斯彻奇一家必胜客的经理，时间是在 1979 年 8 月 18 日。在这桩已有十七年的悬案里，他之前从没被认为是嫌疑人。

一个月后，1997 年 4 月，俄亥俄州汉密尔顿县的助理检察官梅丽莎·鲍尔斯来就 1980 年两名黑人少年，达雷尔·莱恩和丹特·伊万斯·布朗，遭杀害一案审问富兰克林。检察官鲍尔斯为采访富兰克林进行了高超的设计，让他觉得自己掌控了局面，哪怕其实是她让他进行了坦白。当开始和富兰克林对话后，她解释说，在 1980 年莱恩和布朗被害时，俄亥俄州还处于死刑立法通过前，因此他即使被判谋杀了那两个辛辛那提少年，他也不会面临死刑。这被证明非常关键。此时他从桌子对面向她俯身过去并说道："你知道是我干的。是我杀了那两个家伙。"

他告诉鲍尔斯，因为没人注意到自己的整体计划，他感到十分挫败，因此也导致了他决定升级行动。"我正因为新闻媒体、国家级媒体没有报道我所做的事而感到非常生气。我想他们是担心会引发一场种族战争还是别的什么。而那正是我想要的。"

他稍后解释了为什么这个案子自己一开始绝不想承认，但鲍尔斯关于死刑立法的事儿让他松了口。"我不想在俄亥俄被执行死刑，他们用的是电椅。我不想死在电椅上。"他在一次电话采访中这样告诉《辛辛那提问询报》的克里斯滕·德尔古齐。

在和鲍尔斯交谈的时候，富兰克林还承认在 1980 年 6 月 15 日谋杀了亚瑟·斯马瑟斯和凯瑟琳·米库拉，当时后者正走在宾夕法尼亚州约翰斯敦的华盛顿街大桥上。鲍尔斯发现他对这起案子表现得更活跃和更"兴奋"，推测除了他所谓的使命之外，谋杀一对跨种族情侣对他来说还有额外的性元素在其中。暴力犯罪中通常都有一个次一级的动机，因为暴力罪犯们习惯把权力和性支配力画上等号，就好像我们在大卫·伯科威茨的案子里所看到的一样。基本事实在于，富兰克林也承认了，就是关在狱中让他被剥夺了同女性之间任何形式的互动，所以当一个颇具吸引力的女性想要来探望自己的时候，他显然会好好利用这个机会，因此也让鲍尔斯得以利用自己的外表和智慧掌握了调查上的优势。

　　1997 年 4 月 15 日周二，鲍尔斯和自己的同事、区检察官约瑟夫·德特斯举行了一场新闻发布会。会上他们宣布打算在大陪审团面前提交证据、寻求判决，以便把富兰克林带到辛辛那提来就莱恩和布朗谋杀案接受审判。德特斯一直被这起谋杀案困扰着。他长大的地方距凶手开枪的铁路桥不到一英里，当案子发生时，他正在法学院上学。所有为侦破此案而坚持不懈奋斗的警察和警探都没有忘记，从谋杀发生到富兰克林坦白所经历的时间，比起两名受害男孩活过的时间还多了三年。当时已经以坚定不移起诉罪犯而声名在外的德特斯表示，自己欠这个社区和那些家庭一场审判。"这个社会渣滓来到我们社区，并夺取了那两个孩子的生命，他们是这个县的居民。他们的家庭至今仍沉浸在悲伤中。他们需要并且应该得到正义。"他愤怒地说道。

　　鲍尔斯把约翰斯敦谋杀案的信息提交到了宾夕法尼亚州的坎布里亚县，那里的区助理检察官凯利·卡利汉和约翰斯敦警探珍妮娜·盖多斯分别给富兰克林打来电话，在三个多月里聊了几次后，几人之间建立起了密切、互信的关系。接下来，富兰克林同意和卡利汉及盖多斯见面。她们对他审问时，他戴着镣铐，附近还有八名狱卒看着，富兰克林同意就斯马瑟斯和米库拉谋杀案录下口供。助理检察官戴维·

图洛维茨基和警长罗伯特·亨特利接手了后续工作，并确信富兰克林说的是实话。图洛维茨基报告说，富兰克林在描述谋杀案的时候，语气听起来越来越兴奋。

"描述谋杀的时候，你能在他回顾那一刻的时候看到他的兴奋。"卡利汉告诉《匹兹堡邮报》的记者汤姆·吉布。她还公开推测，富兰克林坦白的动机不过是想要被转移到可以容他再次尝试越狱的一处监狱而已。

最终，坎布里亚县决定不起诉该案件，原因在于诉讼的开支、可能的风险、再次转移富兰克林的运输难题以及他的越狱史；同时也因为已经无法在他累积起来的死刑和无期徒刑上增加任何有意义的处罚了。

并非所有富兰克林声称自己犯下的谋杀都被证明是他所为的，或者能有证据证实。官方由此猜测，因为他知道自己这一辈子都要待在牢里了，就开始试着让自己的杀人数量打破纪录。

1997 年 7 月，田纳西州纳什维尔相关机构表示，尽管富兰克林向一名《快邮报》记者宣称对此案负责，他们也无法将富兰克林同玛丽·让·科恩之死联系起来，1977 年 8 月 28 日，几个猎人在哈佩斯河里发现了她腐烂的尸体。富兰克林说自己"在纳什维尔附近 65 号州际高速的一处卡车停车场上载上了一名白人女性"。他表示听到她说自己和一个黑人卡车司机睡过后，就决定要杀了她。他把她带到了"一条小溪边的树林里，把她推进小溪并射杀了她"，用一把 .41 口径的史密斯-韦森牌手枪击中了她的头部。所用的这把枪是一款很罕见的手枪；但科恩是被勒死的。有可能富兰克林描述的是一个尸体从未被寻获的受害者，或者是发生在别的司法辖区的案子。纳什维尔警探布拉德·帕特南说自己已经发了电传去询问其他警局，看他们是否有尚未破获的、发生在 1977 年的白人女性谋杀案。

几天后，纳什维尔北边一点儿的罗伯逊县的调查人员表示，富兰克林的描述似乎符合尚未侦破的德博拉·R. 格雷厄姆谋杀案：受害者遭捆绑窒息和满是弹孔的尸体是在 1977 年 11 月 17 日被硫叉溪上的渔民们发现的。

"根据报纸上的基本信息，似乎对得上。"县治安官比尔·霍尔特表示。尸体最初被发现的时候，他以田纳西调查局特工的身份参与了案子。他确认格雷厄姆遭到了口径为 .41 的武器的射击。他之前还协助排除了本案首要嫌疑人：那是一名卡车司机，格雷厄姆被害前几天，有人在 65 号州际高速上的一个卡车停车场曾看到他和受害者在一起。但此后执法机构一直未能侦破此案。

到了月底，富兰克林已经冷静了下来。"他这一次不想接受审问。我们的进度停滞了。"霍尔特宣布。有传言表示，是因为富兰克林不满意自己在波托西监狱的待遇。

富兰克林清单上的下一个地方是佐治亚州的迪卡尔布县。他告诉区检察官办公室是他杀了多拉维尔那位"塔可贝尔"① 经理哈罗德·麦基弗，时间是 1979 年 7 月 12 日。还有同年 11 月 5 日的十五岁妓女梅赛德斯·林恩·马斯特斯被害案也是他所为。周日晚上，麦基弗临时去店里处理一台收银机的问题，他原本正在享受三周以来的第一次休息。在离开门店的时候，他被击中了两次，一次打在胸口左边，一次是在右肩胛骨下方。警方迅速排除了抢劫的可能；他是从远处被击中的，而警方抵达时他身上带着现金。在富兰克林的其他狙击谋杀罪行被曝光后，当地警方在 1981 年前后将他列为嫌疑人。但和他的很多罪行一样，没有足够的证据去推进调查。

梅赛德斯·马斯特斯的尸体是在 1979 年圣诞节当天被发现的，地点位于东亚特兰大的利索尼亚附近。她的尸体躺在一处废弃房屋的后院里，是被一名前来探视这处房产的买家发现的。当时她已经失踪

---

① Taco Bell，美国连锁快餐店品牌。——译者

了三天，她母亲听到警方报告说尸体附近发现了一双靴子，靴子里写着她名字缩写"MM"，这才认出了她。她后脑上有一处枪伤。警方未能就这起谋杀找到任何动机。

沿用了自己的老把戏，富兰克林表示他只愿意向"一名迷人的白人女性调查人员"坦白自己的罪行，因此在 1998 年 3 月，迪卡尔布区检察官 J. 汤姆·摩根委派助理检察官卡罗尔·埃利斯去会见富兰克林，并要求警督帕姆·彭德格拉斯陪同前往。美联社报道中，摩根将埃利斯的角色类比为"《沉默的羔羊》中朱迪·福斯特扮演的角色。在这部电影里，朱迪·福斯特扮演的联邦调查局特工被派去审问邪恶杀手汉尼拔·莱克特"。埃利斯非常适合这个任务。她形象迷人，也是一个神枪手，之前是迪卡尔布的一名警察，当时在检察官办公室的儿童及妇女受害组工作，并以面对压力仍能保持冷静而闻名。

富兰克林讲话的时候，她和彭德格拉斯面带微笑，表现出对他印象深刻的样子。最后，他们得到了他坦白的录像资料，其中他透露自己和马斯特斯待了几天，并获知了她曾和黑人男性发生过性关系。"她还和同性恋出去。但她一告诉我（她和黑人男性发生了性关系），那就是我决定要杀她的时候了。"富兰克林告诉两名调查人员。他还说自己把她带到了一处有树的地方，冲她的头开了一枪后就回来了。他决定杀死麦基弗是因为他让白人姑娘和他一起上班，他很确信这个黑人是想要占她们的便宜。

1998 年 4 月 3 日，富兰克林在这两起谋杀案上都被判罪行成立。

摩根将富兰克林称为"我所见过的最邪恶的人"。他说审判富兰克林没有意义，因为他的罪行不符合佐治亚州法律对死刑的要求，还因为后者已经在密苏里州被判死刑了。"我们只想要解决这些案子，我们已经联系了受害者家人，他们也解脱了。这两起案子已经折磨了他们十九年。"他说道。

1999 年 10 月底，在波托西的牢房里，富兰克林告诉亚特兰大警察局凶案组的基斯·梅多斯警长和托尼·沃尔科达夫警探，自己就是1978年2月2日晚上八点左右亚特兰大东北部地区的约翰尼·布鲁克希尔及其妻子乔伊·威廉姆斯遭枪击一案中的枪手。当时约翰尼遇害，怀有身孕的乔伊则受了伤，导致腰部以下瘫痪。二十二岁的约翰尼是一名黑人；乔伊，二十三岁，是一名白人。这起案子悬而未决的时间超过了二十年。对于富兰克林来说，这是最常见不过的动机：他说自己不喜欢看见一名黑人男子和一名白人女性一起走在街头。这起谋杀发生的时间是他在附近的劳伦斯维尔枪击拉里·弗林特的一个月前。

"他知道只有谋杀案凶手才知道的案件细节，"梅多斯告诉一家当地电视台的记者，"他能够准确告诉我们受害者在遭枪击身亡时穿的衣服。"

再一次，似乎没有意义去花钱、去经历把富兰克林转移到佐治亚州再次受审的复杂过程，而且这还会打乱他日益临近的密苏里州死刑的执行。

然而，在他说出的所有内容以外，还有一桩案子需要解决。那是1984年他刚开始进行坦白表演时提到的一起涉及两条人命的谋杀案。1997年他和梅丽莎·鲍尔斯交谈时再次谈起了这桩案子，1998年同卡罗尔·埃利斯见面的时候他又说了一次。他表示自己杀了两名年轻的女性搭车客，那是两名告诉他自己和黑人约会过以及表示不排斥这种行为的女性。他把她们的尸体抛在了西弗吉尼亚州一条乡间小路旁边，但他的说法随着时间流逝变得愈发前后不一了。

尽管如此，一直到了2000年，这桩案子最终告破，这也成了和富兰克林有关的、最复杂最混乱的一次罪案调查，同时也给其他人造成了严重的法律困境。富兰克林的大量坦白都和他已被列为嫌疑人的案件有关，或者就是警方没有明确线索的案子。而这桩发生在西弗吉尼亚州的案子则不一样，显示了谋杀调查会多么容易跑偏，这在我的职业生涯中也已经见过太多次了。

1980 年 6 月 25 日，一个周三晚上，西弗吉尼亚州的德鲁普山附近，一名驾车回家的男子路过了两名并排躺在一小块空地上的女性。当他下车查看的时候，才发现她们都已经被射杀了。两人衣着整齐，法医也没有发现任何性侵的迹象。她们的身份未能被立即查明，但其中一人的运动衫下面穿着一件印着彩虹图案的 T 恤，这让调查人员们相信两名女性是在去参加"彩虹家族聚会"的路上。这次聚会是一场反主流文化的活动，时间从 7 月 1 日到 7 日，地点在约四十英里以外的莫农加希拉国家森林公园，预计会吸引一万人参加。从 1972 年起，这群人每年都会花一周时间回归自然。这是密西西比河以西地区首次举行这样的聚会。

不是所有人都想要"彩虹家族聚会"来到自己所在的地区。西弗吉尼亚州州长杰·洛克菲勒就表示自己希望"彩虹家族聚会"别来，国务卿 A. 詹姆斯·曼钦还公开抱怨这群人看起来"就像是一帮子吉卜赛人"。公众反对的部分原因是这些聚会现场上四处可见的裸体，在当地官员眼里这和阿巴拉契亚原住民社区也无法友好共存。"彩虹家族聚会"成员们已经报告了若干次冲着他们营地的枪击事件，据推测是当地居民所为，所以也许这桩案子是其中某人做得过了火。

西弗吉尼亚州的法医欧文·索弗博士向波卡洪特斯县检察官 J. 史蒂芬·亨特通报：两名受害者均是胸口被枪击了两次、头部被枪击了一次，武器可能是火力很大的来复枪。

"彩虹家族聚会"按原计划举行了，这是对 1960 年代"爱之夏"和"花之子"嬉皮士运动的一次回顾。但两名身份未明的女性被谋杀这件事成了笼罩在节庆上空的阴云。

等到 7 月 11 日周五，两名受害者的身份查清，聚会已经结束了。她们分别是来自纽约亨廷顿、十九岁的南希·圣托梅罗，以及来自衣阿华州韦尔曼、二十六岁的薇姬·杜里安。在看到了疑似自家妹妹的警方素描后，南希的姐姐凯茜和薇姬的哥哥前后辨认出了尸体。凯茜原本计划在聚会现场和妹妹碰头，然后一起回家。当南希没有出现的时候，凯茜希望是她在最后一刻有了别的计划。然而聚会之后，南希一直没有同任何人联系，凯茜看了警方素描，然后就踏上了回西弗吉尼亚的恐怖旅途，去确认警方已经找到了南希。凯茜告诉警方，妹妹南希和薇姬一同出发前去"彩虹家族聚会"，很可能还有一个她记得名叫丽兹的女性同行。这也带来了新的问题：某处是否还有第三名受害者。

受害者身份明确后，随之而来的就是这两起暴力死亡带来的巨大影响。南希的母亲珍妮说女儿热心环保，想要投入生命来促成变革。薇姬则是一名持证的护士，也在用自己的方式帮助别人。

几天后，据信和她们同行的第三名女性的信息明确了：她叫丽兹·约翰德罗，十九岁。她当时和自己的两名朋友在弗吉尼亚州里士满附近的卡车停车场分开了，原因是她有了不祥预感，告诉她不要去参加"彩虹家族聚会"。南希和薇姬在继续她俩的搭车旅行前，对她说的最后一句话是"保重"。丽兹回到了康涅狄格州诺斯福德市纽黑文郊区的家中，并期待在"彩虹家族聚会"后再见到两名被她称为"有着自由灵魂"的好友，约定的见面地点是自己父亲和哥哥在佛蒙特的家。在得知朋友的死讯后，她联系了警方，才获知警方害怕她也已经被谋杀了。

11月，在猎鹿季的最后一天，猎人们在西弗吉尼亚州费耶特县克里夫托普附近发现了两名受害者的背包，此处距离尸体被发现的地点约八十英里。这坚定了调查人员们的推测，即罪犯或者罪犯们一定是熟悉地形的当地居民。这也符合了参加"彩虹家族聚会"的人不受当地居民欢迎的理论，以及谋杀是在冲着他们营地开枪警告后的下一步行动。

接下来是一场延续了二十年的法律奇观，一群人遭到起诉并以谋杀罪接受审判。现在回顾一下，本案是基于均遭怀疑的多人互相举报而得来的可疑口供的，还有一些好心但不可靠的目击证人的口供，其中提到了七个开着不同皮卡及一辆小巴的当地男人：在得知两个搭车女孩正准备去"彩虹家族聚会"时，这些人把她们载上了小巴，开到了德鲁普山战场公园的入口，然后要求发生性关系。女孩们拒绝了这一要求并威胁要报警后，她们被载往了林中的空地，被强行要求下车，接着被射杀了。

我想不出我调查的任何一个案件会这么错综复杂，并且包括了这么多协同作案的罪犯。有一个被称为"奥卡姆剃刀"的理论，其中指出所有的元素都是平等的，简单的假设要好过复杂的推测。这也适用于犯罪学。如果你不得不跳过大量逻辑环节，并且假设出一堆联系，那你的解释很可能更靠近阴谋论，而不是真相。

当地调查人员和检察官都知道约瑟夫·保罗·富兰克林从1984年开始了坦白，但他们排除了这些坦白，因为他们笃信罪犯一定是当地人，而富兰克林不过是读到了关于案子的报道，并出于自己的目的宣称是他犯下的。他们说他的说法充满了前后不一致的地方，同时他画地图展示犯罪发生的地区以及在描述抛尸地点时，也搞错了一些细节。

1992年7月，针对七名当地男性的全部指控均撤销了，原因是警方使用了"不正确的调查程序"，且"严重地影响案件侦破并直接导致了证据获取手段上的不可信和不可持续性"，当地检察官表示。

次年1月，其中五名男性再次被起诉，包括了被怀疑开枪杀人的男子杰克，全名为雅各布·比尔德。对比尔德的庭审始于1993年5月18日。他选择为自己辩护，并否认了全部指控。他说对是谁杀死了那两个"彩虹"女孩毫不知情。

比尔德在6月被判有罪，7月被处以两个无期徒刑且不能保释。接下来的一年里，针对其他人的指控被撤销了。比尔德的律师向西弗吉尼亚最高法院发起了要求重新审判的动议，理由是富兰克林给出的坦白，但动议被驳回了。

但是，并非所有西弗吉尼亚的人都确信他们抓住了凶手。相信富兰克林才是真凶的调查人员中有一位是德博拉·E. 德法尔科，她是一名一流的警探，也是本州的第一位女性骑警。她在马里昂见过富兰克林，几次抵赖后，他向她承认是自己杀了那两名"彩虹"女孩。在一份 1986 年 1 月 2 日的报告里，德博拉写道："我感觉在受害者南希·圣托梅罗和薇姬·杜里安一案里，富兰克林先生拥有作案动机、作案时机以及作案能力。"

德法尔科并非唯一一个相信富兰克林说法的人。辛辛那提 WKRC 电视台著名记者德博拉·迪克森自从 1980 年达雷尔·莱恩和丹特·伊万斯·布朗这两名少年的谋杀案后就一直在跟踪富兰克林的审判。她去亚拉巴马州莫比尔了解过更多关于富兰克林的情况，然后去了他被捕的佛罗里达州。她之后还在监狱里采访过他两次。就在其中一次采访中，富兰克林告诉她有个男人因为"彩虹"女孩谋杀案被关在西弗吉尼亚的监狱里，而他自己才是凶手。她的调查成果被 CBS 电视台《60 分钟》栏目的制片人们知道了，后者播出了一期节目，正是基于迪克森已经发现的、富兰克林同圣托梅罗—杜里安谋杀案的联系，还指出雅各布·比尔德为什么极有可能是无辜的。这刷新了人们对"彩虹"女孩谋杀案的兴趣，并在全国范围内引发了关注。

负责本案的调查人员不打算放弃自己的理论，即那个已经由陪审团作出裁决的理论。在一次关于重新审判动议的听证会上，负责人表示自己在 1984 年的时候曾尝试过和富兰克林取得联系，但没有记录证明他进行过尝试。他还承认自己可以获取我最开始作出的逃犯分析，但他没有读过。在得知此事后，我检查了自己关于此案的笔记，发现我们曾在 1984 年 3 月的时候就此案提供过咨询，并从州警方那里获得了案件细节，结合我们的信息进行了分析。我怀疑我们给出的任何材料都无法改变他的想法，即使他读过我们的报告；但连同德法尔科的报告和迪克森的采访，也许能让他意识到"彩虹"女孩谋杀案极有可能是富兰克林所为。

1999 年 1 月，庭审法官查尔斯·洛班重新审查了富兰克林的几个坦白，特别是他对梅丽莎·鲍尔斯做出的坦白，之后判定有理由对比尔德重新进行审判。比尔德被保释出狱，检察官被要求在 2 月 11 日前决定要不要继续。检察官和治安官依然相信比尔德就是杀手，并决定继续推进对他的重新定罪。

比尔德的新庭审于 2000 年 5 月 16 日开始，地点在布兰克斯顿县。陪审团观看了一条时长两小时的富兰克林证词录像。"其中一个人告诉我她和黑人约会过……另一个告诉我说有机会的话她也会，所以我当时就决定要废了她们。"富兰克林说道。当他说自己把尸体抛弃到距离 64 号州际高速"最多不超过十五分钟车程的地方"时，他的诚实遭到了质疑；因为实际上，尸体被发现的地方距离高速差不多有一小时的车程。他的视频证词也和目击证人的说法相反，后者表示他们看见是比尔德射杀了两名女性；但有好几个为被告作证的警官都表示目击证人们均数次给出了自相矛盾的证词。

审判持续了两周多一点的时间。5 月 31 日，在不到三小时的讨论后，陪审团带着无罪的判决回到了法庭上。

比尔德的律师史蒂芬·法默对西弗吉尼亚州警方、波卡洪特斯县警察局和检察官们提起了诉讼，称因为目击证人受到了压力以及审判时对证据中不符合检方要求的地方存在忽视，导致自己客户的公民权利遭到了侵犯。比尔德得到了两百万美元的赔偿；他告诉记者，任何数额的赔偿都无法补偿他在监狱里度过的近六年时间。

同时，这些官方机构也不认为审判富兰克林有任何意义。他从未因为"彩虹"女孩谋杀案而受审，调查负责人和治安官继续相信比尔德是有罪的，检察官直到去世还笃信比尔德有罪。

在我看来，我强烈相信富兰克林在这起谋杀案上是"对的"。此案符合他选取女性搭车客并就她们的看法对其进行筛选的标志性行为，也符合他的一贯手法，即当她们未能通过自己的"种族纯洁性测试"后，就在偏僻的地方将其射杀。多年以来，富兰克林对梅丽莎·鲍尔斯、卡罗尔·埃利斯以及德博拉·迪克森等人的坦白，都有前后一致的细节，他更可能否认自己的罪行，但不会承认并非自己犯下的罪行。

正如我们所说的，忽视案件之间的关联是调查人员一直面临的挑战。同样的挑战还有偏见——关于谁会涉案的态度和调查方法的偏见，他们会拥抱那些符合自己偏见的证据，并轻视那些不符合偏见的。当这种情况出现时，总有人会付出代价——在这个案子里，是雅各布·比尔德和他的朋友们，以及受害者的家人和朋友们。

"彩虹"女孩谋杀案是一桩长达二十年的个人悲剧以及法律上的恐怖故事，是一次遭到误导的调查和起诉如何毁掉人生的尖锐例子。但富兰克林对我影响至深的原因之一在于，这不过是他谋杀生涯中的一个小小注脚——不过又是一起载上搭车客并决定她们是否值得活下去的小事件而已。在评估犯罪的时候，我们会考虑方法、动机以及犯罪的时机。富兰克林是如此多变且极具适应性，以至于他可以调整方法，抓住不同时机中的优势。而他的动机从未变过。

回顾过去，富兰克林带来的恐惧显然超出了任何人所能想象的，甚至连我也不例外。当我们刚意识到富兰克林的存在时，所知道的情况之一就是他是个具备高度移动性的杀手。最后证明，这也许是他最有价值的能力。他在如此长的时间段中，在如此广大的地域里进行了杀戮。由于不同的方法和犯罪学特征，他的很多罪行和方式都难以互相关联起来。

随着从调查局退休的时间临近，我终于准备不再去想富兰克林了。

但他不这样想。

第二十一章

在离开调查局后的几年里，我一直在为案件提供独立咨询，并和马克一起撰写有关犯罪画像和犯罪调查分析的书。除了读到他说自己已经放弃了种族歧视和反犹太观点的报道外，有一段时间我几乎没有怎么想起过富兰克林。我希望他所说的是真的。年复一年地待在监狱里，你最多的就是思考的时间。

他之前就我和马克合著的《解剖动机》一书中，关于他的分析提出过赞扬。之后，2001 年初，我收到了他写来的一封信，寄到的是那个我们一直保留着的邮箱里。这封信是关于我们前一本书《变态杀手》中的部分内容的，书里记叙的是 1931 年发生在亚拉巴马州的斯科茨伯勒男孩一案。该案中，九名年轻非裔美国男性因涉嫌在一辆货运火车上强奸两名白人少女而被捕，尽管除了两名白人少女的说法外并无任何可供逮捕他们的证据，而这两名少女也并没有任何受到生理伤害的痕迹，只是想用这些指控来作为自己摆脱麻烦的手段而已。

无论案子情况如何，我们书中的内容让富兰克林有了意见。这封信写得很规整，拼写也很完美。我们剔除了信中对黑人的不雅称呼，但他显然不会这么做。他写道：

> 亲爱的约翰，
>
> 你好。距我听闻你的消息已有时日了。此间一名狱友借我读

了你写的《变态杀手》一书，我为你在亚拉巴马斯科茨伯勒两名白人女性遭一群黑 x 强奸一案中的立场深感愤怒。一个简单有效的测试就是让你的女儿，我猜现在已经二十一岁了吧，让她登上那列货运列车的那截空车厢，上面也有强奸了那两个女孩的那么多个黑 x，和他们共乘上几百英里，看看他们会不会强奸她。你还要让你女儿的一个朋友和她一起，这更像是那个案子。你选择黑人学生也好、工人也罢，无论选谁，他们不一定都得是斯科茨伯勒男孩那样的街头混混黑 x，然后看看会发生什么。你愿意这么做吗？如果不愿意，那你就是我见过最虚伪的人之一，你说的这些就都是绝对的垃圾！

此致，

约瑟夫·P. 富兰克林

P. S. 我很好奇——你为什么认为那两个白人女性会编造这样一个被黑 x 强奸的故事呢？只是为了避免因流浪而被捕吗，就像你书里写的那样？这说不通——她们为什么会被警察逮捕呢？

他签名时总是用一个五角星来代替"富兰克林"里字母 i 上的点。

读了这封信并给马克也看过后，一个丑陋的真相击中了我：我永远不会忘记约瑟夫·保罗·富兰克林，他早已侵入了我的脑海并打算常驻其中。我立刻想起了德国哲学家尼采的一句话，它在我的调查支持小组里早已成为口号和警告：与恶龙缠斗过久，自身亦成为恶龙；凝视深渊过久，深渊将回以凝视。

尽管他被安全地锁在监狱里，但我感觉富兰克林已侵犯了我和我的家人。他是在挑战我的价值观，还有我对于正派的理解，就好像他试图对整个国家做的一样。他几乎从我职业生涯的开端就身处我的生

202   THE KILLERS SHADOW

活中，从我开始从事犯罪画像的时候就在了，还一直待到了我从调查局退休，并进到了我退休后的生活。

但当我试图把思绪转回到调查员的状态时，我在这封信里发现了有趣的地方——在试图把约瑟夫·保罗·富兰克林居然还想着我女儿这个不断浮现的感觉放到一边后——我看到他是如何就《变态杀手》一书的内容做出了反应。

任何研究过斯科茨伯勒一案的人都会得出和马克及我一样的结论——被告遭到了虚假的控诉，他们都是无辜的，并且是当时种族偏见的受害者。这是一个公认的事实，是基于坚实的证据得出的。但在阅读案件细节的时候，富兰克林投射了自己的影子：任何情况下，只要一名白人女孩或者妇女指控一名黑人男孩或者男性实施了性侵，那就一定是真的，那受控的非裔美国人就一定有罪。这是他成长过程中坚信不疑的观点，这也是塑造了他人生并赋予其意义的话语体系，他此刻还不打算摒弃这一点。在某些方面，这和那些同被关在狱中、与性有关的连环杀手会一遍一遍在脑子里回顾犯罪时体会到的刺激和权力感并以此在精神上维持自我是一样的。显然，在他眼中，我代表了执法部门和联邦调查局，也是他奋斗终身想要获得的成就。要是我可以在这么一起激进的种族案件上发表自己的看法，那他也可以。我多次说过你尽可以锁住身体，但你无法锁住思想。

一直到2004年4月，我才再一次收到了富兰克林的来信。当时他写信请我帮他寻找第一任妻子博比·路易·多尔曼。我不知道他是不是还联系了其他人，但他说自己拿到了一份联邦调查局1980年还是1981年的报告，里面列出了她再嫁后的名字。我查看了卷宗后发现他是对的——这则信息出现在1980年我进行逃犯分析时提供给我的时间线信息里。我不知道为什么富兰克林会有报告的副本。

在押杀人犯通过邮件联系我并非罕见情况。部分原因大概是我对他们进行了那么多次狱中访问，这显示了在少有执法人员在意他们的时候，只有我愿意听他们说话。部分原因则是我和马克出版的书，它们触达了广大的读者群，显然也影响了狱中的一群人。

富兰克林说自己想要和博比恢复联系，但他补充道，"约翰，请明确告诉她我不是想要求复合。我只不过想要保持，某种程度的，联系，行吗?"

这其中的可悲之处在于，随着生命即将走向尽头，富兰克林一定是意识到自己一无所有，没有任何人与人之间的联系。如果我是他所能想到的，能帮他联系前妻的最好人选，那他一定是真绝望了。哪怕是最冷酷的罪犯，我通常都能在他们身上发现一点点柔软的内心。在富兰克林身上，这种柔软是那个他从未尽到父亲责任的女儿，以及那个他仅仅当了对方短时间丈夫的妻子。但在他充斥着谋杀的仇恨之旅中，她们未曾在场。

很难想象还有比这更空虚的生命。

如同在所有死刑案件里都频繁发生的一样，试图推翻死刑判决的上诉过程非常漫长。当他的案子在州和联邦不同级别的上诉中辗转时，富兰克林第一次表现出了忏悔。他说自己在戈登枪击案时就已患上了精神疾病，并告诉任何愿意听他说话的人自己已经放弃了反黑人和反犹太人的观点，并且开始相信上帝所有的子民都是平等的。我希望他是诚心的，尽管多年来我和他打过的交道让我保留了一丝合理的怀疑。

最终，2013 年 8 月 14 日，法庭决定现已六十三岁的富兰克林将于当年的 11 月 20 日周三接受注射死刑。1980 年他终于被捕的时候年仅三十岁，他一半多的生命都是在狱中度过的。

富兰克林死刑日期的决定碰巧撞上了密苏里州管教改造局更改注射死刑用药的决定：要换成仅使用戊巴比妥的单一药物执行程序，这是一种起效很快的巴比妥酸盐镇定剂，曾经顶着名为"宁比泰"(Nembutal) 的商品名被作为安眠药来销售。之前密苏里州使用的是标准的三种药物执行程序，包括硫喷妥钠、泮库溴铵和氯化钾，但所有这三种药物都越来越难找到了。密苏里州之后决定换成高剂量的异丙酚，它通常被医院用来进行麻醉。但反对死刑的欧盟威胁美国要是用其来执行死刑就将停止供应：在高剂量下，异丙酚会让心脏和呼吸系统停止运行，从而致死。

随着死刑日期临近，拉里·弗林特站出来反对死刑了。他说自己不相信死刑，并觉得无期徒刑是更严重也更有效的惩罚，"比注射死亡的迅速解脱要残酷得多"。

富兰克林通过电话联系了这些年来采访过他的一群记者，称自己是一个改过自新的人，已不再仇恨非裔美国人或者犹太人了，并已经向上帝进行了忏悔。他在狱中认识到黑人也是独立的个体；他也不再反犹太人了，而转为支持犹太人。"（我的例子）显示了，一个人能多坚定地认为自己所信之事即是真实，哪怕它距离真实相差万里。"

回到1977年2月，当因为杰拉德·戈登谋杀案在圣路易斯县监狱等待自己口中所期待的死刑判决时，富兰克林向《快邮报》的金·贝尔表达了对被判死刑后又试图避免被执行的杀手的鄙视："那些家伙试图苟住自己可悲生命的做法恶心到了我。"

现在，他的律师詹妮弗·赫尔登则说："他相信自己应该被允许活着，这样他能够帮助他人克服种族歧视的观点。"

在他为了避免注射死刑的最后一搏中，有一种近似报应的正义。实际上，富兰克林从未真正宣称过自己只求一死。他不过是选择在州监狱里晚一点死，而不是像他以为的，会早早死在马里昂联邦监狱的狱卒或者黑人囚犯手里。他真正想要的是不被关在监狱里：要么是越狱，要么是等到种族战争获胜后，作为革命英雄被迎接出狱。

他被从波托西转移到了不远处邦特尔的东部接收、诊断和惩教中心，死刑将在这里执行。他的律师们和美国民权联盟（American Civil Liberties Union）指责死刑执行程序，声称关于戊巴比妥的效果所知不多，无法保证不会经历他律师口中的"极其痛苦的行刑"，这有可能会违反宪法第八修正案中关于禁止残忍及不同寻常的惩罚的规定。

"有太多尚未有答案的问题被用来证明结束某人生命的合法性。"美国民权联盟的执行主席杰弗里·A.米特曼在11月15日，周五的一封电子邮件里写道。

有关官员们指出，戊巴比妥常被用来终结患病宠物的生命。富兰克林对此也有意见，但不是他的律师们或者美国民权联盟提出的理由。他告诉《快邮报》记者杰瑞米·科勒："用那样一种药来为一个人执行死刑太羞辱人了。把我这样一个人和动物归在一类，太侮辱人了。我认为这是不对的。"我觉得这其中的讽刺不言自明。

11月18日周一，州长杰·尼克森拒绝赦免死刑。他要求密苏里州人记住杰拉德·戈登，记住他的家人，记住所有富兰克林的受害者和幸存者，要为他们祈祷。

从案件一开始一直关注到最后的里士满海茨退休局长李·兰克福特这样评论道："在他肆虐全美的过程中夺去了多少条生命？只不过是被处死，那是最轻松的解脱方法。"在目睹了如此多的犯罪现场照片后，在阅读过如此多的验尸官报告后，我自己也经常有此感觉。

富兰克林拒绝了最后一餐，要求把这一餐施舍给一名挨饿的儿童或者无家可归的流浪汉。11月20日早晨，富兰克林被从羁押他的囚室带到了行刑室，并被绑在一张桌子上。他没有反抗，也没有留下一句话。

早晨六点过五分，州长尼克森对执行死刑点了头。

富兰克林没有留下遗言。六点零七分，他被注射了浓度为百分之五的五毫克戊巴比妥液体。当这种致命药物刚开始在他的血管里流动时，就能看见他开始大口吞咽并重重呼吸了一会儿，然后躺平不动了。三名来自媒体的目击者报告说他没有显得痛苦。整个过程持续了约十分钟。

　　也许是哈尔·哈洛，这名就曼宁—施文谋杀案在威斯康星麦迪逊起诉了富兰克林的前戴恩县区检察官，给出了有关他的最真实的墓志铭。1997年，在得知密苏里州的陪审团成员们判处了富兰克林死刑后，哈洛说道："他平平无奇，也不聪明。他远不如被他杀死的众多受害人那样特别。"

后　记

　　"他将去向何处，这个来自另一个时代的幽灵，这个从早前
噩梦中复活的鬼魂？芝加哥、洛杉矶、佛罗里达的迈阿密，还是
印第安纳的温森斯，或者是纽约的锡拉丘兹？任何地点，所有地
点，只要有仇恨，只要有偏见，只要有歧视，他就能存活。他存
活的时间同那些魔鬼一样久远。记住这些，当他来到你的城镇的
时候。记住这些，当你听到他的话语经由别人口中说出的时候。
记住这些，当你听到脏话响起，听到有少数群体遭到了袭击，听
到任何人或者任何族群遇到了盲目且不理性的攻击的时候。那他
就因为这些我们纵容他得以存活的理由而获得了生命。"

　　——罗德·塞林，电视剧《迷离时空》中名为"他还活着"
的剧终独白

　　当知道约瑟夫·保罗·富兰克林已经被执行死刑后，我感觉正义
终于得到了伸张，但我不敢说自己轻松了很多。他死了，但他所期望
的仇恨、不包容和怨怼还活着，直到今天依然如此。

　　这就是为什么富兰克林的案子一直缠绕着我，为什么理解富兰克
林这样的杀手非常重要且急迫。仇恨总有条件和目标——它从来处
来，到去处去。在我研究的所有连环杀手中，我们继续面临着一个问
题的拷问："他们是天生的还是人造的？是自然生成还是经后天教养

而来的?"答案，就我们所知，两者都是；实际上，是出于两者之间的活跃互动。尽管身为一名连环杀手有着可怕的"成就"，但富兰克林并不特别，他带来的阴影也绵延不绝。

1978 年，在富兰克林的恐怖谋杀之旅中途，一部名为《透纳日记》，充斥着激进种族主义和反犹太主义的冗长小说出版了。小说把时间设定在不远的未来，围绕着一个名叫厄尔·透纳的角色展开：他是一名加入了雅利安人至上群体"组织"的白人革命分子，目的是针对压迫他们的美国政府（被称为"体系"）展开游击战。作为行动的一部分，"组织"在洛杉矶发起了"绳子日"活动，其间被认为是"种族叛徒"的人遭到了公开绞刑。透纳驾驶一架载着核弹头的小飞机撞进五角大楼，他被视为烈士。小说尾声中写道，在接下来的一个世纪里，"组织"获得了胜利，消灭了所有非白人种族，也包括了犹太人。

这部小说售出了五十多万本，除了国内其他的恐怖主义事件，这部小说被认为促成一个名为"社团"的非法白人至上组织在 1984 年谋杀了丹佛自由派脱口秀主持人艾伦·贝格，以及导致蒂莫西·麦克维实施了 1995 年俄克拉何马市的联邦大楼爆炸案，据信他是模仿了小说中对联邦调查局总部爆炸案的描写。在麦克维逃离时驾驶的车里发现了小说中的书页。

《透纳日记》的作者署名是安德鲁·麦克唐纳德，这其实是威廉·卢瑟·皮尔斯三世的化名，他的职业是俄勒冈州立大学的物理学家。皮尔斯在真实人生中就是一名种族仇恨的职业追求者。身为约翰·博奇协会和白人国家社会主义党的前成员，他在 1974 年创立了白人至上主义者全国联盟。正如约翰·萨瑟兰在《伦敦书评》中所写的，"《透纳日记》不是大屠杀否定者的作品（尽管皮尔斯写了很多这方面内容），更像是想要再现大屠杀的人的作品"。

皮尔斯的下一部小说，《猎人》，也是用安德鲁·麦克唐纳德的化名出版的，时间是 1989 年。小说追随着主角奥斯卡·耶格尔展开，他发起了刺杀跨种族情侣及民权运动活动家的行动，并打算解决"犹太人问题"。没人怀疑《猎人》一书是基于谁写的，皮尔斯甚至把这本书献给了富兰克林："孤胆猎人，他清楚自己身为一名白人男性的职责，也做了自己种族一个负责任子民必须要做的事，他尽其所能且毫不顾忌个人下场。"和《透纳日记》一样，《猎人》也被视为"行动纲领"。

得益于通信技术的惊人发展，我们意识到自己身处一个非常容易极端化且比起之前更容易引发仇恨的时代。互联网和社交媒体让传播富兰克林这类人的哲学相比他们在自己时代能做的要容易得多。毫无疑问，他会在看到自己的面孔频繁出现在 YouTube 这类网站上时喜出望外。过去仅限于在地下室以及会议室里的谈话，那些一开始让富兰克林走向极端的谈话和地点，因为今天的技术，正在线上吸引着成千上万的参与者。侵蚀人心的思想、仇恨言论、阴谋论甚至潜在罪犯，都在网上找到了超乎他们之前想象的大本营。早在 2000 年，南方贫困法律中心就已经识别出了多达五百个仇恨网站，而这个数字在接下来的二十年里已经呈爆发式增长，并在社交媒体平台上肆意泛滥转移。

今天，在这些线上空间的渗透和影响下，我想起富兰克林告诉过我，他是如何使用白人至上主义者报纸的。就和性捕食者使用暴力色情内容的方式一样，这些报纸既为他有关种族暴力的幻想火上浇油，也坚定了他认为自己在一项更宏大的运动中拥有英雄角色的信念。今天的互联网充斥着这样的空间，有人从事着完全一样的行径，培育并散布充满仇恨的谎言和阴谋论。

并且，从危险言论过渡到真实的危险显然是有临界点的；它如同拨动了一个开关，突然间谈论就已经不够了。就好像富兰克林曾试过践行自己曾是会员的仇恨组织的那套话语一样，今天的白人至上主义者也是这样。

2015 年 6 月 15 日晚上,一个稍有点壮、头发蓬乱的二十一岁男子,高中辍学还没工作的迪伦·施托姆·鲁夫走进了位于南卡罗来纳州查尔斯顿卡尔霍恩街 110 号、历史悠久的伊曼纽尔非裔卫理公会教堂,这是所一直以来就和民权运动密切相关的教堂。当时鲁夫身穿灰色运动衫和牛仔裤,并向一名参加礼拜的人询问牧师克莱门塔·C.平克尼 (Clementa C. Pinckney) 在哪儿。当被告知平克尼牧师正在参加一场《圣经》研读会时,鲁夫去了会场并坐到他旁边。他在会上待了一会儿,之后还表示研读会上的其他人对他很友好。

晚上约九点过五分,鲁夫站了起来,从腰包里掏出一把 .45 口径的格洛克 41 号半自动手枪,向房间四下开火。他杀死了九个人,六名女性和三名男性,都是非裔美国人,年龄从二十六岁到八十七岁,其中就包括了四十一岁的平克尼,州参议院的民主党成员。当时他的妻子和两个女儿也都在教堂里。

鲁夫从现场逃离后,于第二天早上在他家乡、二百四十五英里外的北卡罗来纳州谢尔比一个红绿灯路口被抓获。他放弃了引渡权,被带回了南卡罗来纳州。在一场他从狱中经由视频参加的听证会上,幸存者以及其中五名受害者的亲属表示原谅了他,会为他的灵魂祈祷。9 月,他同意就多起州级谋杀指控认罪,以换取无法保释的无期徒刑,从而避免了州长妮基·哈莉大力推动的死刑判决。

2016 年 11 月 15 日,在联邦审判上,他的律师之一因为他可能被判死刑而不允许他认罪,但最后鲁夫在共三十三项谋杀和仇恨罪指控上均被判有罪。他被判在 2017 年 1 月 10 日处死。后来,和富兰克林一样,他开除了自己的律师,选择为自己辩护。

2020 年 1 月,一个新的辩护团队向美国第四巡回上诉法庭提交了一份三百二十一页的动议,试图以鲁夫不应被允许为自己辩护为理由,推翻联邦的判决、取消死刑,给出的原因则是他"和现实失去了联系"，且遭受着"精神分裂、自闭症、焦虑症和抑郁"的折磨。

这和他在听证会上发表的声明是相反的，他和自己律师的说法产生了矛盾，正如富兰克林常做的一样，他要求法庭无视这些说法："我精神上没有任何问题。"

枪击过后，他在狱中写道："我不感到抱歉。我没有为我杀死的无辜之人掉过一滴眼泪。"

有人感觉很难理解怎么会有人发表这样的声明呢？这不是因为他疯了，而是因为这就是他坚信的。鲁夫是不是有精神问题？我觉得是，就好像我觉得富兰克林也有精神问题一样。但他能分辨对错吗？他能控制自己的行为吗？也和富兰克林一样，绝对可以。

因而要点在于：他的律师们说他不在乎自己被判不可保释的无期徒刑还是死刑，因为他是带着发起种族战争这一想法去杀人的。他认为在战争胜利后，得胜的白人至上主义者们就会让他重获自由。富兰克林在自己的时代也是这么想的。

"我做了我认为能掀起巨浪的事，现在我们种族的命运就落到那些继续自由生活的兄弟们的手中了。"鲁夫在狱中写道。

《华盛顿邮报》2019年12月刊发的一篇深度报道里说道："鲁夫已经在白人至上主义者中成了邪教领袖一样的角色，对那些支持种族暴力的人尤为如此。"这正和他之前的富兰克林一样。

富兰克林和鲁夫两人对于一场种族战争都充满了妄想，妄想战争结束后他们会以英雄的身份被接纳。但这两个毫无价值的失败者都是清醒且理性的，至少在他们自己的信仰体系里是如此，在夺取那些他们认为不如自己的人的生命时是清醒且理性的。

2017年3月20日，刚过晚上十一点，一名名叫詹姆斯·哈里斯·杰克逊的二十八岁无业退伍老兵，通常被人称为"哈里斯"的男子，在曼哈顿第九大道上捅死了六十六岁的蒂莫西·考曼。第二天，因为监控视频录下了袭击过程而被捕的杰克逊告诉纽约警察局警探，自己是受到了迪伦·鲁夫行为的鼓励，持刀伤人是为时代广场更大规模的种族屠杀做"练习"。袭击前一晚上，他印了一份宣言，标题是"对黑鬼们展开全面战争的宣言"。

不同于其他极端右翼分子，杰克逊来自一个自由派的巴尔的摩进步家庭。他家支持奥巴马总统，而他就读的是一所贵格会①学校。他的祖父曾在路易斯安那州什里夫波特学校系统取消种族隔离时起到了关键作用。也许杰克逊的种族仇恨是一种叛逆的方式吧。

我把迪伦·鲁夫视作富兰克林精神上的儿子——一个对于自己命运有着如此强烈仇恨及厌恶的年轻人，以至于他不仅要责怪他人，还不得不把仇恨转化成行动。而我又把哈里斯·杰克逊视作鲁夫精神上的儿子。正如我关于富兰克林的观点，也许成长过程中的强力干预能够让他们回心转意，但现在为时已晚。

约瑟夫·保罗·富兰克林已经繁育了大量的精神后代。

2017 年 8 月 11 日和 12 日，白人至上主义者游行经过弗吉尼亚州夏洛特维尔的大学城，进行被他们称为"团结右派"的示威活动。手持点燃的火炬，他们高喊着"犹太人不会取代我们！"以及"血与土"这句源自纳粹德国的口号。其中一些示威者挥舞着纳粹旗帜，其他人则头戴唐纳德·特朗普"让美国再次伟大"的红色帽子。这次游行示威表面上的目的是抗议拆除某城市公园里一尊邦联将军罗伯特·E.李的雕像。

第二天，自称是白人至上主义者的二十一岁男子小詹姆斯·亚里克斯·菲尔茨驾车故意冲进了反对一方的游行队伍中，导致三十二岁的律师助理希瑟·海尔身亡，另有十九人受伤。

前三 K 党的大巫师戴维·杜克将这次游行称为"一个转折点"。

---

① 贵格会是基督教新教的一个派别，成立于十七世纪的英国。该教会坚决反对奴隶制，在美国南北战争前后的废奴运动中起到重要作用。贵格会在历史上提出过一些很进步的思想，其中一部分现在得到广泛接受。——译者

网站 Vox. com 援引了他的话："我们将要完成唐纳德·特朗普的承诺。那是我们所信仰的。这就是为什么我们会投票给唐纳德·特朗普，因为他表示他会把我们的国家夺回来。"

而在特朗普总统这边，在这位经常被指责制造分裂、鼓励仇恨言论的总统这边，他这样评价那些示威者："那群人里有一些很坏的人，但也有一些人是很好的，两边都有。"

2018 年 10 月 27 日，周六上午约九点五十分，在匹兹堡安静的斯奎勒尔山社区，四十六岁的罗伯特·格里高利·鲍尔斯走进了一处名为"生命之树"的犹太教堂，当时约七十五名犹太教信徒正在参加安息日礼拜。这名蓄着胡子、身材肥大的白人男性用一把柯尔特 AR - 15 半自动来复枪和三把格洛克 .357 口径的半自动手枪在教堂里开枪扫射。在长达二十分钟的射击中，他杀死了十一人，年龄从五十四岁到九十七岁，另有六人受伤，其中包括四名匹兹堡警察。

根据《今日美国》报道，在随机扫射的同时，他高喊着："所有犹太人都必须死！"

在被特警队击伤后，他向警方投降；而特警队也有两人进入教堂后在扫射中受伤。

作为白人至上主义者和新纳粹分子，鲍尔斯相信犹太人是"撒旦之子"。他尤其不满 HIAS，说这个已经有一百三十多年历史的希伯来人避难和移民救济协会（Hebrew Immigrant Aid Society）在协助"放进入侵者，杀害我们的人"。

2019 年 11 月 1 日周五，联邦调查局在科罗拉多州逮捕了一名男子，指控他密谋炸毁普韦布洛的伊曼纽尔犹太教堂。在一则被卧底特工截获的脸书私信里，他写道："我希望犹太人大屠杀真的发生过。犹太人都得去死。"该犹太教会的部分教友正是大屠杀幸存者的后代。

悲伤的是，这个单子似乎每个月都在变长，而当你读到这里的时候，很可能已经又发生了更多类似的事件。所有这些人和约瑟夫·保罗·富兰克林的共同点是，他们都是"独狼"，是沉浸在仇恨组织的集体哲学里，但又跨出了毁灭性的一步、采取了行动的男性。对于这部分男性来说，言论已经不够了。那些在夏洛特维尔手持火炬高喊种族主义口号的人也许的确算是头头是道，甚至还算是采取了行动；但其中一人，詹姆斯·菲尔茨，独自驾车冲进了和平集会的人群。

想法和言论都很重要。它们就是力量——对善恶双方都是力量。它们鼓动一些人诉诸暴力，而这些人也能鼓动其他人。好消息是，如今这种让仇恨言论得以泛滥的网络透明度也能让我们更有可能发现那些徘徊在危险边缘的人，并能在他们行动之前施加干预。令人欣慰的是，在新冠疫情期间，所有种族、所有信仰的人都愿意团结一致，在全国范围内大规模地支持那些富兰克林试图破坏的公民权利和人权。

要认识到我们国家有尖锐的种族仇恨、存在着偏执和不包容以及歧视的历史，依旧任重而道远。在这样的斗争中没有所谓的中立位置。约瑟夫·保罗·富兰克林和他的同类投下的影子绵长幽暗，那么消除它们的阳光就必须要更明亮和强烈。

致　谢

　　再一次，我们想向以下人士表达我们特别以及衷心的谢意：

　　感谢我们眼光敏锐的优秀编辑马特·哈珀，是他的才能、洞察和判断一路引领着我们；还要感谢哈珀-柯林斯出版公司/威廉·莫罗出版社/黛街出版社的全体同仁，他们是安娜·蒙塔格、安德烈亚·莫利托、丹妮尔·巴特利特、比安卡·弗洛雷斯、凯尔·威尔逊和贝斯·塞尔芬。

　　感谢令人惊叹的研究员安·亨尼根，她从最初就和我们并肩工作，是团队中不可分割的一分子。她在帮我们将这个复杂故事理顺方面功不可没，她的洞察和看法也大有裨益。

　　感谢永远支持我们的资源丰富的代理弗兰克·魏曼，还有他的弗里欧书社团队。

　　感谢约翰在匡蒂科的同事们，并对已故的罗伊·哈兹尔伍德特工和已故的特勤局特工肯·贝克致以深切悼念，他们是最棒的。

　　马克的妻子卡罗琳，在由很多人组成的支持者团队中，成了我们的参谋长和居家顾问。

　　我们还要对英国朋友梅尔·艾顿表示谢意，他的著作《南方的黑暗灵魂：种族主义者杀手约瑟夫·保罗·富兰克林的生平和罪行》被证明是无价的资源。还有超过四十年累积起来的巨量新闻报道，因此也感谢美联社、合众国际社以及马克工作过的报社《圣路易斯快邮报》。

　　最后，尽管这本书是献给所有富兰克林的已知受害者的，我们也想向那些高尚、勇敢的幸存者及受害者家人朋友致以崇高的敬意。谋杀犯的一发子弹、一抹刀锋或者一枚炸弹，历来都会攻击到很多目标，破坏的涟漪也会由此绵延几代人。他们在我们内心深处将牢牢占据着一块位置。

THE KILLER'S SHADOW

Copyright © 2020 by Mindhunters，Inc.

Published by arrangement with Dey Street Books，an imprint of Harper Collins Publishers.

Simplified Chinese edition copyright © 2022 by Shanghai Translation Publishing House

图字：09-2021-788号

图书在版编目(CIP)数据

　　杀手的影子 /（美）约翰·道格拉斯
(John Douglas)，（美）马克·奥尔谢克
(Mark Olshaker)著；李昊译. —上海：上海译文出
版社，2022.11
　　（译文纪实）
　　书名原文：The Killer's Shadow
　　ISBN 978-7-5327-9024-1

　　Ⅰ. ①杀… Ⅱ. ①约… ②马… ③李… Ⅲ. ①纪实文
学-美国-现代　Ⅳ. ①I712.55

　　中国版本图书馆 CIP 数据核字(2022)第 221427 号

杀手的影子
[美] 约翰·道格拉斯　马克·奥尔谢克　著　李昊　译
责任编辑/范炜炜　装帧设计/邵旻　观止堂_未氓

上海译文出版社有限公司出版、发行
网址：www. yiwen. com. cn
201101　上海市闵行区号景路 159 弄 B 座
上海信老印刷厂印刷

开本 890×1240　1/32　印张 7.25　插页 2　字数 147,000
2022 年 12 月第 1 版　2022 年 12 月第 1 次印刷
印数：0,001—8,000 册

ISBN 978-7-5327-9024-1/I·5610
定价：55.00 元